本书由人文在线出版基金资助出版

本书为以下项目成果
2014年度湖北省教育厅人文社科青年项目：思想与行动——拉伯雷《巨人传》政治哲学研究（14Q056）
武汉轻工大学引进人才科研启动项目：拉伯雷巨人教育对我国当代教育的启示研究（2014RS03）
武汉轻工大学校立项目：思想与行动——拉伯雷《巨人传》伦理学研究（2013D07）

拉伯雷《巨人传》中的言辞与行动

LABOLEI JURENZHUAN ZHONG DE YANCI YU XINGDONG

唐俊峰◎著

光明日报出版社

图书在版编目（CIP）数据

拉伯雷《巨人传》中的言辞与行动 / 唐俊峰著 . —
北京：光明日报出版社，2015.12
　　ISBN 978－7－5112－9605－4

　　Ⅰ . ①拉… 　Ⅱ . ①唐… 　Ⅲ . ①拉伯雷，F .（1494～
1553）—长篇小说—小说研究 　Ⅳ . ①I565.074

中国版本图书馆 CIP 数据核字（2015）第 288638 号

拉伯雷《巨人传》中的言辞与行动

著　　者：唐俊峰　著

责任编辑：杨　娜　　　　　　　责任校对：邓永飞
封面设计：人文在线　　　　　　责任印制：曹　净

出版发行：光明日报出版社
地　　址：北京市东城区珠市口东大街 5 号，100062
电　　话：010－67017249（咨询），67078870（发行），67019571（邮购）
传　　真：010－67078227，67078255
网　　址：http：//book. gmw. cn
E － mail：gmcbs@gmw. cn　　　yangna@gmw. cn
法律顾问：北京德恒律师事务所龚柳方律师

印　　刷：北京天正元印务有限公司
装　　订：北京天正元印务有限公司
本书如有破损、缺页、装订错误，请与本社联系调换

开　　本：710mm×1000mm　　　1/16
字　　数：223 千字　　　　　　印　　张：14.5
版　　次：2016 年 1 月第 1 版　　印　　次：2016 年 1 月第 1 次印刷
书　　号：ISBN 978 - 7 - 5112 - 9605 - 4

定　　价：44.00 元

序言：说不尽的文艺复兴，
说不尽的拉伯雷

《巨人传》是一部非常有名的书。在中国，凡是外国文学史甚至是西方哲学史的教材，都会在文艺复兴这一段，提到它以及它的作者拉伯雷。拉伯雷生在 15 世纪末，具体的年份已不可考，有说是 1483 年，也有说是 1494 年。卒年倒是比较确切，是 1553 年，大约他那时已经很有名了。

按一般的说法，拉伯雷是个典型的文艺复兴人文主义者：除了当时通行的拉丁文以外，他还精通希腊文和希伯来文这两种古典语文。其实在他的书里，我们还能读到（至少部分）其他的古今语言；他几乎通晓当时所有的学科：无论是神学、法学、医学这三门职业性的学科，还是由人文主义者所发掘、整理、提倡的古代学问——哲学、文学、科学、历史等等；他当过修士，也出任过神职，有医学的文凭，也行过医。总之，他是文艺复兴时代的全才——从灵魂上说，他就是一个巨人。他所留下的作品，主要是一部以"俗语"——法语——创作的小说《巨人传》。

《巨人传》是一部包罗万象的书，上面所提到的各种学问，书里都能看到。它似乎也是一部很好读的书：想象奇特，构思巧妙，语言丰富，充满了滑稽逗乐的内容，难怪——据拉伯雷自己说——该书一出版，两个月内销出去的册数，比《圣经》九年里卖得还多。不过，情况好像并不这么简单。有法国学者（Albert Rossi）说，《巨人传》是法国文学中最奇怪的一部书。也有学者，对拉伯雷和《巨人传》的评价充满了纠结。比如，美国学者海厄特（Gilbert Highet），在《古典传统：希腊—罗马对西方文学的影响》中，首先是肯定拉伯雷是法国文学史上伟大的作家（like many other great French writers），末了，却说"没有人会认为他是伟大的艺术家"（No one would say that Rabelais was a great artist）。他给出了自己的理由："欣赏他活力的反感他的卖弄知识；喜欢他理想主义的人憎恶他的粗俗；赞美他幽默的人无法全盘接受他的幽默，或者无视他的严肃；所有人都觉得虽然他丰富多彩，却总是欠缺点什么——但很难说清楚拉伯雷身上到底欠缺了什么"。

其实，在《巨人传》面世的头一、两个世纪，人们一般都是把它当滑稽文学来读的，并没有施加太多的要求。比拉伯雷小一辈——就在《巨人传》中的《庞大固埃》出版时出生的蒙田，就说拉伯雷的书"值得人们借以消遣"（digne qu'on s'y amuse）。后来，有关宗教冲突的讨论渐渐增多，人们也更多地关注起拉伯雷的信仰问题。到了十九世纪末二十世纪初，在法国学界，这个问题恐怕是拉伯雷研究中最大的热点。以我所看到的这一时期多种拉伯雷专论，差不多都聚焦在这一点上，结论也是言人人殊。法兰西翰林院（L'Académie française）院士热巴尔（Emile Gebhart）认为，拉伯雷在精神气质上和伊拉斯谟、利奥十世、蒙田等是一类的：情感上有节制，关注的是知识和观察而非诗意，在各种宗教信仰的见解之间，不愿轻易依附一种："他们再也不想置身于英雄与圣徒之列，而是愿意安安静静地待在好心人一边"（il se résignent à ne point se placer parmi les héros et les saints, et demeurent paisiblement au milieu des *hommes de bonne volonté*）。总之，拉伯雷是个怀疑论者。另一位法国学者马尔丹·杜蓬（Martin Dupont）在其专著《拉伯雷》中，详细地分析了拉伯雷小说中古代异教哲学的影响。最后，他引用了小说第五部书的结尾，庞大固埃一行寻求神瓶谕示之后，祭司巴布（Bacbuc）所说的话，"……这智力的圆球——其中心无所不在，其周围无边无缘——我们称其为天主……"。于是，他说我们可以毫不犹豫地说"拉伯雷的宗教，是泛神论"。可问题在于，更多的学者并不承认第五部书是拉伯雷自己所作，所以他的论证并不太可靠。

有关拉伯雷宗教信仰的争论，最著名的或许是在二十世纪初。当时执掌法兰西公学（Collège de France）法国文学教席的著名文学史家勒夫朗

（Abel Lefranc, 1863—1952），主编了拉伯雷最早的批评版①。在他看来，拉伯雷可不仅是宗教上的怀疑论或者泛神论，而是勇猛的无神论战士。史学家费弗尔（Lucien Febvre, 1878—1956）不同意如此激进的论断，他认为把拉伯雷理解为无神论者，完全无视了拉伯雷所处的历史时代：当时的时代，仍然是一个需要信教的世纪，为此，他写了厚达数百页的巨著《16世纪的不信教问题：拉伯雷的宗教》（Le Problème de L'Incroyance au XVIᵉ Siècle：La Religion de Rabelais）②。

在拉伯雷研究领域，法国本土学者在语言、资料、历史文化背景等方面自然有其先天的优势，但如果把拉伯雷研究变成拉伯雷其人而非《巨人传》研究，关注拉伯雷本人的宗教信仰，把《巨人传》仅仅看作是当时法国社会漫画式、影射式的写照，也就是说，仅从历史、宗教的角度去研究《巨人传》这一伟大的作品，那未免有些狭隘、无趣，太直白了。

恢复《巨人传》的文学性，这一工作在很大程度上是由国外学者开启的，尤其是德语世界的罗曼语文学家（Romance philologists），如据说是创立比较文学学科③的施皮策（Leo Spitzer, 1887—1960）和奥尔巴赫（Erich Auerbach, 1892—1957）。1910年——也就是法国学者关于拉伯雷的宗教信仰争论得最热烈的时候——施皮策在维也纳大学完成了研究拉伯雷的博士论文。他力图将语文学和文学史相结合，以可靠的语言（词汇、句法等）分析和细致的文本解读为基础，探讨拉伯雷作品中喜剧性表达的构成④。施皮策的方法，可以算是俄国形式主义、新批评等在二十世纪中期盛行的新理论、新方法的先声。他在土耳其只待了三年，但他的土耳其

---

① 此公不仅是拉伯雷专家，在莎士比亚研究中他还是"德比说"（Derbyite theory of Shakespeare authorship）的首创者：说的是所谓"莎士比亚"的作品，其实是六世德比伯爵威廉·斯坦利（William Stanley, 6th Earl of Derby, 1561—1642）。见 Abel Lefranc, *Sous le masque de William Shakespeare：William Stanley, Viᵉ comte de Derby*（《在威廉·莎士比亚的面具下：六世德比伯爵威廉·斯坦利》），Paris：tome I, 1918, tome II, 1919.

② 近年来，该书有两个不同的中译本。我们期待其他相关论著也能译出。

③ Cf. Emily Apter, "Global *Translatio*：The 'Invention' of Comparative Literature, Istanbul, 1933", in Christopher Prendergast, ed., *Debating World Literature*, London：Verso, 2004, pp. 76—109.

④ 有关施皮策的学术贡献，可参见 René Wellek, "Leo Spitzer (1887—1960)", *Comparative Literature*, Vol. 12, No. 4 (Autumn, 1960), pp. 310—334.

学生，有些在六十年代法国理论界也崭露头角（如 Süheyla Bayrav），到美国约翰·霍普金斯大学任教后，则教出了包括著名但丁学者 John Freccero 在内的一批学生。

奥尔巴赫并没有写过研究拉伯雷的专著，只是在其名作《摹仿论》（*Memesis*）（写于土耳其）第 11 章"庞大固埃嘴里的世界"，借着解读《巨人传》第二部《庞大固埃》第 32 章，用了寥寥数十页的篇幅，对拉伯雷的文学作了细致而又全面的评价。相比较而言，许多大部头都着实有所不如。对于《巨人传》中那让海厄特头疼的问题，同样有深厚古典学问根基的奥尔巴赫，却看到了更有意义的一面：高雅文体与粗俗文体的混杂，有基督教中世纪的渊源，在文艺复兴时期被普遍接受和运用，而最终，照拉伯雷自己的说法，可以归于哲学家的典范——苏格拉底。如果我们把这理解为文艺复兴时期所形成的新的审美价值观，那么拉伯雷无疑是其中最杰出的高手（virtuoso），因而，自然有其德性（virtù）。

和奥尔巴赫看法很接近，我国读者相对更熟悉的苏俄文艺理论家巴赫金（Mikhail Bakhtin, 1895—1975），写了厚厚的专著《拉伯雷的创作与中世纪和文艺复兴的民间文化》。巴赫金的观点中最为人熟知的乃是：《巨人传》体现了中世纪教会建制外的民间狂欢节传统。尽管巴赫金的教育基本完成于苏维埃革命之前，在苏联的学术文化圈中也长期处于边缘位置，依某些学者的看法，其"民间狂欢文化"的观点，还隐隐地包含了挑战斯大林体制的意味，但他的理论框架，受马克思主义唯物史观的影响却很大。事实上，如 Marcel Tetel 所说，拉伯雷（以及其先驱 Pulci 和 Folengo）的作品，主要是为当时受教会教育的精英阶层写的，书中大量的希腊文、拉丁文的学问乃至文字游戏，根本不是当时的"大众"所能理解的。

二战之后，学术的重镇移至美国。近几十年来，对拉伯雷的研究成果也主要出自美国。这一时期的拉伯雷研究，已经不仅仅局限在宗教史和传统文学的领域。包罗万象的《巨人传》所涉及的方方面面，都有了比较细致的研究。相关的成果，Elizabeth C. Zegura 主编的《拉伯雷百科全书》（*The Rabelais Encyclopedia*）有很全面的介绍。

在我国，除了鲍文蔚、成钰亭及今人几个译本外，系统的拉伯雷（或者《巨人传》）研究一直阙如。当然，外国文学史课上总是会讲到的，但到底有多少人去读，又如何去读，《巨人传》是否好，又好在哪儿，恐怕都还是很成问题的。

几年前，俊峰考入同济大学哲学系，专业是法国哲学。来同济前，他已从东北南下海口，在海南大学，跟随我国著名哲学家张志扬先生研读数年，打下了扎实的西学基础。他入学后，关于博士阶段研究的方向，我们曾多次讨论。比较一致的想法是，一，不做那些时尚的"理论"；二，也不做近代以来主流的法国哲学家，希望能够做一个之前国内没有人研究过，又有相当的重量，且能打通古今的人物。此前已有俊峰的师兄，同样来自海大的杨晓强决定研究蒙田，我就建议俊峰做拉伯雷。经过慎重的思考后，俊峰同意了。此后几年的研究工作，完全是俊峰独立完成的——因为国内没有拉伯雷专家，我也不懂拉伯雷，只是喜欢读《巨人传》而已。

不消说，研究拉伯雷的难度是空前巨大的，除了国内学界缺乏积累以外，课题本身的挑战就已令人生畏：文艺复兴时期的法文，现在一般法国人也不一定能读；《巨人传》中海量的古代、中古各学科各领域，显白的、隐微的思想和知识；晚期中世纪、文艺复兴、宗教改革的历史背景，诸如此类，都是难关。更难的，还在于找到恰切的问题意识和适当的视角方法，方能读出《巨人传》的真正意涵来。

这一切，俊峰都在短短三年时间做到了。展读他的论文，我非常欣喜。他的论文，不仅"填补了国内学界的空白"（国内博士论文常见的套话，放在俊峰的论文上，倒是最贴切的），即便是和其他热门领域的优秀博士论文相比，也不遑多让；而且，他的论文在理解、释读西方经典时，着眼的，乃是中国文明的传统和未来，故而在许多地方，常能发西人所未能发。

如今，俊峰的论文正式出版，他希望我能为他的书写几个字。我趁机又读了几个月《巨人传》以及相关的材料，也算是补课。这样一来，不免又耽搁了许久，但愿没有延误本书的出版。最后，我希望看到俊峰在拉伯雷研究中能够有更多的成功与我们分享，当然也希望有更多的学者来探索这一领域——这恐怕也是俊峰的希望。

徐卫翔

2015. 11. 3 同济北苑

目　录

第1章 导 论

"故事从整体看是假的，但是其中也有真实。"（柏拉图《王制》377A）

1.1 在"事"与"理"间看选题意义

1532年8月，法国里昂的书店里，出现了一本书，名为《庞大固埃》（*Pantagruel*）。自此，直到1562年，五卷本的 *Gargantua et Patagruel*[①]全集出版。凭借着《巨人传》一书，拉伯雷被雨果称为与荷马、莎士比亚比肩的12位"天才作家"之一。[②] 从《高康大》[③] 前言中所引的书籍和人物来看，拉伯雷确实是将自己的作品向荷马、柏拉图等的著作看齐的。那

---

① 即《巨人传》，汉译名是意译，这个译名可能受到恩格斯的影响，他曾这样评价过文艺复兴，"这是一次人类从来没有经历过的最伟大的、进步的变革，是一个需要巨人而且产生了巨人——在思维能力、热情和性格方面，在多才多艺和学识渊博方面的巨人的时代。"如果直译，这部书应该名为《高康大与庞大固埃》，鉴于《巨人传》一名在汉语学界已流传甚广，所以本书中仍沿用此书名。

② 其他11位"天才"分别是：约伯、埃斯库罗斯、先知以赛亚、先知以西结、卢克莱修、尤维纳利斯、塔西佗、使徒保罗、使徒约翰、但丁、塞万提斯。参巴赫金．《拉伯雷和他的世界》（中译名《拉伯雷研究》），李兆林、夏忠宪等译．石家庄：河北教育出版社，1998年版，第143页。

③ 本书中，《巨人传》第一部书简称《高康大》，第二部简称《庞大固埃》，其余称《第三部书》、《第四部书》、《第五部书》。汉译文主要参考成钰亭先生译文（拉伯雷．《巨人传》[M]，成钰亭译．上海：上海译文出版社，1990年版），并对 Mireille Huchon 编的 Gallimard 全集版进行适当调整（*Oeuvres complètes*. Ed. Mireille Huchon. *Bibliothèque de la Pléiade*. Paris：Gallimard, 1994. 下文此书简称为 *complètes*），调整的译文参考了多个中译本及英译本（*Gargantua and Pantagruel*, translated by Sir Thomas Urquhart and Peter Motteux, The University of Chicago Press，1952.）下文引用《巨人传》原文只随文夹注上海译文版的章节及页码，对调整的引文会做相应说明。

么，拉伯雷怎样以"巨人"为榜样来进行自己的写作？又是什么让后人如此看重拉伯雷的呢？

在《巨人传》第一部《高康大》的前言里，拉伯雷对读者说：

> 你们要拿出精于探索、勇于探求的精神，把这几部内容丰富的作品好好地辨别一下滋味，感觉一下，评价一下；然后、经过仔细阅读和反复思索，打开骨头，允吸里面富于滋养的骨髓——这就是我用毕达哥拉斯式的象征比喻所指的东西——我可以肯定你们读过之后会更明智、更勇敢；因为你们将感到独特的风味和深奥的道理。不管是有关宗教，还是政治形势和经济生活，我的书都会向你们显示出极其高深的神圣哲理和惊人的奥妙。（《高康大》·前言，页7）

可见，此书除了拉伯雷自己所说的娱乐作用之外，对于不同的读者，可能还有不同的作用。鉴于拉伯雷独特的写作手法，我们不得不问，难道上面的话是这位语言大师的某种反讽？想要理解这位五百多年前的博学者，当前能做的唯有回到他的文本之中，来看他的书到底有哪些值得读者去深入研究的"高深学问"。《庞大固埃》的18到20章，在介绍了庞大固埃的基本成长经历后，有一段英国学者多玛斯特前来与庞大固埃的辩论，多玛斯特对巨人说明了自己此行的目的：

> 自从我听说你具有渊博的学识以后，我就离开了我的国土、亲属、家乡，来到这里，我不顾路途遥远，漂洋过海，经过不认识的国土，仅仅是想能看见你，能和你在一起谈论一些哲学上、占卜学上以及神学上我所怀疑和不能说服我自己的问题……（2.18章，页329）

上面这段话也代表了拉伯雷在书中想要探讨的问题。《巨人传》讲述了三代巨人的故事，以巨人出生、少年、青年、壮年直至老年为发展线索①，

---

① 把全书的故事综合起来，可以看成追溯了一个英雄的一生。《高康大》和《庞大固埃》讲述了英雄的出生、童年和青年，《第三部书》说的是中年的事情，关于家政和婚姻的问题。《第四书》继续了一个人的一生，说的是老年和衰老的过程，这部书是下降到冥府的一种表现。跟但丁等笔下的英雄一样，拉伯雷笔下的人物也想要获得一个财富，追溯一个秘密，得到更新自己和世界的炼金药，这种终极的东西，拉伯雷称之为"神瓶启示"。［参 Alice Fiola Berry，《灾难的魅力：拉伯雷〈第四部书〉研究》（*The charm of catastrophe：A study of Rabelais's Quart Livre*），University of North Carolina Press，2000，p.12—13.］

描述了人的一生所呈现出的各种冲突与悖谬，其向读者提出的一个重要问题是：人应该以何种姿态与方式过好自己的一生？在拉伯雷看来，生活仿佛一次探求真理的航行，所要寻找的是关乎自身幸福的"马蹄仙泉"。"拉伯雷选择了文学的手法，以讲故事的方式来体现他对于人类行为思考的答案。事实上，拉伯雷独特的叙事方式促成了作品的思想深度与艺术性……拉伯雷所采用的叙事形式使他摆脱了抽象严肃的哲学理论，而将鲜活的体验融入具体情节之中。"①通过故事中人物的探索，拉伯雷表达了自己的目的，那就是：对人的无知进行一番探究。

应该把人生看成一个不断学习的过程，学习总体来说可分为明理与做事两端。明理可以通过书本进行学习，所谓知书达理。明理是对上面两段引文中所说的"高深理论"与"抽象知识"进行学习。而做事则更多地要在实践中来学习，也就是在事行中去体验，很多道理只能在一定的境遇中才能领会。由于人的有限性，使其在有生之年所能践行的东西很少，"文学作品借助于它的故事和形象延伸了我们的经验，鼓舞我们发展和理解我们的认知/情感反应。"②好的作品也需要好的读者，一名合格的读者应该具有一种经验的能力，也就是通过书本与言辞来体验别人所经历过的东西，即经验历史，而"人类构成历史的无非事件"③。只有熟悉历史，并经过通感与移情，把间接的知识化入自身的经验中，才能不断丰富个人的阅历。

"事"与"理"二者不能截然分开，不明理无法明智地行事，而事行是学习道理的源头活水。套用黑格尔的说法："凡是合乎理性的东西都是现实的；凡是现实的东西都是和合乎理性的。"④即使仅从成书的文字来看，事与理二者也具有相关性，文本或偏于论理，或偏于说事，但二者很

————————

①　Jerry C. Nash：《拉伯雷与廊下派描写》（*Rabelais and Stoic Portrayal*），see Studies in the Renaissance, Vol. 21 (1974)，p.66.

②　玛莎·纳斯鲍姆．《善的脆弱性：古希腊悲剧和哲学汇总的运气与伦理》［M］．徐向东、陆萌译．南京：译林出版社，2007 年版，第 249 页。

③　张志扬：《西学中的夜行——隐匿在开端中的破裂》［M］，上海：华东师范大学出版社，2010 年版，第 134 页。

④　黑格尔：《法哲学原理》［M］，范扬、张企泰译，北京：商务印书馆，1961 年版，第 11 页。

难截然分开，只不过根据不同文体，倾向性会有所不同。在故事中，我们可能更多地在学习做事，但却不能因此说在事中就学不到理。

小说是在讲故事①，故事在一些现代学人眼中，已经不够"形而上"了。②如果说哲学就是"形而上学"的话，那么，拉伯雷在自己书中要"探索神圣哲理"似乎无从谈起，以《巨人传》为研究对象来完成一篇哲学论文就更成问题。可无论做哪一门学问，"这门学问本身是什么"都值得思考，对于"哲学"尤其如此，古往今来的"大哲们"似乎都在为"哲学是什么"这个问题做出自己的回答。随着人类知识的不断增加，学科门类必将会越来越多，划分的领域也将越来越细，作为一门学科的"哲学"也面临着内部的划分。对于中国人来说，哲学可谓既古老又年轻，在当今中国学界产生较大影响的几个西方哲学研究方向，如欧陆哲学、英美语言分析哲学及古典政治哲学等，每一领域的专家似乎都认为自己所研究的才是真正的"西学正典"。但"哲学"一词本身就包含了对任何一种定于一尊的概念式定义的否定。哲学史是堆满了头盖骨的古战场，但只要这些头骨不是只为了让人"相信"，而是为了激发"思想"，那么她们就会闪烁出舍利的光芒。

抛开其他的文化类型不谈，从"哲学"（philosophy）一词所来源的西方视域来看，哲学也不能以所谓的文体来进行划分。没有人会否认康德、黑格尔是哲学家，因为他们写的是论文，按照黑格尔自己的话说，这种思想"足够抽象"，所以他们研究的是哲学。但柏拉图一生只留下35篇对话和13封书简，他是不是哲人呢？还有一生没有留下任何文字的苏格拉底，如果"哲人"（philosopher）这个词有意义的话，那么，没有人能否认苏格拉底是哲人吧？

可能有人会认为柏拉图、苏格拉底虽然是哲人，但他们不是在讲故事，他们是在对话中进行着哲学辩证法，而且他们的对话也足够"抽象"。

---

① 英文 History 与法文 Histoire 都兼具"历史"与"故事"二义。关于此词词根（h）istor 的词源学考察，可参程志敏：《histor 考辨》，载萌萌学术工作室主编：《启示与理性》第五辑《"中国人问题"与"犹太人问题"》[C]，北京：生活·读书·新知三联书店，2011 年 10 月，第 307 页以下。

② 在西方现代学界，尤其是英美学界所存在的把故事与思想相对立的观点的讨论，参纳斯鲍姆：《善的脆弱性：古希腊悲剧和哲学汇总的运气与伦理》[M]，前揭，第 251 页及以下。

可要注意，柏拉图流传下来的不是论文（dissertation）而是对话（dialogue），甚至可以说是戏剧，对话里面有场景、人物、情节，可以说，柏拉图是在以苏格拉底为素材，讲述一个哲人的故事。

即使说柏拉图不是在讲故事，那么被德里达称为"唯一一部大书"的 Bible 呢？《旧约》《新约》里主要是在讲故事，如果说在犹太教、基督教的 Bible 中，能从故事中学到应有的智慧，那么，在文艺复兴时期具有足够代表性的《巨人传》中，也应该有我们需要学习、也能够学习到的东西。这个学习的过程，也是对"什么是哲学？"这个问题的一种回答。跟随拉伯雷寻找"神瓶启示"的旅程去探索，也是一个追求智慧的过程，虽然它仅仅是一个开始，但路不走不在。

下面来分析一下《巨人传》在汉语学术研究中之所以尴尬的原因，试图以此显示出，对拉伯雷这样的思想家进行研究在当今中国西学研究中的方法论意义。百余年来，在西方坚船利炮的警醒下，在"三千年未有之大变局"①的形势下，中国学人认识到了面对西学已经是一个不容回避的事实。以救亡图存为时代背景，以新文化运动为代表的思想潮流主张全面否定中国传统文化，而引进西方各种主义与思潮，以图护国保种。在拥有数千年文教传统的古老中国，想要接受一种异己的文化价值体系并非易事，为了引进西学，民国时期的学人以西方之精华来对比中国之糟粕（杜维明语），其间优劣，立等可见。

文化类型间通过碰撞、交流，最终实现融合，历来非一朝一夕之事。佛教自东汉末年即传入中国，历经三四百年的翻译与研究，始能将佛家经典化为汉语思想，且在隋唐时期形成天台、华严、禅宗三种本土化的佛教思想。西方思想的博大与艰深较之印度佛教并不逊色，而中国在一种被迫的情况下面对西学也仅仅百余年的时间，作为中西思想交锋之战场的当下中国，"古今中西"的问题仍将在很长的一段时间里成为首要的问题。对

---

① 此说据传最早出自李鸿章，他在同治十一年（耶元 1873 年）五月的一封奏折中写道："我皇上如天之度，概与立约通商，以牢笼之，合地球东西南朔九万里之遥，胥聚于中国，此三千余年一大变局也。"光绪元年（耶元 1875 年），李鸿章又在一封目台湾事变而筹划海防的奏折中写道："今则东南海疆万余里，各国通商传教，往来自如，汇集京师，及各省腹地，阳托和好之名，阴怀吞噬之计，一国生事，诸国构煽，实惟数千年未有之变局。"转引自梁启超：《中国四十年来大事记》[M]，长沙：岳麓书社，2010 年版，第 47—48 页。

于西学的研究依然任重道远，不仅要学，而且要更深入地学，变"西学东渐"为"西学中取"。这就需要对西方大传统有一个整体的认识，而不是以头疼医头脚疼医脚的功利主义态度去西方寻找真理。

近百年来中国人之阅读西方，有一种病态心理，因为这种阅读方式首先把中国当成病灶，而把西方则当成了药铺，阅读西方因此成了到西方去收罗专治中国病的药方药丸，"留学"号称是要到西方去寻找真理来批判中国的错误。①

晚清以来，中国历次改革，莫不收效少而贻害多，其根皆在于以西人之问题为我之问题，以西人之药方为我之药方而已。②

把"学习西方"误以为就是"尾随西方"的一个重要表现是，按照西方近代学科体系的划分方法，将西学划分为哲学、史学、文学等学科，并画地为牢，以成为某一学科的"专家"为能事，认为这就是西学研究所能取得的最高成就。不得不承认，为了研究的方便，需要以某一学科为方向来进行研究，这种方法当然有其作用。但对于一些独特的思想家，如拉伯雷，如严格按照这种学科划分，则其很难进入我们西学研究的视野之中。他无疑是一位文学家，但如果仅以文学的理论来看待他的作品，则其深刻的思想无法得到重视，因为当时的"小说"并没有被划定在现代所定义的"文学"范围之内，其中有包罗万象的各种知识，从《巨人传》中可见，拉伯雷的"广博知识不仅表现在医学和自然科学的各个领域，而且也表现在法学、建筑学、军事艺术、航海事业、烹饪法、猎鹰、体育锻炼、古钱学等方面。"③按照现代文艺批评理论仅将《巨人传》当小说来研究，则未免有将其放上"普罗克鲁斯蒂之床"的嫌疑。④"专业化不能否定，但是我们又必须认识到专业化本身所存在的片面性。专业化就是片面化，对工科来讲可以，对文科来讲'不大可以'，不是说'不可以'。因为文科作为

---

① 甘阳、刘小枫：《西学源流》丛书总序。

② 曾亦：《共和与君主——康有为晚期政治思想研究》［M］，上海：上海人民出版社，2010 年版，第 261 页。

③ 巴赫金：《拉伯雷和他的世界》［M］，前揭，第 528 页。

④ 普罗克鲁斯蒂（Procrustes）是古希腊神话中的强盗，他将人捉住后，放在一张床上，如若人长于床，则砍腿，人短于床，则将人拉长，后用"普罗克鲁斯蒂之床"表削足适履之义。

整个民族经验的一部分，与其浑然一体而出现，所以综合的、历史的研究是必要的。"①在文科中过细的专业划分，可能造成学者对细枝末节的知识越来越重视，而忽略了诸如"人的绝对职责与崇高尊严"等终极问题，从而造成一种普遍的无教养及盲从状态。②打破严格的学科划分有利于汉语学界打破数百年来对西学的跟随状态，以一种全新的视角来看待西学。

西方有一个大的传统，它的思想精髓不仅仅局限于所谓的"形而上学"或者某一学科。即使在西方内部，有识之士也从来没有将学问限制在狭小的范围之内，

一个人只要对于学问有真正的爱好，在他开始钻研的时候首先感觉到的就是各门科学之间的相互联系，这种联系使它们互相牵制、互相补充、互相阐明，哪一门也不能独自存在。虽然人的智力不能把所有的学问都掌握，而只能选择一门，但如果对其他科学一窍不通，那他对所研究的那门学问也就往往不会有透彻的了解。③

要想真正了解西方的学问，有必要以一种更加整全的视野来考察传统，比如在"两希精神"的张力中来看待西方的历史及其思想的发展脉络。拉伯雷所处的文艺复兴时期处于西方"古今之争"的关节点上，而这个阶段也是"古希腊—罗马传统"与"犹太—基督教传统"间关系最紧张的时期之一。在这一时期，西方两种传统间发生了巨大的碰撞，发生了对后世产生巨大影响的一系列事件，

在 1450 到 1550 年间，美洲以及太平洋、大西洋被发现了，人们进行了环球航行，知道了地球自身究竟有多大；哥白尼的学说否定了通行的以地球为中心的封闭宇宙的观念；宗教改革在整个西欧兴起；印刷了二千万册书籍，取代了手写本。所有这一切加在一起，甚至它们单独地，都会压

---

① 曹锦清：《中国崛起时代的学术立场问题》，见《文化纵横》[J].2011 年 8 月刊。

② 施特劳斯：《海德格尔式生存主义导言》，丁耘译。载贺照田主编。《学术思想评论第六辑：西方现代性的曲折与展开》[C]．长春：吉林人民出版社，2002．第 118 页。

③ 卢梭：《忏悔录》[M]，黎星、范希衡译，北京：人民文学出版社，1992 年版，第 221—222 页。

抑任何逐渐调整的可能。①

文艺复兴时期的这种"爆发",造成了西方历史的一次巨大断裂与创新,现代性的雏形孕育而成。深入理解文艺复兴时期的思想对于我国的西学研究有重要意义,而对于这一时期的研究应该是全面的,不能仅仅局限在"文艺"范围内。在高康大给儿子庞大固埃的信中,明确指出所谓"文艺"(ars liberaux)只是庞大固埃学习内容中很小的一部分(见 2.8 章,页 271—272)。在那个巨人辈出的时代里,每个大师几乎都是一部百科全书,很难用某一学科来对他们的思想进行概括。

长期以来,我们以西方近代的学科划分标准来引进西方学术,像《巨人传》这样的作品由于很难进行归类而无法进入汉语学界的研究体系中,如果从现代文学评论的角度来看,有人会批评拉伯雷的写作技巧不够纯熟,"也许以今日人类思想的发展水平和艺术发展水平来衡量,拉伯雷的思想艺术已显得相当原始。"②而在哲学领域,由于其被划分进文学的类别中,又被认为"故事"不够抽象,不算是哲学。

正是由于这些成见,阻碍了汉语学界对文艺复兴时期思想的研究,因为这一时期的作品往往是在"事"与"理"之间来思考问题,以一种生动活泼的方式来探讨人类的永恒问题,这个时期的思想家们无不在"实践的知识"与"沉思的理论"间探索真理之路。比如托马斯·莫尔的《乌托邦》是以一种文艺复兴时期流行的清谈方式进行的③,这种"事理交融"的特点最明显地体现在莎士比亚身上,这位文艺复兴思想的集大成者用戏剧的方式探讨了人类几乎所有的重大问题。对于人的重视,使文艺复兴时期的思想更多地是在现实的人类境遇中来思考理性问题,而不强调静观的默想,被桑迪拉纳认为是文艺复兴哲学理念最早提出者的科鲁西奥(Co-lulto Salutati)在一封信中这样说道:

---

① G·桑迪拉纳:《冒险的时代——文艺复兴时期哲学家》[M],周建漳、陈墀成译,北京:光明日报出版社,1989 年版,第 1 页。

② 艾珉:《〈巨人传〉的思想与艺术》,见《巨人传》,北京:人民文学出版社,1998 年版,第 19 页。

③ 参米勒(Wolfgang G. Müller)《〈乌托邦〉和文艺复兴时期的清谈》,卢白羽译,载刘小枫选编:《古典诗文绎读·西学卷·现代编(上)》[C]. 北京:华夏出版社,2009 年版,第 23 页以下。

我的朋友，你别相信远离人群，回避美的事物，以及把自己关在修道院里是通向完美的道路。远离世界，你会从天上落到地上。而我置身于尘世事物之中，却能有把握地让我的心升到天空。在工作和斗争中，在关心你的家庭、朋友和包括所有这一切的城市的时候，你走的正是那取悦上帝的正确道路。①

拉伯雷正是在尘世中，以对教会及各种社会问题的冷嘲热讽，走在通向天国的道路上。这条道路并非拉伯雷首创，而是继承了西方喜剧的诗教传统，并赋予了这种传统以新的时代内涵。

注意文艺复兴的中世纪②前提，可以作为理解拉伯雷独特写作手法的一个切入点。③历史总是在一定的前提下出现的，拉伯雷及整个文艺复兴时期对人的高度颂扬，是对中世纪神学一统天下的某种反动。中世纪在各个层面都体现出了以基督教思想为背景的"精神性"，海涅认为，在罗马帝国土壤中发展起来的"基督教文明"，正是在晚期罗马过度强调肉体、现世快乐的基础上产生的，他甚至认为罗马灭亡的根本原因就是"犹太—基督教"的唯灵论，这种思想在精神上摧毁了过度强调身体的罗马帝国。随着基督教的发展，在长达千年的时间里，"中世纪艺术作品就是表现这种用精神制服物质的过程，这甚至就是它的全部任务。"④

基督教自认为具有普世性的教义，需要发展出有组织的教会，而这样就会发生"上帝之国"与"尘世之国"间的争执⑤，而在中世纪出现了"教权＝神权"的情况。在现实政治中，一旦有一种权力成为绝对权力，那么它的正确行使所依靠的只能是掌权者自身的德性，在基督教里，德性

---

① 转引自 G・桑迪拉纳：《冒险的时代——文艺复兴时期哲学家》[M]，前揭，页 6。

② 据说"中世纪"一词是由库赛那斯（Cosanus）的大臣布希（G・A・Bussi）于 1450 年左右首先使用的，由这个词本身的意义来看，在文艺复兴时期的思想家眼中，他们之前的 1000 多年的时间具有一种过渡的性质，虽然我们今天完全有必要以一种全新的眼光来重新审视"黑暗的中世纪"。（参 G・桑迪拉纳：《冒险的时代——文艺复兴时期哲学家》，前揭，页 1。）

③ Francois Rigolot 很重视从这个角度来理解拉伯雷，见氏著 *La conjointure du Pantagruel：Rabelais et la tradition médiévale*（《庞大固埃的结构：拉伯雷与中世纪传统》），Litterature，41（1981），"Intertextualites medievales"，页 93—103。

④ 亨利希・海涅：《浪漫派》[M]，薛华译，上海：上海人民出版社，2003 年版，第 15 页。

⑤ 奥古斯丁的《上帝之城》就是在处理这个问题。

体现为对神的信仰。可作为一个"机构",教会的纯洁性很难保证。"在他(耶稣)之后,出现了法利赛人(Pharisäer)、税吏、祭司和国王,他们比以前任何时候都更为专制、更为贪婪、更为无耻。"①人文主义思想、宗教改革在这样的背景下产生了。培根在评价马丁·路德对教会的反抗时这样说道:

马丁·路德利用理性的力量来工作,他觉得反抗罗马天主教及堕落的教会传统是自己不可推卸的责任,在他的时代没有人站出来声援他,他孤单无援,只好利用古代的遗产和前世的精华来做自己的帮手,用于跟当代的势力对抗。在他的影响下,无论神学和或人文学科的作品,在图书馆躺了很长时间之后,都被翻拣出来阅读思考。②

这个评价适用于包括拉伯雷在内的文艺复兴时期多数思想家。文艺复兴(Renaissance)表面上看是对古老文化的重新发掘③,可对于文化源头的回归同时即意味着一种创新,而创新也必然包含在对于传统的学习中,"只有创新才是复古,并且只有复这个古——最古之古、道源之古、常新之古——,才能真正地创新。"④文艺复兴时期的思想充分体现了这一点,康拉德·布尔达赫(Burdach Donrad)认为,在"复古"中"创新"正是文艺复兴及人文主义的本质特征:

人文主义和文艺复兴不是认识的产物(Produkte des Wissens)。它们的产生,不是由于学者们发现了失传的古希腊罗马文学艺术珍品,并且力

---

① 蒲鲁东(Proudhon):《19世纪革命的一般观念》,转引自卡尔·洛维特,《世界历史与救赎历史——历史哲学的神学前提》[M],李秋零、田薇译,北京:三联书店,2002年版,第78页。

② 弗朗西斯·培根:《学术的进展》,刘运同译,上海:上海人民出版社,2007年版,第20页。

③ 中文翻译成"文艺复兴"的西语原词是"Renaissance",是一个法语词,其字面意思是"再生",由"naissance"(出生)加代表"又一次"的前缀"Re"构成,"naissance"的拉丁语词根是"nasientia"。《简明牛津英语词典》对"Renaissance"一词的解释如下:"1、14至16世纪在古典模式影响下的文学艺术复兴;2、这样的一个时期;3、在这个时代所发展的文化与艺术、建筑等风格;4、任何类似的复兴。"(参曹意强:《"文艺复兴"的观念》,见何怀宏主编:《学术思想评论第九辑:并非自明的知识与思想》[C].长春:吉林人民出版社,2003年版,第381页。)

④ 柯小刚:《画道、易象与古今关系》,见《文艺研究》[J].2008年第7期。

求使它们重新获得生命。人文主义和文艺复兴是从一个老化的时代的热烈而又无限的期待与追求中诞生的，这个时代的灵魂在自己的最深层受到震动，它渴望着新的青春。①

看似"复古"的文艺复兴中所包含的"创新"特征，在拉伯雷这里，很大程度上体现在被后世作为乐观精神代名词的庞大固埃主义（Pantagruelism）之中。

Pantagruelism 一词来源于庞大固埃（Pantagruel）这个人物，这一形象并非拉伯雷首创，却因拉伯雷而流传于世。在中世纪的魔鬼戏中，庞大固埃指一种鬼魂，其形象与酒、宴饮、欢乐的氛围相关。②拉伯雷赋予了这个形象更丰富的内涵，使它成为整部《巨人传》的一个思想底色，拉伯雷用这种精神来对抗教会的严肃刻板。至于何为 Pantagruelism，拉伯雷在《第四部书》前言中说，"Pantagruelism 是一种蔑视身外事物的乐观主义"（页 661）。《第三部书》前言中，对这种乐观主义的解释是：

> 我承认他们［我的读者］具有一种我们的祖先叫作"乐观主义"（Pantagruelism）的特征和个性，根据这种精神，他们决不往事情坏的一面去想，而是从好的、诚恳的和正直的品德方面去想。我曾经见到过，有些人虽然软弱，但是因为有善意的帮助，他们经常还是可以接受我的东西并且加以欣赏的。（页 428）

在这里，Pantagrelism 除了指一种乐观的精神之外，还包括了宽容、正直等涵义。拉伯雷用喜剧这种文体，表达了内涵丰富的庞大固埃主义精神。喜剧有很强的现实针对性，而文艺复兴所要面临的一个重大现实就是如何对待中世纪传统，因此需要在对中世纪反动的背景下来理解：拉伯雷为何要如此强调"笑"？强调 Pantagruelism？为何要强调宴饮？强调游戏？

在《巨人传》卷首"致读者"的献词中，拉伯雷引用了亚里士多德的

---

① 康拉德·布尔达赫（Burdach Donrad）：《宗教改革、文艺复兴、人文主义》（*Reformation, Renaissance, Humanismus*），转引自巴赫金：《拉伯雷和他的世界》，前揭，第 67 页。

② 巴赫金：《拉伯雷和他的世界》［M］，前揭，第 377—8 页。

名言，"只有人类才会笑"。①亚里士多德《诗学》中除了现在流传下来的关于悲剧的部分外，还有关于喜剧的部分，但这部分已经失传了，这部分什么时候失传的，为什么会丢失？艾科在《玫瑰的名字》中，给出了一种解释，他的解释也在某个侧面上为理解拉伯雷的喜剧创作提供了背景。

拉伯雷所强调的代表快乐的 Pantagruelism 在中世纪，在教会传统之中，是被明令禁止的，"我们反对庸俗下流，或者无聊的言谈，禁止在任何场合放声大笑。"②艾科的书中指出，某些极端的基督徒认为，笑是魔鬼的声音，人在笑时，脸部会变形，笑是在对上帝进行嘲笑，是不虔诚的表现。"人只有在默想真理、为自己的善举而感到欣喜的时候，心灵才会平静，而对真和善没有什么好笑的，这就是基督所以不笑的缘由。"③笑会消除恐惧，没有恐惧就没有信仰，世人最终会对上帝也笑，上帝会在笑声中被消解，没有了上帝，那么世间就没有了统治。所以，"原教旨主义"的基督徒认为必须消除笑声，让人生活在恐惧、忧伤之中。在基督教传统中，因为人人皆有罪，所以，唯有以忏悔的方式来缓解自己的罪行，只能在痛苦中来度过此世，以期望有罪之身能进入天堂，在彼岸得到神的宽恕。拉伯雷用以反对这种传统的正是 Pantagruelism 精神。

拉伯雷用以对抗严肃的教权统治的武器来源于古希腊罗马喜剧传统。④ 从古希腊开始，诗与哲学的古老争执就一直存在，哲学某种程度上正是在这种争执中产生的。在西元前 4、5 世纪的雅典，这个"哲学的故乡"，哲学家是作为诗人的竞争对手而出现的，因为当时戏剧诗人是城邦观念的主要来源：

---

① "动物中，只有人类才会笑。"——亚里士多德

② 翁贝托·艾科（Umberto Eco）：《玫瑰的名字》[M]，沈萼梅、刘锡荣译，上海：上海译文出版社，2010 年版，第 149 页。文中的"基督"似应译为"耶稣"。

③ 同上，页 150。

④ 巴赫金梳理了拉伯雷在西方诙谐史传统中的位置，他认为包括拉伯雷在内的文艺复兴时期诙谐传统建立在古希腊罗马传统的基础之上。具体到《巨人传》中，巴赫金认为有三个传统对拉伯雷影响巨大：首先是希波克拉底具有治疗作用的喜剧小说。其次是亚里士多德对笑的重视，"只有人才会笑"这句名言在拉伯雷所处的时代受到广泛认可，因为在高扬人性的时代里，笑的象征了人所具有的高级特权。拉伯雷的第三个重要来源是路吉阿诺斯（Lukianos）。（巴赫金：《拉伯雷与他的世界》，前揭，第 78—82 页。）被称为"西方喜剧之父"的阿里斯托芬并没有算在这个序列中，让人颇感意外。关于拉伯雷与阿里斯托芬的关系，可参 Linton C. Stevens, *Rabelais and Aristophanes*, Studies in Philology, Vol. 55, No. 1 (Jan. , 1958)，p. 24—30.

通过戏剧，城邦人民反观自己的所为、审查自己的政治意见、雕琢自己的城邦美德，从而，戏剧在城邦中起着重要的公民教育作用——戏剧诗人成了人民的政治教育者，其政治责任首先在于，把城民同自己的古典传统维系在一起。①

以"苏格拉底—柏拉图—亚里士多德"为代表的哲学，在与史诗和戏剧所代表的诗教传统的对抗中产生了。"无论是在内容还是形式上，他们（哲人）都处于竞争状态，他们选择某些策略，以便最有可能地把他们认为是真的各种关于世界的事实，向他们的学生揭示出来。"②这种争执在阿里斯托芬的作品中表现为喜剧与哲学的争执。以《云》为例，阿里斯托芬在剧中对苏格拉底的刻画被认为是西方的诗学传统对哲学的最有力对抗之一。③众所周知，苏格拉底一生述而不作，今天看到的哲人苏格拉底形象主要有四个来源：柏拉图的对话，色诺芬（Xenophon）以苏格拉底为题材作品，亚里士多德对苏格拉底的评论，还有一个就是阿里斯托芬的喜剧《云》。作为苏格拉底的同代人，色诺芬与柏拉图是苏格拉底的崇拜者和朋友，而阿里斯托芬不同，他似乎是哲人苏格拉底的对手，而高明的对手可能比朋友会更加公允，某种程度上来说，诗与哲学之间的争执构成了西方思想，尤其是古希腊思想的一个重要动力。"争执"本身既意味着区别，也意味着相似，任何争执都要以一定的共同点为基础，否则不存在所谓的争执。比如阿里斯托芬的喜剧也在教导正义，只不过它的切入方式跟哲学不同，他不仅看到了正义的必要性，而且以戏谑的方式体现出了正义的局限性，在这个意义上，喜剧不仅与哲学形成了争执，而且也补充和超越了悲剧，施特劳斯认为"诺剧（喜剧）以肃剧（悲剧）为先决条件；它建立在肃剧之上；在这个意义上，无论如何，它比肃剧更高。"④

拉伯雷继承着古代的喜剧传统，又把苏格拉底引为同道，把自己的作

---

① 刘小枫：《"古希腊悲剧注疏"出版说明》，见《古代悲剧与现代科学的起源》[M]，上海：华东师范大学出版社，2008 年版，第 3 页。

② 玛莎·纳斯鲍姆：《善的脆弱性：古希腊悲剧和哲学中的运气与伦理》[M]，前揭，第 4 页。

③ 参施特劳斯：《苏格拉底与阿里斯托芬》[M]，李小均译，北京：华夏出版社，2011 年版，第 326 页。

④ 施特劳斯：《苏格拉底与阿里斯托芬》[M]，前揭，第 327 页。

品比作象征苏格拉底的西勒诺斯魔盒，这种小药盒表面上画着一些奇形怪状的滑稽形象，但里面贮藏的都是珍贵的药品（《高康大》·作者前言，页 5）。

拉伯雷希望读者在《巨人传》这个魔盒中找到真正的奇珍异宝，但他对故事表面所呈现出的荒诞可能会对读者造成的遮蔽也不无担忧。在《第三部书》的前言中，拉伯雷通过一个故事表达了这种顾虑，古埃及国王普陀里美弄了头全黑的骆驼和一个半黑半白的奴隶回国，想借此类新鲜之物取悦于国人，以增加他们对自己的爱戴，可埃及人并不喜欢此类怪异之物，而青睐"优美、雅致和完善"，最后，由于不受人喜爱，骆驼和奴隶都死掉了。（页 428－429）拉伯雷恐怕自己的作品也被视为怪物，而默默地死去。但凭借着庞大固埃主义精神，拉伯雷坚持着自己的方向，以看似荒诞的故事追求着智慧。

1.2 《巨人传》的版本及研究举要

1.2.1 《巨人传》的成书及版本情况

16 世纪 30 年代，当拉伯雷看到一本名为《巨人高康大不可思议的伟大传记》的书时，激发了他的灵感，他对此书的评价是："根据无可否认的经验，人人都知道上面说的高康大《传记》的伟大功能和效用；因为印刷所在两个月内销出去的册数比《圣经》九年卖的还要多。"（《庞大固埃》·作者前言，页 221）他意识到可以把长久以来思考的问题以这种方式表达出来。

以这个题材为基础，1532 年，拉伯雷出版了《渴人国国王庞大固埃传》。1534 年，《庞大固埃的父亲；巨人高康大骇人听闻的传记》问世，1542 年两书合集出版时，把写父亲的《高康大》编排在了第一卷。概括起来，这两部书写了两位主人公、三代巨人（包括高康大的父亲高朗古杰）的故事，主要是高康大和庞大固埃两位英雄的诞生和成长。

两书出版后，引起强烈反响，虽然拉伯雷把自己名字的字母顺序打乱，署名为 Alcofribas，但他还是受到了索邦神学院的指责，面临教会迫害的拉伯雷不得不暂时离开故里避难。后来在教会朋友的帮助之下，拉伯雷得到教皇的特许，"以在俗教士的身份继续行医，并再一次到蒙帕利埃大学学医，获得硕士和博士头衔。"（中译本序，页 3）此后几经周折，拉伯雷得到了国王弗朗索瓦一世的特许发行证，于 1546 年出版了《第三部书》，此部书的卷首，作者第一次以拉伯雷的真实身份向那伐尔王后献词，从而保证了本书的合法性。1548 年，《第四部书》的前 11 章问世。1552 年，出版了《第四部书》的定本，这部书是献给红衣主教奥戴亲王的。次年，拉伯雷与世长辞。《巨人传》在拉伯雷生前只出版了四部，在拉伯雷死后九年的 1562 年，出版了据说是拉伯雷的生前遗稿，名为《钟鸣岛》，两年之后，第五卷的其余章节出版[①]，这就是传世的五卷本《巨人传》的定本。

前四部的成书情况基本上没有争议[②]，但《第五部书》是否为拉伯雷亲手所作，一直存在争议，主要的几种观点详见本书结语部分的梳理。

由于《巨人传》各部书的出版间隔较长（前后共历 30 余年），而且有多个版本流传于坊间，所以本书的版本问题在拉伯雷生前即已呈现出来，在《第三部书》出版前，拉伯雷特意申请了一份《国王御诏》，来说明这种境况：

据我们亲爱的医学博士弗朗索瓦·拉伯雷大师的陈述及申请，其过去以希腊、拉丁、法兰西及多士干等文字印行的有关庞大固埃英勇言行若干作品，既有教益，又饶兴趣，惜印刷人在书中数处进行歪曲、窜改和破坏，并盗用申请人姓名，滥印若干坏书，严重损害作者声誉，危害作者权益。此种冒名撞骗之书籍，申请人一概予以否认，并请求国王恩准同意予以取缔。作者过去承认之作品，因有被人窜改及侮辱情事，亦全部予以修

---

① 《钟鸣岛》共有 16 章，定本的《第五部书》包括其中的 15 章，删除了第 16 章《愚人岛》，并加了一个新的前言和 32 章新的内容，构成我们今天看到的 47 章的《第五部书》。

② 尽管有些学者，如拉伯雷研究协会的第一任会长 Abel Lefranc（阿贝尔·勒夫朗），对《第三部书》8—14 章的归属问题也存在怀疑，但 Demerson 等人认为这种说法证据不足，后世学者也基本上不采用勒夫朗的说法。［参 Alice Fiola Berry，《灾难的魅力：拉伯雷〈第四部书〉研究》（*The charm of catastrophe：A study of Rabelais's Quart Livre*），University of North Carolina Press，2000，p. 14.］

正，重新再版。(《第三部书》·国王御诏，页 419)

虽然事先对版本问题作了说明，但在当时已经非常有影响的拉伯雷的《第三部书》一出，还是顿时出现了洛阳纸贵的情况，单单这一部书在 1546 年时就已经有两个版本，而在拉伯雷有生之年，此书至少已有 8 个版本流传于世。[1] 鉴于此种情况，对《巨人传》的编辑工作显得至关重要，而学者们对于拉伯雷作品的编辑工作也代不乏人。从 1868 年到 1903 年，Charles Marty-Laveaux 编辑了六卷本的全集 (Oeuvres. Ed. Charles Marty-Laveaux. 6 vols. Paris：Lemerre, 1868－1903)。自 1903 年，拉伯雷研究协会 (La société des Études rabelaisiennes) 成立以后，会长 A-bel Lefranc (阿贝尔·勒夫朗) 及其同仁也一直将全集的编撰工作作为协会的主要工作之一，至 1965 年，历几十年之功，有七卷本《拉伯雷全集》问世 (Oeuvres. Ed. Abel Lefranc et Robert Marichal, al. 7 vols. Paris and Geneva：E. Champion and E. Droz, 1912－1965)。同属于拉伯雷研究协会的 Jean Plattard 单独出版了注释详尽的 5 卷本《巨人传》(Oeuvres complètes. Ed. Jean Plattard. 5 vols. Paris：F. Roches, 1929)。拉伯雷研究协会编撰的《全集》由于参与研究的人数众多，所以资料翔实，注释精当，为日后的拉伯雷研究奠定了坚实的基础。

在西方学界久负盛名的"七星文丛" (Bibliothèque de la Pléiade) 也一直致力于《巨人传》的编辑工作，这套丛书目前为止共有两个《拉伯雷全集》问世，第一个版本是由 Jacques Boulenger 和 Lucien Scheler 于 1959 年编竣出版的 (Oeuvres complètes. Ed. Jacques Boulenger et Lucien Scheler, Bibliothèque de la Pléiade. Paris：Gallimard, 1959)。另外一个就是目前学界公认最权威的 1994 年版全集，由 Mireille Huchon 负责编辑、注释，并附有长篇导言，这个版本是本书主要参考的法文原本 (Oeuvres complètes. Ed. Mireille Huchon. Bibliothèque de la Pléiade. Paris：Gallimard, 1994)。

较有影响的《全集》，除以上所提之外，还包括：Oeuvres. E-

---

[1] See Michael J. Heath, *Rabelais*, Tempe, AZ：Medieval and Renaissance Texts and Studies, 1996, p. 64.

d. Variorium. 9 vols. Paris：Dalibon，1923－1926；*Oeuvres complètes*，Ed. Marcel Guilbaud. 5 vols. Paris：Imprimerie Nationale，1957；*Oeuvres complètes*，Ed. Guy Gemerson. Paris：Seuil，1973 等。

除了《全集》之外，还有多种各部书的单行本问世，著名的拉伯雷专家 Michael A Screech 和 Verdun-Louis Saulnier 所编辑注释的版本是其中比较有代表性的作品，他们及 Ruth Calder 教授共同整理了《高康大》（*Gargantua*. Ed. Ruth Calder，Michael A Screech，and Verdun-Louis Saulnier. Geneva：Droz，1970）；他们还分别完成了《庞大固埃》和《第三部书》的编辑注释工作（*Pantagruel*. Ed. Verdun-Louis Saulnier. Geneva：Droz，1946；*Le Tiers Livre*. *Ed. Michael A Screech*，*Geneva*：*Droz*，*1964*)；《第四部书》在学界比较认可的是 Robert Marichal 教授所注释的版本（Le *Quart Livre*. Ed. Robert Marichal. Geneva：Droz，1947）。

1.2.2 西方学界《巨人传》研究概况

西方学界对于拉伯雷的研究从他作品问世后延续至今。从 16 世纪末开始，对拉伯雷的研究产生了所谓的"历史寓意学"方法，到 17 世纪时，这种方法成为了拉伯雷研究的主流，延续了有近三个世纪之久。这种方法简单来说，就是将文本中的情节还原到具体的历史情境之中，将书中的故事与历史上所发生的事件相对应，并找出与书中角色对应的真实历史人物。比如，把高康大看做弗朗西斯一世[①]，把巴奴日看做红衣主教达姆布阿兹等等。运用"历史寓意学"方法的研究成果中，比较有代表性的著作包括勒·杜莎（Le Duchat）对于拉伯雷的解读，Eloi Johanneau 与 Esmangar 共同编撰出版了九卷本《拉伯雷全集》，这两位学者几乎将前人关于拉伯雷的所有研究都囊括进了自己的作品中，这也是"历史寓意学方法"对拉伯雷研究的集大成之作。在后来的研究中，尤其是晚近的拉伯雷研究专家如 Rigolot，Duval，Screech 及 Weinberg 等人看来，这种方法限

---

① See Tilley M. A. Ed，*Fraçois Rabelais*，J. B. Lippincott Company，1907，p. 216.

制了对拉伯雷作品丰富性的理解。①

拉伯雷作为一个法国人，尤其得到本民族作家的重视，认为他是法国近代文学的奠基者，莫里哀、拉封丹、狄德罗和巴尔扎克等的作品中都能看到拉伯雷的影响，尤其是巴尔扎克，他对自己的都兰同乡极为推崇，专门仿拉伯雷风格写了一部《都兰趣话》，甚至自认为其成就远超《人间喜剧》。②后世学界对拉伯雷的重视，很大程度上来自于法国浪漫派对于拉伯雷青睐，比如维克多·雨果，他认为拉伯雷是与荷马等同样重要的所谓"天才作家"。雨果列举了十四位这样的天才作家，这些人显示了浪漫派独特的视角，他们分别是：荷马、埃斯库罗斯、卢克莱修、尤维纳利斯、塔西佗、约伯、先知以西结、先知以赛亚、使徒保罗、使徒约翰、但丁、拉伯雷、塞万提斯、莎士比亚，从这个名单上可见法国人对于本民族这位天才作家的推崇。

从 19 世纪下半叶开始，对于拉伯雷的研究，出现了不同于"历史寓意学"的研究方式，开始从哲学、语言学等方面更加全面地看待拉伯雷的作品。对于拉伯雷更广泛的研究，开始于 20 世纪初。1903 年，由 Abel Lefranc（阿贝尔·勒夫朗）组织，成立了 La société des Études Rabelaisiennes（拉伯雷研究协会），这在拉伯雷研究史上成为了里程碑式的事件。这群学者在 1912 年－1965 年之间，编辑出版了七卷本的《拉伯雷全集》，并附有丰富的评注。1922 年，协会主席勒夫朗发表了一篇文章，将协会对于拉伯雷的评价定调为："在浓烈轻浮、奔放沸腾，令人惊异不绝的语言背后，有隐藏的讯息——对于基督教信仰的彻底攻击；拉伯雷乃先于他时代的自由思想家，一个反基督教的无神论者。"从 1903 年起，协会

---

① See Francois Rigolot, *Rabelais, Misogyny, and Christian Charity: Biblical Intertextuality and the Renaissanof Exemplarity*, PMLA, Vol. 109, No. 2 (Mar., 1994), p. 226.

② 根据《都兰趣话》的中译者介绍，这本书中巴尔扎克学到的是拉伯雷作品中"纯娱乐的功能"，这种评论的根据，是将巴尔扎克所说的"自己将来的声誉在很大程度上要指望这部书"的说法当做一种戏言来看待，因为里面的故事充斥着过多的风月之事。（参巴尔扎克：《都兰趣话》[M]，施康强译，北京：人民文学出版社，2004 年版，第 4 页。）但拉伯雷的书是不是仅有"娱乐功能"？巴尔扎克是不是仅仅因为拉伯雷过多的描写了两性关系而对他推崇备至？喜剧又是不是仅具有娱乐功能？在"西方喜剧之父"阿里斯托芬看来，"正义之事"与"自然的感官快乐"之间的关系是人类所必须面临的问题，而这也正是喜剧所要解决的问题之一。（参施特劳斯：《苏格拉底与阿里斯托芬》[M]，李小均译，北京：华夏出版社，2011 年版，第 35 页。）

以《拉伯雷评论》(*Revue des études Rabelaisiennes*,1903—1912)作为协会的固定刊物,对外发表协会成员的研究成果。1913 年,刊名改为《十六世纪评论》(*Revue du seizième siècle*)。从 1934 年开始,协会进一步扩大自己的研究领域,将会刊更名为《人文主义与文艺复兴》(*Humanisme et Renaissance* 1913—1932,1934—1940)。[①]

针对协会对拉伯雷的研究,尤其是勒夫朗对拉伯雷在信仰问题上的观点,年鉴学派的创始人之一吕西安·费弗尔(Lucien Febvre)用了十年的时间对这个问题进行研究,于 1942 年出版了《十六世纪的无信仰问题:拉伯雷的宗教》(英译名 *The Problem of Unbelief in the Six-teenth Century:The Religion of Rabelais*)一书,对拉伯雷是否是个无神论者的问题进行了讨论。此书根本上是一部历史学著作,而且具有与勒夫朗进行论战的性质,费弗尔的核心问题是:十六世纪的信仰状况是什么样的,在那个时代背景下,拉伯雷是否有可能成为一个无神论者?[②]

费弗尔的《拉伯雷的宗教》分为上下两部。上部题为《拉伯雷是无神论者吗?》,又分成两部分,第一部分是对拉伯雷所处的时代及与其联系密切的友人的考察,名为《同代人的证词》,这一部分从历史考据的角度向读者介绍了拉伯雷与加尔文、杜博雷及"七星诗社"的龙沙等人的交往情况。通过这种考察,描绘出了一幅以人文主义学者为代表的 16 世纪思想地图。第二部分名为《对流言的指控》(*The Charges of Scandal*),主要通过特莱美修道院、高康大给庞大固埃的书信和爱比斯德蒙游地府等几个情节,回应了勒夫朗对拉伯雷无信仰的指责,具体包括对灵魂不死、耶稣死而复活以及末日审判等基督教主要教义在《巨人传》中的体现。结论是通过这些故事,非但不能证明拉伯雷是一个无神论者,而且证实了他是一个有坚定信仰的作家。

---

① 参巴赫金:《拉伯雷和他的世界》,前揭,第 126 页以下。

② Febvre Lucien, *The Problem of Unbelief in the Six-teenth Century:The Religion of Rabelais. Trans. Beatrice Gottlieb.* Cambridge, MA:Harvard University Press,1982,p.7 (Originally published as *Le Problème de l'incroyance au XVI siècle:La Religion de Rabelais.* Paris:AlbinMichel, 1942.) 汉译本参吕西安·费弗尔:《16 世纪的不信教问题:拉伯雷的宗教》[M],赖国栋译,上海:三联书店,2011 年版。后文凡引此书,英译本简称 *The Religion of Rabelais*,汉译本简称《拉伯雷的宗教》。

《拉伯雷的宗教》下部具体探讨了信仰或无信仰的问题（标题为 *Belief or Unbelief*），从更加具体的角度讨论了拉伯雷自己对信仰问题的一些具体表述。下部书又分成两部分，第一部分通过拉伯雷与路德及宗教改革，还有伊拉斯谟及基督教哲学的关系，进一步佐证了在当时的时代氛围下，拉伯雷不可能成为一个无神论者，这是当时的时代氛围所完全不允许的。下部书的第二部分讨论了在拉伯雷生活的时代，宗教与哲学、科学及神秘主义的关系。全书的最后结论是，16 世纪是一个渴望信仰，也不可能没有信仰的时代。

　　费弗尔在对拉伯雷进行考察时，是以一种历史学的视角，尤其是带有年鉴学派色彩的历史考据的方式，强调当时的时代氛围对拉伯雷思想的影响。正如他所说，当我们阅读拉伯雷的某个章节时，不应该想这是一个当代的自由思想家的作品，而应该想，当拉伯雷的同时代人读到这段话时，他会想些什么，他们有哪些共同的经历是后代的人完全不可想象的。[①]费弗尔之所以要花大量的篇幅来考察拉伯雷的同时代人，及其与拉伯雷的交往，就是为了要证明，作为当代的读者，无论是感受、思想和语言，都与16 世纪的人不具有可比性。在随后的 17 世纪，随着主体哲学的出现，哲学家们思考问题的方式才与 16 世纪的前辈们发生了断裂。在笛卡尔的时代，人们开始以一种完全客观的方式来考察宇宙，17 世纪已经是一个理性、有序的时代，各种事物都划定了界限，这时的世界才与我们的时代有了相通之处，而勒夫朗所指责拉伯雷无信仰的说法犯了时代误置的错误，16 世纪还不是一个逻辑统治的时代。总之，在 16 世纪的拉伯雷这里不可能产生无信仰的问题。[②]

　　巴赫金的《拉伯雷和他的世界》，可能是迄今为止汉语学界最熟悉的拉伯雷研究。《拉伯雷和他的世界》一书于 1941 年完成，并提交给高尔基世界文学研究院，作为申请博士学位的论文。[③]

　　从学科角度来看，巴赫金对拉伯雷的《巨人传》基本上是从文学角度

---

　　① Febvre Lucien, *The Religion of Rabelais*, Ibid, p. 16.

　　② Ibid, p. 100.

　　③ 刘康：《对话的喧声—巴赫金的文化转型理论》[M]，北京：北京大学出版社，2011 年版，第 182 页。

进行研究的，进一步来看，是从文学史（更确切地说是"诙谐文学史"）的角度对拉伯雷进行研究，按照他自己的说法就是：

> 我们的著作基本上具有文学史的性质，尽管它与历史诗学问题有着相当密切的联系。但是，较为宽泛的一般的美学问题，尤其是诙谐的美学问题，我们不在书中提出。我们在这里所揭示的只是中世纪和文艺复兴时期一种历史上确定的民间文化的诙谐形式，并且不是在其全部的规模上，而只是限于对拉伯雷的创作的分析范围内。在这个意义上，我们的著作只能提供某些诙谐哲学和美学的材料，仅此而已。①

虽然巴赫金的说法有谦虚的成分，但如果详细分析几十万字的《拉伯雷和他的世界》，我们确实发现他的这部作品主要是从文艺复兴时期的民间诙谐传统角度来看待《巨人传》的。

巴赫金首先将拉伯雷置于文艺复兴这个大的历史背景之下来进行分析，他认为这一时期是诙谐文学史上的一个重要转折时期，而拉伯雷、塞万提斯和莎士比亚是这一转折的主要代表人物。②巴赫金之所以如此重视文艺复兴时期的诙谐文学，是因为这段时期的作品既带有古希腊罗马思想的影响，在拉伯雷这里，三个最主要的古希腊罗马的思想资源包括：希波克拉底、亚里士多德和卢奇安。③也体现出了当时的思想家所面临的最大现实问题，那就是基督教思想的影响。

其次，巴赫金强调了《巨人传》的民间传统。刘康先生认为，巴赫金之所以要在研究拉伯雷的著作中特别重视其民间狂欢的思想来源，是因为"狂欢节具有的全民大众性、自发性和反叛、颠覆性，包含了较为直接的政治寓意和更广泛的文化转型时期意识形态冲突观这两重意义。就直接的政治寓意而言，狂欢节概念一方面批判了斯大林文化专制主义，一方面又寄托了巴赫金的政治乌托邦理想。"④按照这种说法，巴赫金对拉伯雷的青睐不仅仅出于对拉伯雷时代民间狂欢习俗的兴趣，更多的是出自对现实的

---

① 巴赫金：《拉伯雷和他的世界》，前揭，第 138 页，重点为引者所加。
② 同上书，第 77 页。
③ 同上书，第 79—82 页。
④ 刘康：《对话的喧声—巴赫金的文化转型理论》［M］，北京：北京大学出版社，2011 年版，第 188 页。

关怀。

简言之，在巴赫金的拉伯雷研究中，首先对拉伯雷进行了一种文学上的定位，随后，再从《巨人传》的文本中去为自己的观点找证据。不可否认，巴赫金所强调的拉伯雷思想的民间狂欢传统确有其根据和道理，而且是理解拉伯雷的重要路径之一。但本书将着重从"两希张力"的思想史背景来对《巨人传》进行解读。

1.2.3 汉语学界对《巨人传》的翻译及研究

下面来看一下中文学界对于《巨人传》的翻译及研究情况。目前《巨人传》至少有四个汉译本，其中两个全译本，分别是：成钰亭先生的译本（拉伯雷：《巨人传》，成钰亭译，上海译文出版社，1990 年 8 月）和晚近出版的陈筱卿先生的译本（拉伯雷：《巨人传》，陈筱卿译，吉林出版集团有限公司，2010 年 5 月）。还有鲍文蔚、杨松河两位先生的节译本，这两个版本只包括前两卷（拉伯雷：《巨人传》，鲍文蔚译，人民文学出版社，1998 年 2 月；拉伯雷：《巨人传》，杨松河译，译林出版社，2002 年 10 月。）由上述译本可见，我国译界对于拉伯雷还是颇为重视的，如鲍文蔚先生很早便开始对《巨人传》的翻译，且将没有完成全译本引为终身遗憾。

比较起来，陈筱卿、鲍文蔚和杨松河三位先生的译笔生动，文学性较强，而成钰亭先生的译笔从思想研究的角度来看，更加忠实于原文，参考价值较大。但总体来说，几个汉译本在对文本的注释方面，都显然不够详尽，西文研究版本中大量的注释并未被译介为汉语。要想领略拉伯雷作品的深刻含义，对于当代西方读者来说，亦须借助注释才能窥其一斑，翻译成汉语的阅读难度自不用说，如若没有详尽的注释，那么我们所读到的可能只是表面的热闹情节，甚至对很多情节也是云里雾里，不知所云。

从研究文献来看，目前汉语能看到的研究专著似乎只有巴赫金的《拉伯雷和他的世界》及 2011 年刚刚翻译出版的吕西安·费弗尔的《16 世纪的不信教问题：拉伯雷的宗教》。在巴赫金对拉伯雷研究的理论基础上，有部分研究简要涉及拉伯雷，如中国人民大学宋春香博士的博士论文《狂欢的宗教之维——巴赫金狂欢理论研究》，文中对拉伯雷有部分间接的介绍。朱元鸿先生的论文《拉伯雷与我们的世界》从整体评介的角度对于拉伯雷有比较深入的介绍，但从文章标题即可见，朱文对拉伯雷的研究也是以巴赫金为基础的。笔者目前还未看到对拉伯雷思想进行直接研究的汉语专著。

随着汉语学界对西方传统的重新阅读，拉伯雷也逐渐以一个思想家的身份进入了中国学界的视野，在刘小枫先生选编的《古典诗文绎读·西学卷·现代编》（华夏出版社，2009 年 8 月）中，有两篇文章从大的思想史角度，对拉伯雷进行了不同视角的介绍，它们分别是纳施勒尔斯的《〈巨人传〉中畅饮》和科斯塔的《日常饮食："骇人听闻的神秘之物"》。由娄林主编的《经典与解释》辑刊第 41 期，名为《拉伯雷与赫尔墨斯秘学》，是汉语学界关于拉伯雷研究的最新译介材料。

总体来说，虽然《巨人传》已有多个汉译本面世，但将其作为严肃的思想著作看待并进行深入的研究，在我国目前仍处于起步阶段。

1.3 本书的主题、研究方法及结构

拉伯雷的《巨人传》，表面看来满是笑料，颇为好读，但若想透过笑声，理解作者的深邃寓意，则颇为不易。Harcourt Brown 曾指出阅读拉伯雷的主要困难：首先，阅读的障碍来自语言，拉伯雷所使用的中古法语与现代法语不同，其带有从拉丁语向法语过渡的痕迹，更困难的是，拉伯雷作品中使用了很多方言，并夹杂了大量拉伯雷自创的词汇。对于这样的文本，现代人阅读起来颇为困难。其次，将对智慧的追求寓于讲故事的写作手法，造成了理解上的障碍，叙事体的"显/隐"关系没有论文体那样清楚明白。这一方面可能造成无法进入文本，另一方面也容易造成解释的任意性。第三点，拉伯雷身份的复杂也为理解他的作品造成了障碍。第四，拉伯雷所处的时代，社会和思想都发生着巨大变动，写作的背景异常复杂，要想理解《巨人传》中的一些典故，需要具备一定的历史知识。[①]

---

① Harcourt Brown, *Science and the human comedy*, University of Toronto Press, 1976, 20—25.

鉴于以上困难，本书的写作将会以文本细读（a close textual commentary）的方法，尽量呈现出《巨人传》文本中的脉络及思想，而不是轻易给拉伯雷贴上某种标签，诸如"反宗教的斗士"或"单纯的复古主义者"等。因为拉伯雷清楚地告诉我们："读了我杜撰的这些令人捧腹的标题，像《高康大》《庞大固埃》《酒徒》《裤裆的尊严》《油浸青豆附注释》等等，便会毫无困难地断定书里面无非是笑谈、游戏文字、胡说八道，因为单看外面的幌子（我是指书名），如不深入研究，便会普遍地认为是嘲弄和嬉笑。但是，这样轻易地断定人家的作品，并不合适。"（《高康大》前言，页6，译文有调整）。克莱因（Jacob Klein）在评价施特劳斯的阿里斯托芬喜剧研究时指出，"作者的任务是：在［阿里斯托芬］以谐剧方式甚或以闹剧方式乔装之处，侦查出深刻的严肃性，同时无需把诗人的智慧降格为干巴巴的正题与反题（thesis and antithesis）展示。"[①]根据拉伯雷作品的文体特点，本书写作中亦采取夹叙夹议的方法，尽量做到"以拉伯雷解拉伯雷"，还原荒诞背后的严肃性。

本书的着眼点不在于从文学或者历史的角度对《巨人传》进行研究，据巴赫金所说："在拉伯雷的作品中有许多通常只有最亲近的同时代人，甚至有时只有与拉伯雷亲近的狭小圈子里的人才能理解的典故。"[②]本书的意图之一是为汉语学界的拉伯雷研究起到抛砖引玉的作用，大量的历史考究为笔者目前力所不逮。

限于各种条件，本书作为汉语学界对拉伯雷思想研究的初步尝试，只能从一些最基本的问题着手，为进一步的研究提供参考。因此，在各章的写作中，笔者首先会厘清《巨人传》各部书的结构，以便在看似松散庞杂的故事背后明确拉伯雷的谋篇意图。在此基础上，以"两希""古今"的争执为思想史背景，疏解拉伯雷是如何在故事中将生—死、教育、战争、决断、节制等问题呈现出来的。并进一步考察在关乎这些主题的故事中，

---

① 克莱因：《苏格拉底与阿里斯托芬》，见施特劳斯：《苏格拉底与阿里斯托芬》，前揭，第332页。

② 巴赫金：《拉伯雷与他的世界》，前揭，第126页。如果考虑到拉伯雷写作的民间故事来源，那么这个方面就更好理解了，在不同的历史时期，总有一些具体的微观事件是只有那个时期的人才能够理解的，因此，对于《巨人传》中一些目前无力处理的情节，只能将其悬置起来，留待日后解决。

思想与行动间呈现了怎样的张力。拉伯雷对"思想与行动"这一人类的终极问题，提出了哪些自己的疑问，并做出了怎样的解答。在这些问题中，拉伯雷为我们呈现出了一个怎样的"文艺复兴"。

在看似独立的《巨人传》几部书中，描述了人的一生。《高康大》和《庞大固埃》讲述了巨人出生、童年和青年的故事，《第三部书》是人到中年，所面临的家政和婚姻问题，《第四部书》中人近衰老，逐渐向冥府下行。本书按此线索，对拉伯雷呈现给我们的人生各阶段的主要问题进行考察。

本书主体第一部分，即第二章主要对前两部书《庞大固埃》与《高康大》进行了研究，从整体上对两部书的结构，及两部书间的关系进行了梳理。以两封重要书信（《庞大固埃》章8、《高康大》章29）为引，对前两部书中的"生—死"、教育、战争三个主题中所体现的思想与行动的关系进行了分析。

首先从对希腊与希伯莱文化中不同的时间维度入手，分析了拉伯雷的"生死观"及其希腊与希伯莱的思想背景，为拉伯雷的思想来源作出整体的定位。

知识是教育的重要内容，在拉伯雷思想中，所谓"成为知识渊薮"的"大全教育"具体包括哪些内容？知识是指向德性还是力量，对于思想与行动的关系有何影响？这是本章第二部分要讨论的内容。

本章第三部分是对战争这一人类典型行动的分析，通过对《高康大》与《庞大固埃》中的两场战争的研究，尤其是通过《巨人传》中的战争结果与《伯罗奔尼撒战争史》中的"弥罗斯对话"的对比，突出了战争合法性的问题。如果以"知识即力量"为思想发展的目的，那么，国家间的关系一定会表现为霍布斯的"丛林原则"，康德的"永久和平"只能是个梦想。

决断，是所有人都要面对的行动，人时时刻刻都在选择中决定着下一步的方向。《第三部书》中，巴奴日对于自己是否应该结婚，迟迟下不了决心，于是进行了一系列的咨询，包括占卜等超自然的方式和向哲人等"专家"请教的理性方法。面对着各种建议，当事人迟迟无法做出决断，表现出了行动的无力，这是《第三部书》的主题。

关于战争的讨论延续到了《第三部书》的开头，在这部书的"作者前言"中，拉伯雷讲述了第欧根尼备战的故事，以此说明了择善固执的行动不一定直接与好的结果相关，行动本身即是意义的彰显。

经济与战争，同样是人类政治生活的重要组成部分，在现代社会，国家间的竞争更多地以经济方式来进行，贡斯当认为，战争与经济的根本目的都是为了得到自己所欲求之物，因此具有某种同构性。《第三部书》中有一段著名的巴奴日对借贷关系的颂扬，以此体现出了在人与人之间建立普遍关系的"世界主义"政治理想。在结构上，通过对债务的颂扬，联系到了人身体各器官的关系，体现出了生殖的重要意义，以此引出《第三部书》的婚姻主题。

Edwin M. Duval 指出，《第三部书》是按照严格对称结构来组织的，本书虽然没有对《第三部书》完全按照此结构进行解读，但仍然将巴奴日对婚姻问题的咨询分为两个部分，首先是"超自然方法"，这种问卜方式需要人的解释才能显出思想的意义，并进一步指导行动。巴奴日之所以不能通过神启方法做出决断，一方面因为他不相信命运的力量，对不同的占卜结果只做自己想要的解释。另一方面是因为他不愿承认自己的问题，在"认识自己"的基础上"改变自己"，对切身问题作出选择。在注定的"命运"面前，人应该如何思考与行事？《第三部书》中的巴奴日提供了一面镜子。

针对巴奴日对神启固执的解释，庞大固埃决定以一种更加理性的方式来解决他的问题，于是，请了神学家、哲学家、医生等"专家"，让他们在一次宴会上为巴奴日答疑。与柏拉图的《会饮》类似，拉伯雷的《会饮》也有很强的现实针对性，体现了拉伯雷对待当时各种"显学"的态度。神学家的"绝对主义"与哲学家的"相对主义"对巴奴日的问题是否能够做出有效的回应？身为医生的拉伯雷是怎样看待医学对于巴奴日婚姻问题之意义的？最终，又是谁为巴奴日等人指明了寻找"神瓶启示"的道路？这些都是拉伯雷"会饮"中的问题。

"庞大固埃主义"因《巨人传》而得名，成为乐观主义精神的代名词。本书第四章，通过对《第四部书》的解读，以节制与健康的关系，节制与酒的关系等问题为切入点，分析了庞大固埃主义中所体现的节制精神，审视了最能体现拉伯雷思想特征的"庞大固埃主义精神"中所显示的思想与行动的张力。

拉伯雷《第四部书》的内容与结构，都呈现出了很强的跳跃性，因此本书选取了几个和"思想与行动"关系密切的段落进行详细分析，兼及其他内容。在《第四部书》的前言中，拉伯雷以医生的特殊身份，探讨了节制与健康的关系。在由医生、病人、疾病三者共同组成的治疗过程中，"节制"是核心问题，关乎病人的健康与医生治疗的效果。

"航海"是拉伯雷时代的主题之一，也是人类的一种典型行动，《第四部书》的故事便是在寻找"神瓶启示"的航行中展开的。本章第二部分讨论了与航海相关的内容，主要通过海上的一个历险，通过书中人物在暴风雨中的表现，讨论了人在面对极端灾难时，思想与行动的关系。

"圣餐之争"是宗教改革中各方争论的一个焦点，拉伯雷以"狂欢节"为居中调停的角色，体现了自己在这场重要的宗教运动中怎样的态度？而狂欢中必不可少的酒，在拉伯雷思想中的重要地位是如何体现的？酒中体现的"庞大固埃主义精神"与节制又有什么关系？这些是本书第四章最后一部分要讨论的问题。

"结语"中以《第五部书》的真伪问题为背景，探讨了文字的意义与言行关系的问题。

第 2 章　拉伯雷的问题：教育何为？

"在我们这个世界，所有的公正都是可变的，尽管其中有自然的公正。"（亚里士多德：《尼各马可伦理学》1134^{b}27—28）

2.1　前两部书之结构与关系

一般说来，1532 年出版的《庞大固埃》与 1534 年出版的《高康大》被看作拉伯雷的前期作品，介绍了父子两代巨人的出生、童年及青年岁月。这两部书在故事结构、人物刻画及主要思想方面，都有很多的相似性。首先出版的《庞大固埃》可以看作《高康大》的"前传"，但在 1542 年两书合集出版时，写父亲的《高康大》被放在了前面。从拉伯雷作品的原名（*Gargantua et Patagruel*）来看，整部作品可以分成高康大的故事和庞大固埃的故事两个部分，这种分法似乎更符合作者的原意。第一部分（《第一部书》）以高康大为主角，讲述了他的故事，第二部分（后四部书）讲的是庞大固埃及巴奴日等的故事。这样一来，《高康大》似乎又变成了四部《庞大固埃》的一个"前传"。因此，两书之间呈现出了写作时间、父子先后、内容承接等方面复杂的关系。很多研究者认为，《高康大》与《庞大固埃》有很多相似之处，而《高康大》很多方面要比拉伯雷的第一部作品更优秀。①

---

① R. H. Armitage, *Is Gargantua a Reworking of Pantagruel*, PMLA, Vol. 59, No. 4 (Dec., 1944)；关于两部书间的关系，亦可参 C. H. C. Wright, *Selections from Rabelais' Gargantua* (Macmillan, 1904), 20；W. F. Smith, *Rabelais In His Writings* (Cambridge, 1918), 41—42；P. Villey, *Marot et Rabelais* (Paris, 1923)

《高康大》在很多方面都沿袭了《庞大固埃》中的内容和手法，问题是《高康大》与《庞大固埃》在哪些内容上是相近的，拉伯雷在自己的第二部书中又对它们进行了怎样的扩展和延伸？能否因这种承接关系，就认为《庞大固埃》仅是《高康大》的一个"纲领性前奏"？

　　首先从结构上看，《庞大固埃》可以分成两部分，第一部分是写庞大固埃的家世、出生及受教育情况（1—8 章）；第二部分是庞大固埃学成之后，所学在诉讼纠纷及辩论中所发挥的作用（9—22 章）；第三部分主要描写了乌托邦与渴人国之间的一场战争（23—33 章）；最后的 34 章是一个尾声。

　　从《庞大固埃》第 9 章开始，出现了巴奴日[①]这个"新人"，他与庞大固埃都是故事的主角。《庞大固埃》的第二部分（9—22 章）又可以分成两个部分，首先是庞大固埃如何审判一件疑难案件的故事（9—13 章）；另一部分是介绍巴奴日的经历与能耐（14—22 章）。在此部书的最后一章《本书的尾声和作者的申辩》[②]，作者向读者预告的剧情中，包括《第三部书》中关于巴奴日婚姻问题的讨论（2.34 章，页 411）。如果以巴奴日这个重要人物为线索，后四部书成为一个整体，而巴奴日在第一部书《高康大》中并没有出现。

　　下面看一下没有巴奴日的《高康大》在结构上是如何安排的？这部书中，除去开头第 2 章的"防毒歌"与结尾 58 章的"谜诗预言"，《高康大》主体可分成三部分，第一部分介绍高康大的出生和受教育情况（3—24

---

　　① "巴奴日"（Panurge）这个名字的字面义是"精巧奸诈，什么都做得来的人"（2.9 章，275 页，注①）。

　　② 本章题目，成钰亭、陈筱卿、杨松河几位先生均译为《本书的尾声和作者歉意》，鲍文蔚先生译为"谢词"，此处的法语原文是 l'excuse，这个词在法语中，有"申辩"；"托辞"和"道歉"等多种含义，《苏格拉底的申辩》中的"申辩"一词在法语中也可译为 l'excuse。从这一章的内容来看，作者似乎更多地是在为自己的这种写作方式与内容在做辩护，而非致歉，如"请别光想我的过错，以至于连你们自己的也不想了。""如果你们跟我说：'师傅，你给我们写这些无聊的东西，可笑的诙谐，好像你这个人不大正经。'我将要回答你们说，只要你们看它，你们也正经不了多少。"（2.34 章，411 页）因此，笔者在此将该词试译为"申辩"。

章）；第二部分描写了高康大的国家①与毕克罗寿的列尔内（Lerné）国之间的一场战争（24—51章）；第三部分是拉伯雷对自己的"乌托邦"——特莱美修道院的设计（52—57章）。②《高康大》在教育和战争这两个主题上与《庞大固埃》相同，但增加了特莱美修道院的内容。《高康大》与《庞大固埃》内容上连贯的一个最好例子是两封父亲写给儿子的书信。

两部书中，各有一封父亲写给儿子的书信，分别是《庞大固埃》第8章《庞大固埃怎样在巴黎收到父亲高康大的家书》和《高康大》第29章《高朗古杰写给高康大的家书》。从写作时间上来看，《庞大固埃》中高康大写给庞大固埃的书信在先，《高康大》中高朗古杰写给高康大的信在后。如果把这两封信按照写作的先后顺序排列，会发现，它们在内容上是连贯的。

两封书信在《巨人传》研究中颇受重视，它们的重要性不仅体现在内容上，其在全书的结构中也颇为重要，二者几乎可以看作前两部书的纲要。

---

① 在《高康大》中，拉伯雷并没有强调巨人的祖国是"乌托邦"（Utopia），"乌托邦"一词的第一次出现是在《庞大固埃》中，在介绍庞大固埃的母亲时说到，"高康大在他四百八十再加四十四岁的那一年，他的妻子，乌托邦亚马克罗提国王的公主巴德贝克。"（2.2章，233页）。第二次出现是在高康大给庞大固埃的书信落款上，"三月十七日，于乌托邦，你的父亲高康大"（2.8章，273页）。《高康大》的第一句话是，"要认识高康大出身的谱系和古老的家世，我请你们参看庞大固埃伟大的传记。"（1.1章，11页）可见，《高康大》承续了《庞大固埃》的内容，里面已经介绍的巨人家世在此并未重申，庞大固埃与高康大的祖国都理所应当是"乌托邦"。通过这一点暗示了，拉伯雷认为合法的继承关系，应该是子承父业。《巨人传》中之所以多次出现"乌托邦"这个地名，拉伯雷似乎是受到了1516年成书的托马斯·莫尔的《乌托邦》的影响。"'乌托邦'（Utopia）这个词本身就是据古希腊语虚词造出来的，六个字母中有四个元音，读起来很响，指的却是'无何有之乡'。"（参托马斯·莫尔：《乌托邦》，戴镏龄译，商务印书馆，1982年7月版，序言，第5页。）

② William H. Huseman指出，对毕克罗寿的战争可以看做拉伯雷对伊拉斯谟的理想基督君主教育的一种反对，指出了伊拉斯谟教育中的软弱性，类似的教育不能有效地对抗恶势力的侵略。而特莱美修道院可以看做是对莫尔《乌托邦》的一种模仿，尤其是在宗教问题上，对于理想修道院的一种向往（See Elizabeth Chesney Zegura Ed. *The Rabelais Encyclopedia*（《拉伯雷辞典》），Greenwood Press，2004，p. 255—6）。《高康大》一书在结构上还可以按如下方法进行划分：第一部分讲高康大的出生和童年（1—13章）；第二部分讲高康大的教育（14—24章）；第三部分是高朗古杰与毕克罗寿的战争（25—51章）；第四部分介绍特莱美修道院的情况（52—58章）（See Tilley M. A. Ed. *Fraçois Rabelais*，Electrotyped and Printed by J. B. Lippincott Company，1907，p. 127.）这种划分方式跟笔者的划分在总体上没有太大区别，本书中将他这里的前两部分和在一起，而且，将一头一尾的两章谜诗独立出来，因为这两章非常特殊，使全书呈现出了首尾呼应的结构，因此，笔者没将它们划分在正文中。

在《庞大固埃》中，书信之前的内容是对庞大固埃的出生、少年和童年的一个概括性描述。书信之后的章节，是庞大固埃初遇巴奴日，并与之终身交好。从遇到巴奴日开始，庞大固埃结束了自己的学习岁月，此后的内容是庞大固埃对所学知识的具体应用。围绕着第八章的前后，有两个相互对称的章节，分别是第六章"里摩日人乱说法国话"和第九章"巴奴日乱说各种语言"，两个关于语言的段落相互对称，其对称点恰是"书信"。

在《高康大》中，书信的中心位置更加明显，全书共 58 章，29 章的书信正好居中。有学者指出，《巨人传》一书的章节并非随意安排的，比如《第三部书》最后定本的 52 章，是为了与《第四部书》全本出版的 1552 年相对应而定的。而且，各部书都有自己独特的结构，比如《第三部书》的对称结构，这种结构体现出了作者的某种意图。[1]通过对文本的细读会发现，拉伯雷对书中各部分章节的划分并非严格按照内容与篇幅平均划分，有的时候他会把同一个内容分成几章来写（如《第四部书》30—32 章，写的都是封斋教主的外貌），有时又会将几个内容放在一章来写（如 1.43 及 2.27 等章节）。

拉伯雷为什么要这么做？如果承认他对于章节的划分有独特的修辞意图，那么对于一些特殊的章节，比如处于开头、结尾及中间位置的章节就要特别注意。比如《高康大》中开头的"防毒歌"与结尾的"谜诗预言"将这一部书的主体部分置于中间，明显成首尾呼应的结构。那么，处于这部书中间位置的书信又有何特殊地位呢？

在高康大的书信中，首先对儿子进行了鼓励，指出后代在肉身与精神两方面对父辈的传承，可以看做人克服死亡的一种方式。《庞大固埃》行文至此，对巨人的出生及青年时光做了总结，书信之后讲述了庞大固埃建功立业的故事。书信以"生—死"这样的终极问题开始，既体现了高康大对儿子的期望，也显示出了作者立意的高远，意欲在自己的作品中"探究神圣哲理"的拉伯雷当然不会忽略"生—死"这个重要的哲学主题，他是如何在书信中体现自己的生死观的？这种观点又有着怎样的思想背景？这

---

① See Edwin M. Duval, *Panurge*, *Perplexity*, *and the Ironic Design of Rabelais's "Tiers Livre"*, Renaissance Quarterly, Vol. 35, No. 3 (Autumn, 1982), 381—400.

些是本章第一部分要讨论的问题。

按照爱弥尔·涂尔干（Emile Durkheim）的说法，拉伯雷在著名的书信中设想了一种整全的教育，按照这种教育方法，高康大和庞大固埃将当时西方视域中的所有知识都学到了，而且都学到了极致。从历史上看，文艺复兴时期可以称作一个"知识爆炸"的时代，从"两希"传统中吸收来的各种知识得到了重新的认识和解读，再加上大航海时代的来临，包括印刷术在内的各种科学技术的发展，为人类视野的扩大，为一个新时代的到来奠定了基础，如文中高康大所说：

现在，各级教育课程都规定好了，语文也奠定了……由于上天的恩赐，我们有了印刷术，可以印出精美实用的书籍，但与其相反，炮火则是在魔鬼的指引下产生出来的。现在全世界都有有学问的人，知识渊博的教师，藏书丰富的图书室……我看现在的强盗、屠夫、士兵、马夫也比我那时候的博士和讲经者高明得多。（2.8章，270—271页，译文有改动）

涂尔干认为，拉伯雷的教育所要造就的是"整全的人"（hommes universels），这就意味着学习不仅要增长知识，而且人类的德性、体质等都应通过教育获得全面发展：

强健的身体，灵巧的双手，艺术的造诣，有了各种各样的理论知识，还得有各种各样的实践知识；任何东西都不应该忽略；而在每一门学问中，也必须穷尽所有的知识来源。高康大并不仅仅是学习音乐；他会摆弄各式各样的家伙，了解所有的行当，也熟悉种种制造工艺。①

书信中所设想的教育内容如何落实？拉伯雷在前两部书中是如何表现这些教育过程的？这些教育理念的背后反映了当时怎样的时代背景？这是本章第二部分所要处理的问题。

在教育的问题上，拉伯雷一直强调"学问道德"与"经世之术"并进，教育不仅指知识的增长，更要学以致用。

要让我在你身上看到一个知识的渊薮（"abysme de science"）；因为

---

① 爱弥尔·涂尔干：《教育思想的演进》，李康译，渠东校，上海：上海人民出版社，2003年1月版，250页。

等你长大成人之后，就要离开求学的安静生活，去学习骑马和武术，保卫我们的家乡，遇到友邦抵抗坏人进攻的时候，尽一切力量援助他们。（2.8章，272—3 页）

《高康大》29 章的书信，更明确地体现了这种期望，这封信在内容上与《庞大固埃》的书信有承接关系，继续强调将所学应用到实践的重要性。高朗古杰之所以要给儿子写这封紧急书信，是因为国家受到了侵略，需要儿子保家卫国，战争作为最典型的"行动"，体现出了拉伯雷所强调的教育目的。这封信的开头，老国王对儿子写到：

你对学业很用功，假使不是因为我们的朋友、旧日的盟邦，打破了我老年的安逸，我要等待很久才会把你从安静的学习环境里召唤回来。但是，既然注定如此，使我不安的正是我最相信的人，我不得不叫你回来，卫护理应属于你的人民和财富。（1.29 章，116 页）

静观的学习可能是比较理想的生活，但人世的变化也是必须要面对的问题。高康大接到父亲的家书后，结束自己的学习，加入战争。作者对战争的起因、经过和结果都做了介绍，在这部分，我们要考察的是，人类为何会有战争？战争的合法性如何确立？拉伯雷关于战争的故事对这些政治哲学的根本问题是如何处理的？本章第三部分将进行分析。

《庞大固埃》的第八章，老王高康大给庞大固埃的书信中讲到的几个方面，不仅是第一部书中高康大具体教育的一个"提要"，而且其涉及的"生—死"、教育问题是前两部书的主题，如果再加上《高康大》中高朗古杰催促高康大回国参战的信，前两部书的三个主题在信中都得到了体现。[1] 可见，两封书信是前两书的一个纲要。

---

[1] Michael J. Heath, *Rabelais*, Tempe, AZ：Medieval and Renaissance Texts and Studies，1996，p. 43.

2.2　"两希"① 张力中的"生－死"

2.2.1　著名书信中的生死

高康大给庞大固埃的书信中，首先强调的是人的肉身来源，"身体发肤，受之父母"。在此，拉伯雷显然受到了基督教的影响，以"原罪""末世论"等理论来解释人的生死。文艺复兴之所以被称为一次巨大的思想变革，不仅因为这时的学者想要恢复古希腊罗马的传统，还由于他们必须要面对基督教思想的影响。现代西方两大思想传统在文艺复兴时期发生了最大程度的碰撞与融合。"一个巨大的障碍就是基督教的降临……欧洲人在文艺复兴时期所崇拜的上帝，对古代人来说是闻所未闻的。"②基督教已经成为了文艺复兴时期的大师们无法回避的"新传统"，而且所谓"文艺复兴"，它的动因之一就是对中世纪教会信仰、政治的反动。从拉伯雷的思想中，可以考察，这种反动是否针对基督教教义？拉伯雷的宗教观点，是对其研究的一个核心问题，"拉伯雷是否在猛烈地攻击基督教信仰，他是否是一个先于他的时代的自由思想家，他是不是一个敌基督的无神论者？"

① 此处的"两希"是对希腊与希伯来两种大传统的一种笼统说法。至于两个传统各自内部的差异此处暂无力处置。比如希腊与罗马间当然存在区别，按照笔者目前粗浅的理解，本书"思想与行动"这个主题可能正暗合了二者各自的思想倾向。而犹太教与基督教间的关系，更是非常复杂，用"犹太—基督教传统"（Judeo-Christian tradition）这种说法有"文化平行主义"的嫌疑，施特劳斯对此有过明确的批判，参施特劳斯：《海德格尔式生存主义导言》，见《西方现代性的曲折与展开》，长春：吉林人民出版社，2002 年 1 月，页 118。刘小枫先生在《灵知主义：从马克安到科耶夫》一文中对这个问题做过简要的说明："基督教教义明摆着是在犹太宗教和希腊哲学的基础上出现的，耶稣的门徒面临着如何澄清基督教信仰的自在性问题，也就是从耶稣宣讲的福音为出发点来决定接受犹太教传统和希腊传统的程度……基督教教义家是第一批有意识的基督教思想家，而基督教史的实际形成是一个偏离犹太传统、趋近希腊传统的过程。"（参刘小枫编：《灵知主义及其现代性谋杀》，香港：香港道风书社，2001 年，28 页）
② 玛格丽特·L·金：《欧洲文艺复兴》，李平译，上海人民出版社，2008 年版，58 页。

这些是费弗尔与勒夫朗在拉伯雷的信仰问题上争论的焦点。①

高康大信中首先提出了"生—死"问题，作为人类最根本的问题之一，各个文化体系都将"生—死"作为不可回避的问题在探讨。佛家讲的"人生八苦"中，"生"和"死"即是其中两苦。②儒家往往也将生、死放在一起来看待，"生，事之以礼；死；葬之以礼。"（《论语·为政》二·五）；"未知生，焉知死？"（《论语·先进》一一·一二）；"死生有命，富贵在天。"（《论语·颜渊》一二·五）。

"生—死"是拉伯雷作品的重要主题之一，巴赫金认为："作为更新，作为死与生的结合，死亡的主题以及快活的死亡形象，在拉伯雷小说的形象体系中起着重要的作用。"③然而巴赫金更多地是从文学手法及其在整个诙谐文学史上的位置这个角度来看待"生死"问题的，下面着重从"两希张力"的角度来考察拉伯雷的"生死观"。

费弗尔认为高康大家书开头部分的主题可以用 1537 年出版的一部书的超长标题来概括，《来世的前兆，包含三篇小的文章。第一篇揭示了死亡如何首次来到人世。第二篇谈论已死的灵魂，以及天堂间的差别。第三篇讲述末日的灾难、身体的复活以及审判的时间等，无人知道审判到底是哪一天》。④这几方面都与基督教信仰的生死问题相关。拉伯雷在信中首先肯定了人类"有死"的自然本性，某种程度上，人类的所有故事起源于一个事件，那就是：人会死。在《庞大固埃》第一章追溯巨人家族的起源时，首先讲了一个与死亡相关的事件，整部《巨人传》是从亚伯被杀的故事开始讲起的，这个事件在基督教传统中被称为"大地上的第一个死亡"，"在世界的初期，亚伯被他哥哥该隐杀死不久，大地浸染了正义者的鲜血，以至于有一年所有的果实都是特别丰收，尤其是山楂。"（2.1 章，223

---

① See Febvre Lucien, The *Problem of Unbelief in the Six-teenth Century*：The*Religion of Rabelais. Trans. Beatrice Gottlieb.* Ibid. 与书信相关的章节，可参本书上卷第二部分《对丑行的指责》（*The Charges of Scandal*）第 4 章《高康大的书信与灵魂不死》（*Gargantua's Letter and the Immortality*）。

② 佛教的"人生八苦"：生、老、病、死、求不得、五蕴盛、怨憎会、爱别离。

③ 巴赫金：《拉伯雷和他的世界》，前揭，60 页。

④ 吕西安·费弗尔：《拉伯雷的宗教》，前揭，183 页。

页)①高康大与庞大固埃虽为巨人，但毕竟是亚当的儿子，"他们因为人类第一个父亲的过错而痛苦地失去了上帝造亚当时赋予人类的不死之权力，所以他必然会死。死亡是对亚当与夏娃之过错的惩罚。"②

古希腊语中，人被称为"有死者"，人类的所有活动都是向死亡这个终点的接近。蒙田（Montaigne）沿袭西塞罗的说法，指出"探究哲理就是学习死亡"：

> 探究哲理就是为死亡作思想准备，因为研究和沉思从某种意义上说可使我们的心灵脱离躯体，心灵忙忙碌碌，但与躯体毫无关系，这有点像是在学习死亡，与死亡很相似；抑或因为人类的一切智慧和思考都归结为一点：教会我们不要惧怕死亡。③

肉体的衰老、死亡是人根本的有限性，但这种"有限"也恰恰构成了人之为人的条件。这个问题可以从反面来想，如果没有死，那么人世会如此吗？生活中很多问题还会成为问题吗？人类创造出的各种文化会是现在这个样子吗？没有"苏格拉底之死"和"耶稣之死"，这两个西方文化中的重要意义源泉，那么西方历史将会是什么样子？④假使不提"不死"这个问题，纵然人知道自己何时会死，那么，绝大多数人的生活也将完全改变。卡尔·洛维特（Karl Löwith）对此问题的回答是，"无论我们想象某个比如预先知道自己死亡的时刻，以及自己在此之后处于什么状态的个人，还是想象一个预先认识到自己在哪个世纪衰落的民族，这两种形象的

---

① 巴赫金：《拉伯雷和他的世界》，前揭，379 页。

② 吕西安·费弗尔：《拉伯雷的宗教》，前揭，181 页。

③ 蒙田，《蒙田随笔全集》（上），潘丽珍、王论跃、丁步洲译，南京：译林出版社，1996 年 12 月，88 页。

④ 耶稣之死几乎构成了基督教"三位一体"、"灵魂不死"、"因信称义"等基本教义的意义来源。对于"苏格拉底之死"的意义，张志扬先生除了指出其死亡所具有的"成事"上的"临界意义"之外，还总结了西方思想史上几种具有典型意义的观点："1. 真理被真实毒死了（亚里士多德、舍斯托夫）；2. 公民维护法的尊严（伯内特、泰勒）；3. 会死能死赴死的典范（黑格尔、尼采）；4. 死为生辩护的殉道，使雅典永远背上污点；5. 对民主制的抗议（斯东）；6. 哲人在城邦中的安危（尼采、施特劳斯）。"参张志扬先生在《西学中的夜行——隐匿在开端中的破裂》中关于"苏格拉底之死"与"耶稣之死"的讨论。上海：华东师范大学出版社，2010 年 7 月，134—143 页。

必然结果肯定都是把所有的意欲和追求混为一谈。"① 有些东西是人不应该知道的，除非他不想做"人"，而想成"神"。

拉伯雷在肯定了"死亡"这个与人类相伴的根本事实之后，以一贯的"乐观主义精神"（Pantagruelism）将死亡作为了人生活的某种条件：

全能的造物主在开始有人类时赋予人类的恩惠、宠爱和权益里面，有一样我认为特别神奇和美好；有了它，人类便能够在可能死亡的情形下得到永生，在短暂的生命过程中，使自己的姓氏和种族永垂不朽，那就是由于我们的合法婚姻所产生的一系列的后代。（2.8 章，268 页）

因为始祖的"原罪"，基督徒不得不承担"死亡"的命运，但绝对的"他者"——神，给予了人一个"恩惠"，那就是以种族延续的方式来克服死亡，人的肉身在这个意义上，具有了神圣的意义。如果没有"死"，也就没有"生"。因为生死的存在，使克服死亡的血脉延续具有了"自然"与"社会"的双重合法性。由于血脉与肉体的延续，使"死亡"具有了"未来"的时间维度，"死亡即新生"。而从个体的角度来看，"生"代表着过去，"死"代表着未来，"生—死"指向的根本问题是"时间"。

高康大在面临死亡问题时，他以精神和肉体在儿子庞大固埃身上的延续来安慰自己，对抗未知，有死者以血脉的延续来克服对死亡的恐惧。"我感谢天主救主使我看见了我衰老的残年能在你的青春年华里再度活跃起来，这是非常合理、非常应当的。"（2.8 章，269 页）物质性的遗传是基础，父亲对死亡的恐惧在儿子身上得到了缓解，在此世中，有另一个"他"在延续自己的生命。但仅有肉身上的继承还远远不够，人之为人，不仅仅是因为身体，更重要的是精神、道德，"如果在你身上只保存着我肉体的形象，而灵魂上的优点不能同样发扬，人们就会说你不是传我家姓氏的宝光于不朽的克肖之子。"（2.8 章，269 页，据鲍译文调整）

拉伯雷在提到人类死亡的原因时这样写道："据说（esquelz fut dict），他们没有遵守造物主天主的诫命，所以应该死亡，由于死亡，人类所具有的美丽形象将会化为乌有。"（2.8 章，268 页）原来，人类的所有故事始

---

① 卡尔·洛维特，《世界历史与救赎历史——历史哲学的神学前提》，李秋零、田薇译，北京：三联书店，2002 年 5 月，14 页。

自一个"传说"，这里，我们似乎感到拉伯雷并不是以一个虔诚的基督徒身份来探讨生死问题了，因为面对这个大问题，甚至可以说"人一辈子最重大的问题"，拉伯雷轻描淡写地用了"据说（esquelz fut dict）"一词，这不符合宗教"信而不问"的原则，难道这其中有何玄机？拉伯雷在表面的犹太－基督教说法之下，是否还隐藏着什么？

"书信"中，拉伯雷多次提到"原罪"、"末日审判"、"终末论"等基督教概念。[1]表面上用的完全是基督教术语，但如果深入分析，就可以看出书信中基督教传统背后所隐藏的其他思想的影响。

在这封写给儿子的"家书"中，高康大强调的问题之一是，要让庞大固埃认识到自己精神与肉体双方面对父辈的继承，"这封信的目的在于灌输古典主义和福音智慧，拒绝将物质与精神、肉体与灵魂隔离开来。"[2]这种继承关系中强调了过去的时间维度，拉伯雷对于"过去"的重视在《庞大固埃》的第一章"巨人庞大固埃之元始祖先"中就体现了出来。《巨人传》正文的第一句话是："现在，反正我们有时间，来向你们追溯一下善良的庞大固埃的元始祖先，这不能算是毫无用处和多此一举。"（2.1章，223页）以下是整整一章类似于赫西俄德的《神谱》和《旧约·创世记》般的家谱，在"巨人族谱"中，既有代表着古希腊－罗马传统的阿特拉斯、西西弗斯等神祇，也有《新旧约全书》中的歌利亚、爱纳克等犹太人祖先，还有各种取自民间传说中的人物。拉伯雷要在自己的作品中创造一个属于"高朗古杰－高康大－庞大固埃家族"的神圣谱系。这个"巨人族

---

① "因为有了后代，我们老祖先因犯罪所失掉的，才能得到补偿"（268页）；"这样一代代地传下去，一直到最后审判，耶稣基督把他那不再有任何危险和罪恶的和平国家交还给天父的时候为止那时候将是一切朝代和罪恶的末日，一切元素都将停止它们原来不停止的变迁，那时候，渴望已久的和平将会实现，将会完善，一切的一切都将走到尽头，完成它们的历史使命。"（268－9页）；"因为我们每一个人都会犯罪，所以才不停地请求天主宽赦我们的罪过"（269页）。根据科斯塔（Dennis Costa）的分析，不仅书信表面上用的词汇是基督教的概念，体现了终末论的思想，而且高康大强调的身体与精神的传承也符合基督教的精神，"你们要将这事传与子，子传与孙，孙传与后代。"（《旧约》·《约珥书》1：3）。（参科斯塔（Dennis Costa），《日常饮食："骇人听闻的神秘之物"》，孔许友译，载刘小枫选编，《古典诗文绎读》西学卷·现代编·上，北京：华夏出版社，2009年8月，尤见78－80页。）费弗尔对这段的分析是建立在基督教的思想背景之下的，"总体而言，家书的第一部分只不过包含了所有神学家都熟悉的一系列观念。"（参吕西安·费弗尔：《拉伯雷的宗教》，前揭，181页及以下。）

② 科斯塔，《日常饮食："骇人听闻的神秘之物"》，前揭，80页。

谱"的精神根源有三：古希腊－罗马传统、犹太－基督教传统、法国民间传说。巴赫金从民间狂欢的角度对拉伯雷进行了解读，本书主要以前两个传统为思想背景。

对"两希张力"的分析有各种角度，洛维特在《世界历史与救赎历史——历史哲学的神学前提》一书中对希腊与希伯莱时间观念进行了分析，与生死问题紧密相关的时间，可以作为拉伯雷"生死观"的一个参照。

2.2.2　生死与两种时间观：来自洛维特的眼光

在《世界历史与救赎历史》绪论中，洛维特从"历史－时间"维度分析了希腊－罗马传统与犹太－基督教传统的区别。洛维特主要以希罗多德（Herodot）、修昔底德（Thukydides）和波里比阿（Polybios）为例，分析了希腊罗马的中心时间观。

在希罗多德的《原史》（*The Histories*）[①] 中，他以讲故事的方式告诉我们，重要的不是未来将发生什么，而是过去已经发生了什么。关键是要看出在讲述的故事中，已经体现了什么。但是，确实发生的事件也并不能代表一切。"当人类的业绩和事件在某些时候与人类之外的暗示契合时，就完成了一段历史的起点和终点相互解释的圆圈。"[②]所谓"人类之外的暗示"指的是一种异于"现世生活"的"神秘维度"，是人不能控制的力量，也就是说，有一个"神的维度"在影响着人类事务，当神对人产生影响后，会以"命运"的方式显现出来，在"变化无常的命运之上升和下降"过程中，出现了"罪孽（hybris）和报应（nemesis）之间的平衡"。[③]命运的平衡构成了一种循环往复的运动，命运神对人的影响是希腊"中心时间观"的主要动力。希罗多德的"叙事"属于希腊史诗与神话统绪。

与希罗多德相比，修昔底德的历史观主要体现在他对人性的洞察上，

[①]　或译为《历史》，之所以这里采用《原史》这个译法，因为希腊语 historia 的主要意思是"探索到的知识、打听来的情况，以及细致的观察"等意思，用《原史》的译法意在强调"原"字"探究"之意，如"原儒"、"原道"。据说，西方学界中，很多学者也以 Inquiries 和 Les Enquêtes 等词来翻译希罗多德的这部著作。（参刘小枫选编，《古典诗文绎读》西学卷·古代编·上，北京：华夏出版社，2008 年 8 月，161 页。）

[②]　卡尔·洛维特，《世界历史与救赎历史——历史哲学的神学前提》，前揭，11 页。

[③]　同上。

他认为历史是以人的本性为基础的政治斗争史。历史之所以一再重演，表现为循环的特征，那是因为人的本性没有变化，历史是人创造和书写的，如果这根本的一点没有变化，那么，历史也只能以循环的方式呈现出来，"无论过去发生过什么事情，未来都将一再'以同样的或者相似的方式'出现。"①虽然一些微观的偶然历史事件和历史人物可能在某段时间，某个地点对整个历史进程产生影响，但历史整体的发展不会因此而改变，"太阳底下无新事"，历史总是会一再重演。

洛维特着重分析了身份复杂的波里比阿的历史观。②波里比阿在介绍罗马兴衰的历史时，看到的也是循环的"中心时间观"。作为政治民族的罗马人，更多地将历史的循环与政治的兴衰相联系，"历史的进程是政治循环的一个圆圈；制度更迭、消亡，并在由事物的本性所规定的更迭中复归。"③现实政治的最主要特征是"变"，因为现实中充满了各种偶然因素，一个微小的事件就很可能改变历史，甚至可以说，正是一个个微观事件决定了人类历史的走向，在各种因素的共同作用下，历史很容易从一个极端转变到另一个极端，强大与昌盛仅是有限时间内的一种相对情形，最终决定世界历史和人类走向的是"命运"，这个不以任何人力为转移的终极因素。

这个从不与生活同甘共苦、总是用新的打击使我们的计算成为泡影的命运，这个总是通过使我们的希望破灭来证明自己力量的命运，由于它已经把波斯的全部财富都交给了马其顿人，如今已经向所有人表明，它给予马其顿人这种福祉，也只是到它决定以另一种方式分配这种福祉为止。④

---

① 卡尔·洛维特，《世界历史与救赎历史——历史哲学的神学前提》，前揭，11 页。

② 波里比阿（Polybios）（西元前 200 年—前 118 年），希腊著名的政治家、军事家、外交家、史学家，曾担任过希腊联军总司令，阿卡亚领袖 Lycortas 之子。西元前 168 年，罗马人战胜马其顿后，他作为人质被带到罗马，成为小西庇阿（Scipio Aemilianus）的老师，并进入了罗马上层社会，撰写史书，其流传下的著作主要是《历史》（*The Histories or The Rise of the Roman Empire*）。此书以希腊文写成，凡 40 卷，是一部"罗马通史"，探讨了罗马之所以强盛的原因。波里比阿的著作后来成为李维（Livius）撰写的《罗马史》的重要资料来源。此人与希腊、罗马都有关系，洛维特以他做例子来分析希腊罗马的时间观，体现了希腊与罗马之间的相通性。

③ 卡尔·洛维特，《世界历史与救赎历史——历史哲学的神学前提》，前揭，11 页。

④ 同上，12 页。

罗马人的世界中，没有凌驾于其他民族与种群之上的"特选子民"，各个民族，乃至个人的命运都操纵在无形的命运手中。

这样一种没有任何有形保障的思想容易滑向虚无主义，但罗马人以一种"大丈夫气概"承担下了这种循环往复的命运，以自己的实际行动在有限的时间中创造意义。就如被绑在高加索山上的普罗米修斯和一生推石不止的西西弗斯一样，他们存在的意义不在于一个不可知的未来，一个彼岸世界，而在自己的行动中。但这并不意味着命运是人可以选择的，命运的"必然性"与人的智慧无关。某种程度上，古希腊罗马的这种命运与个人的关系，类似中国的"天行健，君子以自强不息"。

在现实的政治行动中，需要"居安思危"、"胜不骄败不馁"，以一种明智的心态面对暂时的胜利与失败，因为在强大的命运面前，这些都是暂时的。如果以这样一种心态面对未来，"以史为鉴"，预测未来即成为可能。比如德默特利曾正确预言了亚历山大大帝征服波斯帝国 150 后所发生的事情。

犹太－基督教设定了"原罪说"、"末日审判"和"道成肉身的上帝"三个原则，以区别于希腊－罗马的中心时间观。这些原则的设定，使《新约》和《旧约》的作者所理解的时间维度指向未来。因为基督教设定了一个绝对的他者，一个全能的"上帝"，在"三位一体"的原则下，这个全能者指向了一个曾经真实存在过的"人"。如此，古希腊－罗马的"宇宙神性"变成了"一个已经在一位人性的救世主身上成为肉身的超越世界的上帝。"①一旦人世中有"某个人"能够成为超越其他人的"神"，那么按照结构与逻辑的需要，就会出现既不同于"一个人"，也不同于"多数人"的"少数人"。这"少数人"在犹太－基督教传统中成为上帝的特选子民，"少数人"实际上成为教权的实际拥有者，"《旧约》的作者相信，只有主和他的先知才能够揭示未来"。②"未来"是基督教时间观中关注的焦点。因为犹太－基督教解释历史的根本原则是"历史是朝着一个有意义的终极目标的、由天意规定的救赎历史。"③

---

① 卡尔·洛维特，《世界历史与救赎历史——历史哲学的神学前提》，前揭，23 页。
② 同上书，13 页。
③ 同上书，53 页。

洛维特看来，"两希差异"某种程度表现为"古今差异"。古人（希腊－罗马传统）所关心的是故事（历史）是如何发生的？而现代人想要知道的是：未来将会如何发展？现代人的这种理想，"其根据就是犹太教的先知预言和基督教的末世论，二者都把古典的historein（叙事）这一概念转变为指向未来的。"①简而言之，古希腊－罗马的时间观表现为"循环运动"，而犹太—基督教的时间指向未来，

　　古希腊的历史学家探究和叙述的是以一个重大的政治事件为轴心的历史；从犹太教的预言和基督教的末世论中，教父发展出一种根据创世、道成肉身、审判和解救的超历史事件取向的历史神学；现代人通过把进步意义上的各种神学原则世俗化为一种实现，并运用与不仅对世界历史的统一，而且也对它的进步提出质疑的日益增长的经验认识，构造出一种历史哲学。②

　　对于洛维特认为西方思想中的"两希精神"穷尽了人类历史走向的所有可能这个结论，我们姑且不置可否，但他毕竟给出了研究"两希"张力的一种眼光，下面就用这种观点来分析一下拉伯雷在书信中的真正用意。

2.2.3　巨人诞生与"古典"的复活

　　人对待生与对待死的态度往往相关，《巨人传》对高康大与庞大固埃两代巨人出生的情况都有详细的描写，而且据说，《高康大》中高康大的出生是对《庞大固埃》中庞大固埃出生情节的扩展。③那么，两代巨人的出生有何特点，它们又有何相似之处？

　　首先，对两位巨人母亲的介绍在文中所占篇幅都不大，她们存在的意义似乎只是为了把主人公生下来。庞大固埃的母亲巴德贝克（Badabec）死于难产，而高康大之母嘉佳美丽（Gargamelle）在履行完生育职责后，也在文中几乎消失，仅在后文交代了一下死因。《巨人传》中，孩子出生

　　① 卡尔·洛维特，《世界历史与救赎历史——历史哲学的神学前提》，前揭，23页。

　　② 同上书，25页。

　　③ See R. H. Armitage, *Is Gargantua a Reworking of Pantagruel*, PMLA, Vol. 59, No. 4 (Dec., 1944).

后，故事就几乎成为男人的英雄世界，父亲担负起了抚育孩子的责任。[1]
孩子的新生与母亲的痛苦甚至死亡联系在了一起。

母亲十月怀胎之苦孕育了新的生命，高康大更是在母亲嘉佳美丽腹内呆了十一个月（1.3 章）。嘉佳美丽又因多吃了肠子（1.4 章），导致难产。孩子的新生所带来的希望，使高朗古杰劝妻子鼓起勇气，迎接新的生命，"疼痛虽然会使她气恼，但究竟时间很短，继之而来的快乐，会消除掉她这种痛苦，使她将来连记也记不得。"（1.6 章，页 33）[2]

生产的阵痛开始后，接生婆发现嘉佳美丽因为多吃了肠子，导致脱肛，所以给她用了收敛的药，但因为"药力太猛了，下身所有的口子都一下子收缩起来……嘉佳美丽这一收缩的结果，胎盘的包皮被撑破了，孩子从那里一下子跳了起来，钻进大脉管里，通过胸部横膈膜，一直爬到肩膀上，孩子往左面走去，接着便从左边的耳朵里钻了出来。"（1.6 章，页 34—5）

对于这样奇怪的出生方式，拉伯雷预料到了读者的惊讶，因此作出了说明，"我想你们一定不会相信这样奇怪的生产方式。其实你们不信，我也不在乎，不过一个正常人，一个头脑清楚的人，对于别人告诉他的，特别是写下来的，总是相信的。"并且补充说，"天主是无所不能的，只要他愿意，从今以后女人都可以从耳朵里生孩子。"（1.6 章，35 页）拉伯雷随之还举出了六个例子来证明人可以有不同的出生方式，Alice Fiola Berry 在 *Homo logos* 一书中指出，在这六个例子中，有两个例子是拉伯雷编撰的，不见经传，与他上文所说"对于写下来的东西都应该相信"相矛盾，拉伯雷以此在反讽对于文字的迷信。[3]

高康大的出生奇异，他母亲的逝世也颇不寻常。《高康大》第 37 章，当高康大从巴黎学成归国后，嘉佳美丽看到儿子因教育获得了第二次生命，能够学以致用，保卫祖国后，乐极生悲而死（1.37 章，142 页）。拉

---

①　Ibid，946.

②　在初版中，高朗古杰引用了《新约·约翰福音》中的话来劝嘉佳美丽，"夫人生产的时候就忧愁，因为她的时候到了；既生了孩子，就不再记念那苦楚，因为欢喜世上生了一个人。"（《约翰福音》16：21）嘉佳美丽也回应了这种说法："啊，你说得对；我真喜欢福音里这样的话，我觉着好多了。"（参 34 页，注①）

③　Alice Fiola Berry，"*Homo Logos.*" *Studies in the Romance Languages and Literatures.* Chapel Hill：University of North Carolina Press，1979，p.58.

伯雷从医学的角度对此作出了解释，"人的心脏一遇到强烈的喜乐，内部便会扩张分解，如果欢乐加剧，心脏便会失去控制的力量，从而因过分喜乐而丧失生命。"（1.10 章，50 页）①

生与死在拉伯雷眼中总是相伴而行，"生死"又与"悲喜"紧密相关。巴赫金在自然更新的意义上解释了《巨人传》中的"生死"与"悲喜"，他认为拉伯雷笔下的死亡形象之所以没有悲观和恐惧的色彩，是因为作者将死亡作为人类发展过程中必须的过程，它既是生的对立面，同时也孕育着生。②

当庞大固埃如他父亲高康大一样，以极端的方式出生后③，他的母亲巴德贝克因难产而死。④生与死同时出现，对于丈夫（父亲）来说，是一个悲喜交集的时刻，面对着妻子的"死"与儿子的"生"，高康大"感到惊奇而又不知所措"：

> 犹豫不决的心情使他感到困惑，他不知道应该为死掉的妻子去痛哭呢，还是为生了儿子而欢笑。其实哭也好、笑也好，他都有充分的理由憋得透不过气来，因为，in modo et figura（外形和方式），他都是如此。不过，他还是不知道怎么办好，因此，他急得像一只被捉住的小老鼠，又像一只被绳索套住的鸢鸟。（2.3 章，237 页）⑤

生，对于婴儿与母亲会造成身体上的痛苦，新生命是以极端的痛苦换来的。而孩子的出生，使父母看到了自己生命的延续，他（她）的生命感

---

① 在《第四部书》17 章，拉伯雷还介绍了一个叫菲勒蒙的人，因"喜得无法自持，哈哈大笑，笑得太久了，脾脏出了毛病，笑岔了气，一下子死掉了。"这一章中还介绍了其他奇怪的死因，诗人阿纳克里翁吃葡萄被噎死，埃斯库罗斯被天上掉下的乌龟砸死，还有因不敢放屁而被憋死的。

② 巴赫金：《拉伯雷和他的世界》，前揭，474 页。

③ 见 2.2 章，"威严的庞大固埃出世"。

④ 庞大固埃的母亲名叫 Badabec，这个词在贝尔日拉克方言中，意为"烛台"，似乎可以将庞大固埃的生与巴德贝克的死用一句中国的古诗来理解，"春蚕到死丝方尽，蜡炬成灰泪始干。"结合高康大的出生与其母嘉美丽在故事中的消失，拉伯雷似乎将西方古老的"弑父"传统变成了"弑母"，See R. H. Armitage, *Is Gargantua a Reworking of Pantagruel*, Ibid, p. 946.

⑤ 类似的比喻亦见《第三部书》，当巴奴日面临结婚还是不结婚的道德难题时，庞大固埃对他说的："我看你很像一只被套住的小老鼠，越是挣扎，越是套得紧。你完全是这样，越是想从这个难题里摆脱出来，就越是摆脱不出。"（3.37 章，583 页）

受也将随之改变。高康大是如此表达这种喜悦的："天主给了我一个这样体面、这样快活、这样可爱、这样漂亮的儿子，我多么感激他啊！哈，哈，哈，哈！我多么快活啊！"（2.3 章，238 页）

生与死，悲与喜，都以此世的视角为基础。生之快乐来自于"到此"，"生"发展为"长"，人会越来越成为可觉知的"上手之物"，在"生—长"的希望之中，生被赋予了更多"喜悦"。而死之悲伤同样来自于世人的眼光，死亡意味着"去远"，人离开了这个世界，"有形"变为"无形"，死亡成为界限，是一个死者在时间中无法复返的事件。

人之所以会对死亡产生恐惧，按照苏格拉底的说法，主要是因为人的"无知"。人对于未知的领域，会产生自然的恐惧。而"死亡"是人最大的"无知"之一，对待死亡，对待死后世界的态度，可以作为比较不同文化的重要视角。苏格拉底之所以选择慷慨赴死，是他能以逆向的方式来思考"生死"问题，他在《申辩》中的最后一句话是："分手的时候到了，我去死，你们去活，谁的去路好，唯有神知道。"①苏格拉底的思路是，对于未知的领域，不能够判断它是好还是坏，生的"好"与死的"坏"是人主观想像的，这是一个不能"证成"，也不能"证伪"的问题。从这个角度看，人根本没有必要害怕死亡，因为死后的世界很可能比生前更好，苏格拉底对这个问题采取理性态度。但关于死后的世界到底什么样，苏格拉底和柏拉图都没给出明确答案，莎士比亚笔下哈姆雷特的"生存还是死亡"的问题，时至今日，仍然如达摩克利斯之剑，高悬在人类头顶。

既然无法判断死后世界的好坏，像苏格拉底那样乐观的想法有其道理，但并不能因此否定人们对于死亡恐惧的合理性，因为那很有可能是一个无比恐怖的世界。如果把死亡比喻成睡眠的话，就可能做梦，可能做美梦，也可能做噩梦，噩梦让人恐惧，又无法避免。这就是为什么"生还是死"会成为问题的一个原因，如果在面临人世无涯苦海时，能够确定死亡

---

① 柏拉图：《苏格拉底的申辩》，42A，中译见严群译，《游叙弗伦·苏格拉底的申辩·克力同》，北京：商务印书馆，1983 年 9 月，80 页。根据查尔斯·泰勒的观点，《苏格拉底的申辩》既告诉了我们苏格拉底为什么会选择哲学生活，也告诉了我们他为什么能慷慨就义（见氏著《柏拉图：生平及其著作》，谢随之等译，济南：山东人民出版社，1991 年，226 页。）因此，《申辩》讲述了一个"何以生"和"如何死"的故事。（参吴飞：《生的根据与死的理由——〈苏格拉底的申辩〉义疏》，见《苏格拉底的申辩》，北京：华夏出版社，2007 年 6 月，尤见 143 页。）

之后会到一个极乐世界，在"不如意者十之八九"的世间，有多少世人会选择"生存"呢？

要是他只要用一柄小小的刀子，就可以清算他自己的一生？谁愿意负着这样的重担，在烦劳的生命的压迫下呻吟流汗，倘不是因为惧怕不可知的死后，惧怕那从来不曾有一个旅人回来过的神秘之国，是它迷惑了我们的意志，使我们宁愿忍受目前的折磨，不敢向我们所不知道的痛苦飞去？[①]

对于死后的世界，从荷马的《奥德赛》到维吉尔的《埃涅阿斯纪》，再到但丁的《神曲》，无数思想家曾作出过设想。《巨人传》中，拉伯雷也为我们描绘了一种可能，《庞大固埃》第30章，爱比斯德蒙头颅被砍，又被巴奴日救活，带回了阴曹地府的消息。[②]

在这个"起死回生"的故事里，故事的两个主角巴奴日和爱比斯德蒙各代表着某种精神。巴奴日这个人物非常复杂，关于巴奴日形象的分析在拉伯雷研究中蔚为大观。[③]虽然各家说法不一，但总体来说，都承认他是代表着文艺复兴时期的一个"新人"，是拉伯雷在特定的历史时期创造出的一个独特的艺术形象。而爱比斯德蒙这个名字的希腊语词根为"学问渊博"之义，代表着古老的知识。当其他人都在为爱比斯德蒙逝世而悲痛时，巴奴日却说，"他的尸首还没有凉；我保证把他救活，叫他和过去同样健壮。"（2.30章，386页）于是，文艺复兴时期的"新人"巴奴日救活了"古代学者"爱比斯德蒙。

巴奴日救活爱比斯德蒙之后，爱比斯德蒙"说他见过许多鬼魂，和路西菲尔亲热地交谈过，在地狱（enfer）和极乐世界（les Champs Elisées）

---

① 莎士比亚：《哈姆雷特》（第三幕，第一场），朱生豪译，上海：上海古籍出版社，2002年6月，71页。

② 勒夫朗指出，爱比斯德蒙游地府这一段是对福音书中《拉萨路复活》和《睚鲁女儿复活》两个故事的改编。（巴赫金：《拉伯雷和他的世界》，前揭，443页。）

③ 比较有代表性的研究有：Edwin M. Duval, *Panurge, Perplexity, and the Ironic Design of Rabelais's "Tiers Livre"*, 载 Renaissance Quarterly, ·Vol. 35, No. 3 (Autumn, 1982). pp. 381—400；V. — L. Saulnier, *Le dessein de Rabelais* (Paris, 1957)；M. A. Screech, *The Rabelaisian Marriage：Aspects of Rabelais's Religion, Ethics and Comic Philosophy* (London, 1958)

里吃过酒，他向大家保证说鬼也都很和气。"（2.30 章，387 页）爱比斯德蒙首先告诉我们，死后有两个世界，"地狱"和"极乐世界"，说明了死后的两种结果。

从爱比斯德蒙带回的消息来看，在另一个世界的生活，似乎有好坏之分。对于第欧根尼和爱比克泰德这两位以行动践行哲学的哲人，是福报，而其他生前显赫之人则在后世过着普通人平凡的生活。但无论好坏，彼世中他们都过了跟现世不同的生活。第欧根尼似乎不是那个把阳光看得无比重要，而让亚历山大羡慕不已的达观者，而变成了一个"穿着紫色长袍，右手还拿着权杖"的权臣（2.30 章，页 394），而爱比克泰德则变成了一个纵酒欢乐的财主，这是他生前最不屑一顾的生活。拉伯雷似乎是在发出"苏格拉底之问"：到底哪种生活更值得过？

对于彼岸世界的肯定，在《高康大》第一章也提到了，而且是以作者化名的 Alcofrybas 的角度来谈的，他说自己曾经有过显赫的家世，并且说自己喜欢权力和金钱，而且希望德才兼备的朋友也成为富人。Alcofrybas 还说，"对于这一点，我很泰然，因为将来到了另一个世界里一定办得到，而且还会远远超过目前所能想望的。"（1.1 章，12 页）

基督教设定了一个彼岸世界，告诉现世的人在彼岸有天堂，有地狱，死后去哪里，取决于现世自己的行为。佛教的"轮回说"也是以死后的结果来劝人在今世为善，有形宗教的特征之一便是对信徒作出了死后世界的许诺。这些都是人类对于死亡所做的一种理论探讨。死亡问题的另一个维度是个人的死亡体验，而这似乎只有经验过死亡的人才有发言权，无神论者所谈论的"死亡"实际上是"他者"之死。

对死亡，对死去，对它那不可避免的大限，我们所能够说的一切和所能够想的一切，乍一看来似乎都来自第二手的经验。我们是通过道听途说，或者通过经验论而得知的。我们所知道的有关这方面的一切都来自命名它们、陈述命题的言语：共同的、通俗的，诗意的或宗教的话语。[1]

按照勒维纳斯（Levinas）的观点，对于死亡的客观谈论与学理上的

---

① 艾玛纽埃尔·勒维纳斯：《上帝、死亡和时间》，余中先译，北京：三联书店，1997 年 4 月，3 页。

探究，是对与自己发生关系的人之死的一种经验。这种经验的切身程度与死者跟自己亲疏的程度相关，越是至亲者的逝世，人们的感受越强烈。死亡的可怕之一，在于它给现世的亲人所带来的悲伤。比如，对于妻子的死，高康大悲伤地说：

> 我去哭么？对，应该哭，为什么呢？因为我善良的妻子死了……我再也见不着他了，永远也找不到像她那样的人了；这对我是一个无法估量的损失！天哪！我对你做了什么事你要这样来处罚我啊？为什么不叫我先死呢？因为没有了她，活着也只是受罪。（2.3章，237页）

除了丧偶之痛外，还有丧母之痛，"苦命的庞大固埃啊，你失去你的好母亲、你善良的妈、你慈爱的亲娘了！"（2.3章，237页）"幼年丧母"，人生之一大悲。父母的死亡对人来说具有特殊的意义，因为"父母为子女挡住了死亡之门"①。从线性的时间维度来看，老年人比年轻人距离死亡更近，而父母的存在会使后代感到自己离死亡的威胁要远一些。子女在父母的逝世中感受到的"死亡"，与父母在儿女的出世中感受到"生的意义"相关。

死亡对人造成的伤害显而易见，高康大说："害人的死亡，你对我真狠毒啊，真欺负我啊！"（2.3章，233页）但拉伯雷用他一贯的乐观主义精神（Pantagruelism）来对待生死，

> 我的妻子已经死了，那么，苍天（da jurandi②），我哭也哭不活她啊；她现在好了，至少是在天堂上，假使不比天堂更好的话；她为我们祈祷，她现在很幸福，不必再担心世上的苦痛和灾难。天主虽然使我们不能再看见她，活着的人还是要保佑的！（2.3章，238页）

高康大最终肯定的还是现世幸福，而不是彼岸世界。对死的探讨，最终回到了生的意义。

人，在根本上应该，而且只能生活在时间之中，在过去的生与未来的

---

① 此观点得自志扬师的课堂。

② 拉丁文，省略说法，完整的说法是"Da veniam jurandi"，意为"恕我说话放肆"（见汉译238页注⑤）。

死之间，人在寻找着自身的"意义"。完全没有时间感觉是不可能的，只不过"时代的艰苦使人对于日常生活中平凡的琐屑兴趣予以太大的重视，现实上很高的利益和为了这些利益而作的斗争"，[①] 使人们往往忘记了自己活在生与死的时间之网中。但切身地面临后代的诞生与亲人甚至自己的死亡时，每个人都会有所触动。只不过不同人对死亡的时间感觉不同，有人想得远一点，有人只有在真正面对的时候才会认为，"生—死"是个问题。

2.3　行动[②]中成就"知识的渊薮"

"教育事关快乐和痛苦感觉的正确约束。"（柏拉图《法义》653c）

"我们生命的开始就是学习的开始，我们的教育从自己开始。"——卢梭

在高康大的著名信件中，父亲希望看到儿子庞大固埃成为"知识的渊薮"（"abysme de science"）。在巨人看来必学的内容，包括古希腊语、拉丁语和希伯莱语在内的语言；"七艺"中比较高级的算术、几何、音乐、天文；还有自然、法律、神学等等知识。这封信被视作拉伯雷教育理念的集中体现，在信中指出了教育的内容、方法与目的等，这不仅是拉伯雷自己的教育思想，也在一定层面体现出了文艺复兴时期人文主义的教育内容

---

① 黑格尔：《哲学史讲演录》（第一卷），贺麟、王太庆译，北京：商务印书馆，1959 年 9 月，1 页。

② 《庞大固埃》的完整标题为 *Des Faicts Et Dicts Heroiques Du Bon Pantagruel*，点明了书中"言"与"行"两个主题。另外，法语中 movement 一词除了有"行动"的意思之外，还可引申为"生动的故事情节"、"人的情感、意念"以及"（政治）运动"等。

和理想。①

那么，书信中要求的这些学习内容，巨人是否都学到了，文中是如何交代巨人的具体教育过程的？高康大所说的，"等你长大成人之后，就要离开求学的安静生活，去学习骑马和武术，保卫我们的家乡，遇到友邦抵抗坏人进攻的时候，尽一切力量援助他们。"（2.8章，272—3页）这些话用意何在？体现了拉伯雷对知识属性的何种态度？关于教育的主题不仅体现在对巨人的君主教育上，还表现在特莱美（Thélème）修院的设想上，特莱美是一所学校，而不是一个宗教机构，它代表了人们通过教育可以达到的思想与行动的完美结合。②那么，特莱美"随心所欲，各行其是"的院规背后，隐藏着什么，看似随意的规定，对受教育者设置着怎样的要求？

书信直接提出了"教育"这个主题，其实，与其相关的前后章节都是围绕教育问题来写的。如在前一章中写到，庞大固埃"在巴黎住了一些时候，把七种文艺学了一个透熟。"（2.7章，254页）"七艺"是中世纪即已开始的西方教育的基本内容，对这七门学科的学习延续到了文艺复兴时

---

① 关于拉伯雷教育思想的研究，可参考如下材料：

1. Donald Stone, Jr, *Ethical Patterns in Gargantua*, French Review, Vol. 57, No. 1 (Oct., 1983), pp. 10—13.

2. Eugène Rèaume, *Les Idées de Rabelais et de Montaigne sur l'education* (Paris: Librairie Classique Eugène Belin, 1888).

3. Albert Coutaud, *La Pédagogie de Rabelais* (Paris: Librairie de la France Scolaire, 1899).

4. Marcel Tetel, *Rabelais* (New York: Twayne, 1967, p. 100).

5. Thomas Greene, *Rabelais: A study in Comic Courage* (Englewood Cliffs, N. J.: Prentice-Hall, 1970), 此文着重讨论了高康大的教育。

6. Rita Guerlac, *Vives and the Education of Gargantua* (Etudes Rabelaisiennes, Tome XI, 1974), pp. 63—72。

7. M. A. Screech, *Rabelais* (London: Duckworth, 1979), 尤见《高康大给儿子的书信》(Gargantua's letter to his son) 一章。

8. V. L. Saulnier, Rabelais: Rabelais dans son enquête. La Sagesse de Gargantua. Le Dessein de Rabelais (Paris: SEDES, 1983). Reprint of essays from the 1950's and 1960s.

参 Cathleen M. Bauschatz, *From "estudier et profiter" to "instruire et plaire": Didacticism in Rabelais's "Patagruel" and "Gargantua"*, Modern Language Studies, Vol. 19. No. 1 (Winter, 1989), 页 48. 此文章本身对拉伯雷教育问题也颇有见地，详见正文中的讨论。

② 纳什（Jerry C. Nash）: *Rabelais and Stoic Portrayal*《拉伯雷与廊下派的描写》, See Studies in the Renaissance, Vol. 21 (1974), p. 65.

期，"中世纪早期教育的基础由所谓的文科七艺组成，七艺中的三艺——语法、修辞和逻辑通称为三学科；剩下的四门课——算数、几何、天文和音乐组成了四艺。"[①]蒙田在《随笔》中将以"七艺"为代表的知识作为学习的基础来看待，学习它们是为了获得更高尚的德性和深刻的见解，将学习这些科目作为理解人生意义的基本条件：

> 首先应该向他灌输对他的习惯和意识能起决定作用的东西，教他认识自己，教他如何死得其所，活得有价值。至于七种自由艺术，应从使我们自由的艺术开始。这七种艺术，肯定能教会我们如何生活，正如其他任何事物能教会我们生活一样。但应该选择对我们的生活和职业直接有用的一种艺术。[②]

"人文主义者"这个词与"七艺"有很密切的关系，"七艺"是一般所说的"人文学科"的主要科目[③]，而"人文主义者"最初是指从事人文学科教学的老师和学生。人文主义者（Humanist）的词根来源于人文学科（studia humanitatis）。在西塞罗和格利乌斯等罗马作家的作品中出现过studia humanitatis 这个词，十四世纪的学者们将这个词从古代作家那里承接过来，形成后来所谓的"人文主义者"一词。[④]

从中世纪到文艺复兴时期，虽然都以"七艺"为基础科目，但随着时代的变化，学习的具体内容与目的已经发生了改变。以修辞（rhetoric）为例，相对中世纪经院哲学中的修辞来说，文艺复兴时期更看重修辞在人

---

①　查尔斯·霍默·哈斯金斯（Charles Homer Hsakins）：《大学的兴起》，梅义征译，上海：三联书店，2007 年 4 月，18 页。

②　蒙田：《蒙田随笔全集》（上），潘丽珍、王论跃、丁步洲译，南京：译林出版社，1996年 12 月，176 页。

③　"在十五世纪，人文学科获得了比较精确和专门的意义……一般包括五个科目：语法、修辞、诗歌、历史和道德哲学。"（参保罗·奥斯卡·克利斯特勒：《意大利文艺复兴时期八个哲学家》，姚鹏、陶建平译，上海：译文出版社 1987 年，183 页。）

④　"人文主义一词在公元前约 150 年产生于罗马，出自西庇阿家族（Suipios）。它是作为希腊文明的继承者的新帝国文明的口号。它与野蛮或野性相对立（所谓野蛮人的行为方式），表示教化的理性。在基督教时代，这个术语有着与永恒相对应的短暂、悲惨这样的涵义：'人这可怜的创造物'。文艺复兴继承了这样一个更广泛的含意：人性再一次被看作是人的'高级状态'，但它同样也隐含着迷误与弱点：因而就有冒险、责任、自由和忍耐。"（参桑迪拉纳：《冒险的时代——文艺复兴时期哲学家》，前揭，4 页。）

类情感中的作用，文艺复兴时期的人文学者更多地将修辞作为一种"感化的艺术"（the art of persuasion）来对待，而不仅将其当做一种纯粹知性的文字游戏。他们认为修辞所运用的语言应该是活的，只有有生命的语言才能激发出人类的真实情感，并随之付诸实际行动，这与中世纪体系化的经院哲学有很大区别。这一时期的修辞反对亚里士多德式的逻辑思辨，而要求回到《圣经》中所用的日常语言。从这个意义上说，文艺复兴"回到源头"的口号不仅指回到古希腊罗马文化，也指从当时占据统治地位的经院哲学教义回到原初基督教对普通人的关切中来。[①]

下面通过对文本的几个细节分析，来考察拉伯雷的教育思想，试图以此对文艺复兴时期的教育问题有一个新的认识角度。按照受教育者的人数多少来划分，我们把《巨人传》中的教育分成两个部分，一是对高康大和庞大固埃的"君主教育"，此外是以特莱美修院为代表的"学校教育"。

2.3.1　巨人的君主教育

求知欲是学习的最好动力。在拉伯雷所处的时代，教育充满了必要性与紧迫性，文中通过对"庞大固埃"这个名字的缘起及其童年生活的描写体现了这一点。

《庞大固埃》第二章，作者详细介绍了"庞大固埃"这个名字的由来及意义。庞大固埃出生那一年，整个阿非利加非常干旱，"整个大地都干透了"，人成为了"干枯的人"。即使教堂里的圣水，都有干掉的危险，所以每个人都只能沾一下。在这种极度干渴的情况下，人们期待的是"一个凉爽而贮藏丰富的酒窖"（参 2.2 章，233－4 页）。这段描写，是拉伯雷对于当时知识的匮乏所做的一种隐喻，当时主要的、甚至唯一的知识来源是教会教育，受此种教育长大的拉伯雷非常清楚教会教育的愚昧与匮乏，所以才有"圣水干枯"一说。而这里所谓的"酒窖"指的是丰富的古典知识。

教会的知识如同盐水，越喝越渴，"当每人都想收一些这种露水，并

---

① 孙毅：《基督教要义》中译本导言，北京：生活・读书・新知三联书店，2010 年 3 月，27 页。

用碗大喝一阵的时候，却发觉水是咸的，比海水还要咸。"（2.2 章，235
页）鉴于这种干渴的背景，高康大决定给儿子起名"庞大固埃"，"'庞大'
照希腊文的意思，是'一切'，'固埃'照阿嘎莱纳文的解释，是'干渴'。
他的意思是说庞大固埃出世的时候，全世界都在干渴。"（2.2 章，235-6
页）只有这个未来渴人国国王的到来，才能改变人们一向"偷偷摸摸喝
酒"的状况，尽情吸收知识。

庞大固埃的童年是在对知识的强烈渴求中度过的。当人们牵来一头奶
牛，准备给他吃牛奶的时候，他却急不可耐地吃掉了牛的肚子和肝肾，险
些将整头牛吞入腹中；当熊来到他身边时，他将熊像小鸡一样，"趁热当
饭吃下去了"（2.4 章，240-1 页）。为了避免庞大固埃的这种"饥不择
食"，高康大只好将他锁了起来。这条"教会锁链"非常粗，想要挣断可
不容易，因此庞大固埃只能暂时安静下来。但当有一次巨人宫内大排筵
宴，招待王侯时，饥渴的庞大固埃再也忍受不了了，他背着摇篮，如同背
着"五百吨重的大船"，来到宴会上，高康大意识到把儿子忘掉了，并且
在客人们的要求下，为庞大固埃解除了锁链。庞大固埃在酒足饭饱之后，
"愤怒地对准摇篮打了一拳，一拳头把摇篮打碎成五十多万块，他无论如
何也不肯再回到摇篮里去了。"（2.4 章，242-3 页）。这样，巨人终于摆
脱了束缚，开始尽情地吸收知识。整部《巨人传》的故事以对知识的强烈
渴望开始。

巨人渴望的是什么？圣·维克多的藏书楼便是所有渴求知识者的食粮
与美酒（参 2.7 章）。[①]书籍在古代社会中属于少数特权者的精神食粮，尤
其在中世纪，印刷术还没有普及，作为知识载体的书籍更是非常珍贵，根
据查尔斯·霍默·哈斯金斯（Charles Homer Hsakins）的研究，在中世
纪，拥有书籍的特权是当时大学发展的一个重要因素，

所有这些学科都需要教科书，大学都致力于确保其不仅供应充足、教
材对路，而且价格低廉，对书本教义的管理是大学所最早享有的，同时也
是最有价值的特权之一。因为书本价格昂贵，一般来讲它们都是以每叠文

---

① 费弗尔认为从圣·维克多藏书楼上所列的数目中，可见青年拉伯雷对于德国戏剧的热
衷。（费弗尔：《拉伯雷的宗教》，前揭，302 页。）

稿按固定的租金被人租阅，而不是成为私人所有品。①

到了文艺复兴时期，虽然随着印刷术等技术的发展，书籍已经大大地传播开来，但普及程度跟现在当然无法相比。书籍的发展和传播可以作为一部思想史来研究。随着科技的发展，阅读似乎变得越来越容易，比如电子书籍取代传统纸质书籍似乎是大势所趋，就如同纸质书籍取代竹简、羊皮书等一样，因为越来越方便的阅读更有利于知识的传播。但传播的广泛并不等于人类教养的提升，书与书是不同的，就如同老师与老师的区别一样。按照张志扬教授的观点，书籍（文本）可分为如下几类：

第一类：作为文化类型开端之元典、经典，上述两者的经典研究；

第二类：作为知识学开端之经典、形而上学经典，上述两者的经典研究；

第三类：作为铺垫性、过渡性、降解性的一般论著；

第四类：通俗读物；

张志扬教授还提到，"出于对写作的敬意，我没有列出'垃圾读物'类（事实描述，非价值判断）。它用非常炫耀的方式充斥着今天的商品市场，作为民主言论自由的一个奢侈的代价。"②知识的传播方式会改变，但人类自有文明以来的终极问题并没有变化，在一个各种事物都在加速的时代里，阅读似乎也在加速。随着电子媒体的出现，阅读书籍似乎变得越来越容易，真正的"凡民子弟皆入学"的时代似乎已经到来。但我们的思想、道德是否因此有了进步呢？读书是否仅仅为了获取知识？拉伯雷认为应该如何选择书籍？

读什么样的书，找什么样的老师对学生进行教育，这历来都是教育的头等大事，遑论事关一国之基的君主教育。关于君主的教育，柏拉图、色诺芬、亚里士多德等古典作家纷纷著书进行讨论，"色诺芬在《居鲁士的学艺》中认为君主应该具有狮子一样的凶猛和狐狸一样的智谋，柏拉图在

---

① 查尔斯·霍默·哈斯金斯（Charles Homer Hsakins）：《大学的兴起》，前揭，24—25页。

② 张志扬：《偶在论谱系——西方哲学史的"阴影之谷"》，上海：复旦大学出版社，2010年4月，340页。

《理想国》里的答案则是，君主应该具有哲学家所具有的学识，对数学和天文学要尤其精通。这个答案似乎又不被《政治学》与《尼各马可伦理学》的作者所认同。"①在拉伯雷的时代，关于君主教育的论著更是层出不穷，其中以马基雅维利的《君主论》和伊拉斯谟的《论基督君主的教育》最为著名，两书竣稿时间相隔不过三年（分别完成于 1513 年和 1516 年）。②类似这样的论题格式在历史上被称为"君主之鉴"（mirror of prince），《庞大固埃》中，拉伯雷并没有对自己提供给君主的镜子作仔细的介绍，但在《高康大》中，他对教育内容进行了详细的交待，首先是对待书本知识的态度。

虽然拉伯雷在文中对代表着古代文明的好书如数家珍，并且对这些书籍带着一种近乎宗教般的信仰，但他绝非不加选择的相信任何书。在《高康大》第九章讨论颜色所代表的意义这个问题时，有人提出在《纹章色彩》一书中，作者说"白色代表信仰，蓝色代表刚毅"，而拉伯雷对这种不加辨别，就盲目相信书本的态度予以了驳斥，他认为这本书的作者并没有就这种观点作出应有的讨论，而如此武断地判断颜色的意义是一种"狂妄自大"、"愚昧无知"：

> 他的狂妄自大是，没有理由，没有根据，没有任何原因，居然就敢以一己之见专断地制定颜色象征的意义。这完全是专制霸道，他想把他的决定当做真理，这不是贤者和学者的态度，贤者和学者是公开地举出理由来满足读者的。
>
> 他的愚蠢无知，以为用不着足够的解释和论据，别人就会按照他那愚蠢的主张来制定自己的纹章。（1.9 章，44—45 页）

书籍对人类文明的传承无疑具有重要意义，但拉伯雷这样的爱书之人告诉了我们"尽信书则不如无书"之理，如果不加分辨地吸收任何知识，无疑会使自己的头脑成为别人思想的跑马场，"谬误比无知可能离真理更

①　林国华：《漫议"君主教育"》，载贾冬阳编：《思想的临界——张志扬教授荣开七秩志》，上海：华东师范大学出版社，2009 年 1 月，239 页。

②　伊拉斯谟：《论基督君主的教育》（代序），李康译，上海：上海人民出版社，2003 年 11 月，1 页。

远"。

在进行正确的教育之前，拉伯雷首先从反面介绍了错误的教育，让读者远离误人子弟的书籍和教师。《高康大》第 14 章向我们介绍了智术师①的教育方法及所采用的教材。高康大的第一个老师是一位擅长诡辩的博士，土巴·赫鲁费。拉伯雷特别强调了这位教师擅长"诡辩"，可能是为了与后面人文主义者教育出来的爱德蒙优雅的"修辞"能力相对比。

土巴大师用了多年时间对高康大进行中世纪的教育，用的教材是中世纪通行的教材，比如拉丁文语法《多纳》、伦理学课本《法柴》及托马斯·阿奎那所著的语文课本《词义大全》（*De modis significandi*）等等。这位诡辩学家没能看到自己的学生成才，就于 1420 年"殉职"在讲台之上，而中世纪的教育方式延续了几百年的时间，所以又来了一个痨病鬼卜兰·布立德继续教高康大。经过两代教师的前仆后继，教出的高康大是什么样的？"高康大读了（老师们教的书）以后，变成了一个老实得不能再老实、以后再也焙制不出来的老实人。"（1.14 章，65 页）老实，可能是神学教育必然且最好的结果，神学的根本原则是"信而不问"。

教育过程一般包括如下几个要素：教育者、受教育者及教育的内容及方式。经过了中世纪的教育之后，高朗古杰"看见自己的儿子确是用心读书，把所有的时间都用在书本上，可是没有得到什么好处，相反的，却变得疯疯傻傻、呆头呆脑、昏昏沉沉、糊里糊涂。"（1.15 章，66 页）这是为什么呢？

如果受教育者高康大是在"用心读书"，那么问题就只能出在教师、书籍及教学方法上面，"与其跟这样的教师读这样的书，还不如什么也不学的好，因为他们的知识就是愚蠢，他们的学问就是笨拙，只能毁坏卓越高贵的天资，浪费青年的大好时光。"（1.15 章，66 页）的确，在受中世纪的"正规教育"之前，拉伯雷用了三章的篇幅（11—13 章）来介绍高康大"天资聪慧"，他的资质是可以和亚历山大大帝相比肩的。但经过坏的教育之后？下面就是受到新时期优秀教育的十二岁少年爱德蒙与当时

---

① 在有的早期版本中，这里说的是"神学家"而非"智术师"。

至少几十岁[①]的高康大的对比。

在介绍代表着古典知识的新人爱德蒙（Eudemon）[②] 时，拉伯雷将"旧时代的学究们"与"今天的青年"进行对比。受了新式教育的年轻人举止有礼，温文尔雅，而且言辞得体，"只见爱德蒙先向他主人、总督大人请示同意，然后把帽子拿在手里，面貌开朗、嘴唇鲜红、目光镇定，以童稚的谦虚态度注视着高康大。"（1.15 章，67 页）作者对爱德蒙的赞扬包括如下几个方面：

> 首先夸奖他的美德和品行，其次恭维他的学问渊博，第三说他出身高贵，第四夸他身材魁梧，第五，温和地劝他事事孝敬父亲，因为老人家为了儿子的教育煞费苦心。最后，他请求高康大收留他做一个小小的仆人。（1.15 章，67 页）

经过新式古典教育的青年相貌出众，而且懂修辞，说话条理清晰、有条不紊。而经过诡辩学者教育出来的高康大是什么样的呢？

> 高康大呢，所有的举动，就是用帽子遮住脸，像一头母牛似的哭起来，谁也没法使他说出一句话来，就像没法叫一头死去的驴放出屁来完全一样。（1.15 章，67 页）

新旧教育的优劣一目了然。需要注意的是，爱德蒙最后要求高康大收留他做个仆人，如果从目前的情况来看，爱德蒙的知识、举止都要强于高康大，为何还要做他的仆人呢？当然首先是因为高康大的王子身份，其实这里涉及了教育中的"交友"问题，交什么样的朋友对于教育

---

① 根据第 14 章中指出的高康大跟土巴大师读各种书的时间，总共就有 53 年 10 个月零两个星期，而开始这种学习时，他至少已 5 岁，因此 1420 年土巴大师去世时，保守地说，高康大已有 58 岁，如果再加上后续的教育，那么年龄肯定远远不止这个岁数。（参 100 页，注④）。

② 对于所认同的人物，拉伯雷都以古希腊、拉丁文中的某种美德对他们进行命名，如爱德蒙（Eudemon）即为"幸运、福气"之义，追随高康大的还有"强壮的"包诺克拉特（Ponocrate）（见 1.15 章、1.34 章），具有一流强壮和敏捷身手的翼姆纳斯特（Gymnaste），还有"慎重、明智"的弗隆提斯特（Phrontiste），"稳重、庄严"的塞巴斯特（Sebaste）（见 1.48 章）；而庞大固埃那里有"机智的"巴奴日（Panurge），"强壮的"奥斯登（Eusthenes），"迅捷的"加巴林（Carpalim）以及"无所不知的奇人"爱比斯德蒙（Epistemon）（参 2.24 章，358—9 页）。还有一个代表着基督教传统的约翰修士（Friar Jean），巴赫金认为约翰修士是当时下层大众僧侣的代表（参巴赫金：《拉伯雷和他的世界》，前揭，99 页）。

至关重要，所谓"近朱者赤近墨者黑"，孔子曰："无友不如己者"，可见交友问题直接关系到教育的成败。纵观高康大的师友，除了约翰修士之外，都是在学习期间就与他建立了友谊的，结交良友是君主教育的重要内容。

在新的师友陪伴下，高康大开始了新的学习生活。高康大下午的课程根据天气情况，会做出调整。但无论何种天气，上午都会以理论知识的学习为主。与诡辩学家当教师时，高康大睡到八九点钟才起床不同，在包诺克拉特的教导下，高康大每天早上四点钟就起床，开始听别人给他朗诵《圣经》。"根据朗诵的词句和教训，高康大产生尊敬、崇拜、祈求、祷告天主的意思，因为朗诵的经文体现出神的伟大和公正。"（1.23章，91页）。高康大以虔敬的态度开始一天的学习。

下一个科目是天文，通过实际观测天象，预测当日天气。整个上午的时间会用在读书上面（书的具体内容并未介绍），通过读书，老师要求学生"树立有关人生的实际知识"。锻炼完脑筋之后，下面要做的是锻炼身体，直到午饭。

下午的学习内容根据天气情况会有所调整，与上午的理论学习不同，拉伯雷详细介绍了下午实践的内容。天气好时，高康大会练习马术、兵器、水战、陆战等军事技能。另外，还会到野外实地观察植物（参1.23章，94－96页）。如果是雨天，无法进行室外活动，就以室内劳动的方式来锻炼身体，包括"捆草、劈柴、锯木，在仓库里脱粒打粮"等等（参1.24章，99－101页）总之，高康大所受的教育中，详细介绍了大量实践活动，而以读书为代表的理论知识仅被看作众多教育内容之一。"重行轻言"是文艺复兴时期所谓"君主之鉴"文体的普遍特点，以马基雅维利的《君主论》为例，

《君主论》记述了很多伟大君主，亦即"历史伟人"，但他严格恪守自己的诺言，笔触仅限君主之事迹，不涉及君主之言论……在马基雅维利笔下，古今君主宛如无声的木偶，列队从读者眼前静默走过，只留下他们的事迹，有的崇高、有的卑贱、有的已经完成、有的尚未成功……在人类历史上，或者说那构成人类历史的脊梁的，是伟人们的事迹，而不是什么人

（比如哲人）的言辞。①

　　总体来说，这一时期的教育思想在"言"与"行"中，更注重后者，在"学"与"人"中，更重视"人"，是一种"以人为本"的教育，这种教育不仅要求学习者掌握理论知识，更要学以致用。教育有两种取向，"以学为本"和"以人为本"，二者当然不能完全分开，没有人，何来学，而学也一定是人之学。但二者以何为本，以何者为标准，则涉及教育之目的、知识之品性。如果以学为本，那对于人的要求可能就低一些，甚至可以不问这种教育是否关涉学习者自身的幸福问题，只要学习者学到的东西能够产生足够的力量，那么这种教育就是成功的，它成功的程度与产生影响的大小、强弱成正比，在这种取向上，受教育者某种程度上成为"手段"，而非目的，此即"为人之学"。而以人为本的教育是一种"为己之学"，这种教育的最终目的与受教育者自身的幸福相关，而学的各种知识只是学习者成就自身的阶梯。②

　　"以人为本"的教育理念从《巨人传》所用的文体中亦能体现出来，下面以文中的一个细节为例来分析这个问题。通过理论与实践相结合的教育，高康大进步很快："一个像他（高康大）这样年纪的年轻人（jeune homme），又有决心，又肯持之以恒……与其说是一个学生在学习，毋宁说是一个国王在消遣。"（1.24 章，100 页）这句话明确表达了拉伯雷教育观的人本取向，它强调了学习的最高境界或者说最终目的，是受教育者的快乐与幸福。

　　高康大学习效果好的原因之一是他正值盛年，根据文中交代的细节，可以算出高康大此时的年龄。在《第一部书》14 章中，高康大用在学习上的时间有 53 年 10 个月零两个星期，而开始这种学习时，他至少已 5 岁，因此 1420 年土巴大师去世时，高康大已 58 岁。从 1452 年起，他又读了 65 年的书，所以在跟包诺克拉特学习之前，这位"年轻人"也已至

　　① 林国华：《漫议"君主教育"》，前揭，240 页。
　　② 此处关于学术以"学"还是以"人"为目的的观点受到钱穆先生的启发，钱先生举了原子弹的例子来形象地说明这种关系，如果以学为本，那么评价原子弹的标准倾向于它的爆炸威力，威力越大则越好；而以人为本则不仅要考虑到原子弹的威力，还要考虑到它的用途，它是为了和平还是战争。（参钱穆：《中国学术通义》，北京：九州出版社，2011 年，尤见 3—4 页。）

少 123 岁了。"年轻"是针对他的整个一生来说的，在《庞大固埃》中，当庞大固埃出生时，高康大已经 524 岁了（1.24 章，100 页，注④）。当庞大固埃成年之后，高康大会不时出场，但都是以老人的身份现身的（参 3.35、3.48、4.3—4 等章）。

拉伯雷通过这个细节在告诉读者，他写的是故事，是神话，他是在以寓言的方式向读者展示所有能够使人趋向美好的教育内容，并非要求某个具体的人学到他所列举的全部知识，"知识的渊薮"只有高康大这样的"巨人"能够达到。由此体现了所谓"大全式"教育的限度，根本问题不是能够学到多少具体知识，而是通过教育成就自身，将所学知识与具体行动相结合，不能配合行动发挥作用的知识是无用的，低效能的。（1.29 章，116 页）①

《巨人传》的这种寓言性质最充分地体现在特莱美修道院中，下面就来分析这个拉伯雷的"乌托邦"背后的问题。

2.3.2　特莱美的理想

特莱美修院，是《巨人传》中的重要章节，被认为是《高康大》这部书之所以受人喜爱的重要原因。②这座修院受重视的原因颇多，"一方面，特莱美似乎是个俗世的古典乌托邦（人们通常也是如此解读的）；另一方面，就其所有具体明确的反教权主义而言，它又确实是个'模范教会'（typus ecclesiae）。"③作者借约翰修士之口，指出特莱美"是按照我的计划建立的一所修道院"（1.52 章，191 页）。

特莱美修院的主要职能是教育，相对于高康大和庞大固埃的"君主教育"来说，特莱美修院更像以学校方式进行的"普及教育"④，因为它大

---

① See Michael J. Heath, *Rabelais*, Tempe, AZ: Medieval and Renaissance Texts and Studies, 1996, p. 57.

② Michael J. Heath, *Rabelais*, Tempe, AZ: Medieval and Renaissance Texts and Studies, 1996, p. 43.

③ 科斯塔：《日常饮食："骇人听闻的神秘之物"》，前揭，75 页。

④ 按照现代的教育理念，根据入学率，大学教育可以分成：精英教育、大众教育和普及教育。在西方古典的视域中，高等教育是精英的特权，因为亚里士多德说，教育的两个基础是时间与金钱，受教育在古代是少数人的事情。

大地扩展了教育的对象。这所学校的教育理念，便是广受后人称道的"随心所欲，各行其是"①。上文中已经介绍了对巨人要求极为严格的"君主教育"，难道对普通人的教育便降低标准，受教育者只要"随心所欲"便好？这句看似"无所限制"的院规背后，到底隐藏着怎样的要求呢？

实际上不是所有人都有资格进入特莱美修院的，拉伯雷用整个 54 章来说明进入修院的条件，修院大门上的题词运用"首语反复"的修辞方式，以"此处不许来"开头，极力强调了什么人不可以进入特莱美，为进入修院者设置了很高的门槛。"拉伯雷和《启示录》的作者一样，对于谁可以进入、谁不可以进入的问题，非常小心谨慎。"②拉伯雷明确排除了"伪君子"、"讼棍"、"律师"、"守财奴"、"守门狗"③。上面这些人都可以看做教会教育培养出来的知识人，而特莱美修院的教育理念中，排除了当时教育所能培养出的仅有知识，而不具德性之人。特莱美欢迎的人是："正直的骑士"、"正确传布福音者"、"高尚的夫人"，这些是对受教育者的基本要求，只是进入特莱美的必要而非充分条件。

排除当时教会所培养的无德之人后，特莱美修道院对入学者进一步作出了要求，对受教育者的年龄，甚至相貌都有明确标准。修院男女学员皆收，但入院年龄女的是 10－15 岁，男的是 12－18 岁。"女的不是容貌秀丽、体质健全、性情正常的，一概不要；男的，也只要五官端正、身体健全、性情温良的。"遵守的最根本戒律是："贞洁不淫、贫穷自安和遵守教规"。（1.52 章，192－3 页）

针对中世纪修院的院规，拉伯雷有几项带有人文主义色彩的规定，"新修院规定，无论男女，入院以后，只要自己愿意，随时可以出去，完全自由，毫不勉强。"而且修士们可以公开的结婚，还可以有自己的财产，按自己喜欢的方式生活。（1.52 章，192－3 页）

上面的规定，似乎体现了"随心所欲，各行其是"的院规。但有一点

---

① 这句话是对奥古斯丁名言"相爱且随心所欲，各行其是……"的缩写。参《日常饮食："骇人听闻的神秘之物"》，前揭，76 页。

② 科斯塔：《日常饮食："骇人听闻的神秘之物"》，前揭，75 页。

③ 指整天害怕妻子出轨而守在门口的人。由此可见，《第三部书》中巴奴日所担心做乌龟的问题拉伯雷一直很关注。这除了道德上的原因外，婚姻问题关涉到合法的子孙后代的问题，进而言之，这是一个涉及未来国家、社会稳定的根本政治问题。

我们应该注意，为什么对入院者的年龄要求如此严格？教育是一个重新塑造自己，改变自己的过程，对于未经世事的孩子、年轻人来说，他（她）对于世界是敞开的，没有那么多的成见，教育才有可能。

拉伯雷曾反复强调"清空自己"的重要。包诺克拉特在对高康大进行教育之前，要他仍照着过去神学家对他进行教育的习惯去做，以了解高康大养成了哪些错误的习惯，用了哪些错误的方法，才把他教育的如此"呆、傻、糊涂"。在弄清楚了高康大从前的错误方式之后，便用医学上的"泻法"，"把他脑筋里的全部疾病和恶习，统统泻掉了。包诺克拉特就乘这一泻，叫他忘光了跟过去教师学到的东西。"这是进行正确教育的第一步。伊拉斯谟引用塞涅卡的说法，强调了清除成见的重要性，"告诉一个疯人他该如何说话，如何处事，如何交游，如何自处，都是徒劳无益的努力，除非你首先除去他身上深层的疾病。"①如果有了坏的习惯，甚至不该有的成见，那就应该像泻掉疾病一样，将"脑筋里的全部疾病和恶习，统统泻掉"，只有"忘光了跟过去教师学到的东西"，才能接受新的教育（参1.21—23章）。终身学习意味着不断清空自己，"学而时习之不亦乐乎"。学习是加法与减法的结合，也就是不断增加知识与行动能力，而减少成见。

特莱美修道院是一个推陈出新的产物。为了奖励约翰修士的战功，高康大起初决定交与他管理现有的几个著名修院，但修士明确拒绝了，"他不想负责、也不愿意管理修士……他要求高康大许他创立与其他所有会别完全不同的教派。"（1.52章，191页，译文有改动）按照约翰修士的要求，高康大将依山傍水的特莱美广大地区给了约翰修士做校址，修院的资金全部由国家供给。

拉伯雷对修院的结构进行了详细的规划，其内部有房间9332套，每套中分为"内室、更衣室、祈祷室，并有门通至一宽大客厅"（1.53章，195页），后来又提到"楼内有厅堂、房间、卧室"，在女宿舍中，甚至还有"美容室和理发室"（1.55章，203页）。但纵观整个描述，我们发现，

---

① 塞涅卡《道德短简》94.3，17，转引自伊拉斯谟：《论基督君主的教育》，李康译，上海：上海人民出版社，2003年11月，15页。

在特莱美没有厨房、没有餐厅。难道这里的修士不用吃饭，不食人间烟火？在拉伯雷的作品中，在如此看重食物之作用的拉伯雷这里，他不厌其烦地描写了修院的各种具体构造，却没有提与饮食相关的内容，可发一问？

通过对受教育者资格要求的不断提高，我们发现，其实能够进入特莱美学习者也仅是少数人。而这少数人的生活似乎又与俗世的活动，如饮食，没有特别大的关系。他们的装束（1.56 章），生活（1.57 章），都是贵族性质的。

通过对于先天资质优良的年轻人的教育，特莱美培养出的学生"无论男女没有一个不能读、写、唱、熟练地弹奏乐器，说五六种语言，并运用这些语言写诗写文章。从来没有见过比特莱美修士更英勇、更知礼、马上步下更矫健、更精神、更活泼、更善于使用武器的骑士。也从没有见过比特莱美修女更纯洁、更可爱、更不使人气恼，对一切手工针线、全部正式女红更能干的妇女了。"（1.57 章，208 页）

在特莱美修院，拉伯雷既强调了人的知识、德行的重要，也强调了行动能力的必要性。不能行动者，无法做到"随心所欲"。特莱美的理念只对少数高贵者适用，只有在思想与行动两个方面都具有充分能力者，才可能得到真正的自由。

自由的人们，由于先天健壮，受过良好教育，来往交谈的又都是些良朋益友，他们生来就有一种本能和倾向，推动他们趋善避恶，他们把这种本性叫作品德。遇有卑劣的约束和压迫来强制和束缚他们的时候——因为我们人总是追求禁止的事物，想得到弄不到手的东西——他们便会把推动他们向善的那种崇高热情转过来、来摆脱和冲破这个桎梏的奴役。（1.57章，207 页）

在拉伯雷眼里，人的自由存在各种限制，"随心所欲"并非"为所欲为"，没有良好的道德做基础，没有足够的能力去实施，自由很可能变为放纵。拉伯雷遭到误解的原因之一，便是他为了反对中世纪教会的极端禁欲传统，表面上以一种"矫枉过正"的方式来颂扬肉身的快乐，但他为肉体享受设置的条件却为很多人视而不见。就算是知识的运用，其实也是有条件的。

2.3.3　知识：在"德"与"力"之间

多读书，读好书，能够增加人的知识，当掌握到足够多的知识时，人就可以在各种理论的对比中找到一条"中道"，避免偏激。"学问可以消除轻浮、鲁莽、傲慢，因为它可以向人们提示所有可疑和困难的地方，让人们根据正反两方的条件作出均衡的估量，而不是轻易接受首先想到的主意或不切实际的观念。"[①]经学习而增长知识是践行"认识自己"的有效途径，在他人身上，在别人的理论中，我们能够认识自己的长处与不足。按照赫西俄德的说法：

> 亲自思考一切事情，并且看到以后以及最终什么较善的那个人是至善的人，能听取有益忠告的人也是善者。相反，既不动脑思考，又不记住别人忠告的人是一个无用之徒。[②]

孔子有几乎跟赫西俄德同样的说法，"孔子曰：'生而知之者上也，学而知之者次也；困而学之，又其次也；困而不学，民斯为下矣。'"（《季氏》一六·九）。而且孔子还强调了自己并非"生而知之者"，"子曰：'我非生而知之者，好古，敏以求之者也。'"（《述而》七·二零）

有限的人是否可能学到"整全"的知识？答案是否定的。原因显而易见，首先是因为人的有死性，"死亡"是所有人都要面临的根本问题，在大限面前，不分聪慧与愚昧。

> 智慧人的眼目光明；愚昧人在黑暗里行。我却看明有一件事，这两等人都必遇见。我就心里说：愚昧人所遇见的，我也必遇见，我为何有智慧呢？我心里说：这也是虚空。智慧人和愚昧人一样，永远无人记念，因为

---

① 弗朗西斯·培根：《学术的进展》，刘运同译，上海：上海人民出版社，2007年8月，48页。

② 赫西俄德：《工作与时日》，行291—295，张竹明、蒋平译，北京：商务印书馆，1991年11月，10页。亚里士多德在《尼各马可伦理学》中引用过赫西俄德的这段话，里面的汉译文如下："自己有头脑最好，肯听别人的劝告也不错，那些既无头脑有不肯听从的人，是最低等的人。"（见亚里士多德：《尼各马可伦理学》，1095b，廖申白译，北京：商务印书馆，2003年11月，11页。）

日后都被忘记；可叹智慧人死亡，与愚昧人无异。①

在不断需要选择的生活中，人只能凭借着自身的知识，情愿或被迫地行动着，但知识并非决定结果的唯一力量，"仅仅知道了正义这种政治美德的存在绝不意味着在实践上可以真正做到正义，因为这样的知识其清晰和全面的程度远远不足以满足实践的需求。与神灵或者自足的沉思对象不同，人们总是屈服于各种紧迫的需要，而把正义的知识抛诸脑后。"②

掌握知识的多少似乎与选择的明智程度成正比，"兼听则明，偏信则暗"。但这二者并非完全的对应关系，不能认识到思想之有限性的人，其思想就很可能影响到现实的选择与行动。只要是人的思想，就必然有讨论的余地，换句话说，"一种思想的诞生或出现，如果它是思想，它根本就不是要你相信，而是要你思索。"③

当苏格拉底提出"知识即德性"这个命题时，显然，德性已经与人、与人世中的现象发生了密切的关系。而前苏格拉底哲人的著作多以《论自然》为名，他们更加关注与人世、与现象不一定发生关系的"自然"知识，极而言之，前苏格拉底哲学的主题关乎自然（Physis），而非人世。下面简要梳理一下"前苏格拉底"哲人对知识的态度，他们的知识观，构成了苏格拉底"知识即德性"的思想背景。

爱利亚学派的巴门尼德提出了"思维与存在"这个西方哲学的"最高问题"，黑格尔因此认为从巴门尼德开始，有了"哲学"，而之前的各种"本源说"还不够抽象，不能称为哲学。"真正的哲学思想从巴门尼德起始了，在这里面可以看见哲学被提高到思想的领域。"④在巴门尼德这里，知识有真理和意见之分，意见可以理解成我们的经验、现象、现实生活中看到的东西，他认为这种知识不是真的，它只是一种个人"体验"的东西。"意见尽管不真，你还是要加以体验，因为必须通过彻底的全面钻研，才

---

① 《旧约·传道书》2：14—16
② 魏因伯格：《科学、信仰与政治：弗兰西斯科·培根与现代世界的乌托邦起源》，张新樟译，北京：生活、读书、新知三联书店，2008 年 6 月，7 页。
③ 张志扬：《偶在论谱系——西方哲学史的"阴影之谷"》，前揭，9 页。
④ 黑格尔：《哲学史讲演录》（第一卷），贺麟、王太庆译，北京：商务印书馆，1959 年 9月，267 页。

能对假相作出判断。"①随着人按照女神的指示，继续前行，会逐渐发现，"知识之路"实际上就是"真理之路"，"意见"不足道哉。简而言之，"存在即一"，现象都是杂多。

如果对比一下巴门尼德之后的智术师高尔吉亚和克拉底鲁的说法，会发现，"哲学的奠基者"巴门尼德对待知识的态度与智术师的说法虽然不同，解释路向各异，但他们的共同点是都取消了现象的地位：

高尔吉亚：1. 什么也不存在，什么也没有；2. 即使存在着什么，也是不可认识的；3. 即使可以认识，也不能传达给别人

克拉底鲁：1. 一切都在消逝着；2. 消逝着的东西是不可认识的；3. 即使可以认识，我的认识和你的也不可能一样，因此，任何传达都是虚妄，什么也不能说。②

他们的观点可以概括为：知识就是真理，意见根本不存在，即使存在，也不能认识，认识了也不能表达。

普罗塔戈拉的"人是万物尺度"，是在对上述观点的反动中出现的，而以人为唯一尺度的观点实际上是将知识完全推入虚无主义的氛围中。在这样的背景下，苏格拉底开始了所谓的"第二次起航"，他从一个抬头看天的自然哲人，转变为认识自己，省察民众的政治哲人。"苏格拉底称自己关注的是他与对话者关于美德的看法。"③"知识即德性"这个命题，使知识与人世，与人的现实行动发生了紧密关系，"拯救现象"，这句话意味着要在生活中，现实中寻找一种可以作为生活方式的哲学，即在"知"与"行"，"思想"与"行动"的张力中来进行哲学思考。

苏格拉底的"知识"与城邦中的"德性"相关，与人相关。在有德性的思想和行动中，人超越了肉身必朽的限制，一定程度上弥补了死亡的遗憾。"我认为一切有学识的灵魂都免受阿特洛波斯④那一剪刀。它们全都

---

① 《西方哲学原著选读》（上卷），北京：商务印书馆，1981 年 6 月，31 页。
② 参张志扬：《形而上学的巴别塔（下篇）——重审形而上学的语言之维》，上海：同济大学出版社，2004 年 12 月，这一段的讨论主要参考了本书的第一章："本体之变"，135－174 页。
③ Michael S. Kochin：《柏拉图的爱利亚和雅典政治科学》，*The Teview of Politics*，Vol. 61，No. 1（Winter，1999），p. 81.
④ 命运三女神之一，人被她用剪刀剪断人的生命之线后死亡。

永不死亡，不管是在天使、鬼魂还是人的阶段。"（4.27 章，775 页）只有超越物质（包括肉身）的精神，才可能在某种意义上达到不朽。

知识的属性可以作为考察"古今之争"问题的一个参照点，从"知识即德性"到"知识就是力量"，西方思想完成了知识从"德"向"力"的降解过程，也可以说从弗朗西斯·培根的这句宣言开始，西方，甚至人类的现代之幕缓缓拉开。

在《学术的进展》一书中，培根明确指出了自己与苏格拉底对待知识态度的区别：

> 我的意思不是苏格拉底所说的，把哲学从天堂请下来，处理地上的事务——换句话说，就是把自然哲学放在一边，只把知识应用到伦理和政治方面。因为天上和地下是连接在一起的，它们共同为人类的福利和收益作贡献。无论是天上的还是地上的知识，求知都是为了剔除无益的玄想，摒除空虚无用的东西，保留和扩大那些可靠而有益的东西。①

培根对知识越来越功利化的倾向从他对待逻辑和修辞的态度中可见一斑，他认为一向被看作基础知识的这"二艺"不应该作为入门的学问，因为它们的重要性和难度要高于其他五个学科，

> 有一种问题自古已然，并且很普遍，我也只能把它们称作错误，那就是大学的学者在时机未成熟的时候过早开始教授逻辑学和修辞学，实际上这些学科更适合毕业生而不是儿童和新生。因为公正地说，这两门学科是科学中最重要的学科，是艺术中的艺术。其中的一种教人如何判断，另一种教人学会修饰。②

即使在中世纪，语法、修辞和逻辑这"三学科"都被作为基础知识看待，算数、几何、天文和音乐构成的"四学"被认为要比它们高明。高康大在著名书信中也没有提及"三学科"，而只强调了"四学"。培根之所以重视逻辑和修辞，可能正是看重了它们强大的功能性，借助于此，知识可以直接转变为力量，力量比关乎人类灵魂的音乐等学科更重要。

---

① 培根：《学术的进展》，前揭，30—31 页。
② 培根：《学术的进展》，前揭，61 页。

科学知识所遵循的是单维的线性时间观，晚近的科学成果总要比古代的先进、强大。科学可以看成是人与自然的关系，人战胜自然的能力一直在增强。这种不断增长的"能力"在古人眼中并非理所当然，甚至为他们所恐惧。①那么从什么时候起，知识的强大成为"真理"？让知识与力量而非德性结盟，只有这样才能使人类走得更远，成为理所应当呢？培根是一个里程碑式的人物，他如此评价古人与现代人的区别：

古人的远航只是局限在地球的一半之内。至于说天体一样环绕地球航行，直到近代既没有进行也没有计划过。体现现代精神的格言不是古代的"不要再远"，而是"再远一些"；不再是古代的"不要模仿雷电"、"愚蠢的人才模仿雷电"，而是"模仿雷电"，而且进一步模仿天体，因为我们已经如同天体那样环绕地球进行了多次的航行。②

在培根看来，古代人之所以"不要再远"、"不模仿雷电"，是因为他们没有这种能力，只要有这种能力，人就应该走得更远，直到模仿一切，甚至战胜一切。这是他对于人之本质的一种判断，一种定位。现在的人确实比以前强大了，强大到能够生产出足够将地球毁灭几十次、上百次的武器，强大到上天入地，强大到能够人造人，按照科学技术的思路，人会越来越强，人只能越来越强。但强大是否一定意味着内在道德的进步呢？

新科学（以及新科学基础上的新技术）取得了巨大的成就，我们也都能看到，人的力量得到了巨大增长。与前人相比，现代人是巨人。但是，我们同样注意到，智慧和美德没有取得相应的增长。我们不知道，作为巨人的现代人究竟比前人好还是比前人坏。除此之外，现代科学的这种发展在如下观点中达到顶峰：人不能以一种负责任的方式区分善恶——即著名的"价值判断"。关于如何正确使用现代科学的巨大力量，没有什么负责任的话可讲。现代人是瞎了眼的巨人。③

---

① 参埃斯库罗斯《被缚的普罗米修斯》（第一合唱歌，第二场）及索福克勒斯《安提戈涅》（第一合唱歌）

② 培根：《学术的进展》，前揭，72—73 页。

③ 施特劳斯：《进步还是回归》，转引自郭振华、曹聪：《古代悲剧与现代科学的起源（中译本说明）》，华东师范大学出版社，2008 年版，第 2 页。重点为引者所加。

知识如同一把刀，德与力是他的双刃。这把刀掌握在什么人手里，如何使用，不仅是理论问题，而且是关乎人类生存或毁灭的现实问题。强盗手中的刀要远比小孩手中的刀更可怕。刀的锋刃，几乎成为了人类的一个谶语，在不断地警醒着人类应该如何运用自己的知识。在古老的印度智慧中有这样一句箴言："一把刀的锋刃是不容易越过的，因此智者说，得救之道是难的。"（《奥义书》）。

　　相对于地球上的其他物种，人借助于由知识转化成的力量，已经成为了"万物之主宰"。曾几何时，人类需要"战胜"自然才能生存，但随着科学技术的不断发展，人的力量逐渐强大，强大到可以毁灭自己生存的家园。由于知识与技术的联姻，它最终的旨归，是德性还是力量，关乎人类生死存亡。

　　比培根早一辈的拉伯雷[①]对待科学技术的态度比较暧昧，他很重视科学技术，但并非如培根一样对科技采取完全乐观的态度。《巨人传》集中讨论这个问题的章节有《第三部书》（49－52章）关于庞大固埃草的介绍，以及《第四部书》（61－62章）卡斯台尔部分，这两部分详细介绍了人类取得的技术成就。包括农业、航海、气象、建筑、武器，尤其军事上的武器发明，体现了人的力量越来越强大，强大到"使大自然为之震惊，并承认技术胜过自然。"（4.61章，896页）。

　　拉伯雷虽然承认了技术的强大，但他并不认为知识一定与力量相关，技术越强越好。拉伯雷眼中的技术发明者是"全世界第一艺术大师"卡斯台尔（Gaster 义为"肚子"），人类的发明是为了满足基本的生存需要，技术发明的第一动力应该是人的需要，而非越强越好的权力欲望。代表人类需要的卡斯台尔既是自然之神也是律法之神（God of Physis and Nomos），具有创造与破坏的双重特性，之所以会发生战争，是因为维持人类生存的食物遭到威胁[②]，具有强大破坏力的武器是在这样的背景下产生的。

　　在卡斯台尔一段的最后，拉伯雷并没有对人类在科技上所取得的成就

[①]　培根（1561－1626）；拉伯雷（1483？－1553）

[②]　《高康大》的战争正是因烧饼而起，详见下章。

大加颂扬，而是强调了虔敬的作用，"神灵不应该用庸俗的方式来尊敬，而是应该用特别的虔诚方式来尊敬。"（4.62章，900页）这就使卡斯台尔一段与庞大固埃草一段在立意上出现了区别，庞大固埃草的强大是航海的动力，为《第四部书》的探险提供了条件。但在卡斯台尔故事的最后，拉伯雷使读者和庞大固埃，以宗教的神秘方式来取代技术的强大。使这段故事从最低的物质世界上升到一个超越感官的精神境界，一个"不闻鸡鸣之地"。（4.62章，900页）身体的欲望变成了超越其自身的精神爱欲，力量与德性通过技术的发展得到了融合。

2.4 力量与战争的合法性

战争把人聚为一体，法（正义）就是纷争。——赫拉克利特

知识通常体现为静观的思考，而思考者往往并不行动，"思"与"行"间似乎存在矛盾。如尼采在《悲剧的诞生》中对古希腊悲剧歌队的分析，他认为在悲剧中，歌队代表着最明智者，因为他（她）们只在外围观察，而不像剧中的人物那样，要通过言辞和动作来推动情节，如此，"歌队维护着一个希腊人彻悟的智慧眼光，正因为彻悟而厌弃行动。"[①]通过知识的积累，我们可能把事物看得更加明白，甚至因此而达到一种心灵上的澄明，但是，这并不代表在现实的行动中，能够把"想"明白的事情"做"明白。

对于古希腊人来说，最根本的德性是准确的判断能力、头脑的清晰，以及行事中的自我控制，从而能达到中庸。埃斯库罗斯《被缚的普罗米修斯》1036－1039中，歌队对普罗米修斯的批评，还有索福克勒斯《安提戈涅》中伊斯墨涅、克瑞翁和歌队等对安提戈涅的批评（49，67－68，

---

① 张志扬：《我在论谱系》，前揭，页319。

95，220，469－470，561－562）都出于这一逻辑。①

在古希腊的视域中，普罗米修斯、安提戈涅，甚至是苏格拉底，都不能说是明智的，因为他们没能以一种"圆融"的方式解决问题。当然，也正是他们"极端"的行事呈现出了问题，使他（她）们的受难作为思想事件留给了世人，激发人类去思考。

上一部分主要从教育、知识的角度考察了思想与行动的关系，在拉伯雷的眼中，完整的教育并不仅仅意味着成为"知识的渊薮"，还需要将学到的知识、思想转化为具体行动。本章将对《巨人传》中的战争进行解读，进一步考察战争这一人类重大行动背后的思想。

如果说知识更倾向于"静止"，战争则显然代表着人类的一种"变动"，而且是最重要的变动之一。在人类的历史上，变动远远多于静止，从太初时期开始，人类"完全没有静止而只有运动：没有定居地，没有安宁的交往，没有秩序……最初的运动和动乱持续了非常长的时间。在涉及的时间跨度上相比较，通过静止所获得的进步持续的时间非常短。"②战争是人类自身所造成的最大变动之一，至于战争对于城邦的重要意义，施特劳斯在总结《法义》中的克里特立法者的观点时说道，他之所以没被低级错误所蒙蔽，是因为其看到了：

> 所有城邦只要存在一天，就与所有其他城邦处于永不停息的战争之中，和平仅仅是一个空名而已，普遍的战争合于自然。人们如果不在战争中占得上风，好东西就一无所有，因为战败者的所有好东西都变成了胜利者的囊中物。③

具有战胜其他城邦的军事能力，至少能够保护本国不受他国武力侵犯，是国家主权的最基本特征。战争与国家主权的问题，对于拉伯雷所处的时代，尤其是他的祖国来说，具有特殊意义。施密特认为，16 世纪的

---

① 柏拉图：《苏格拉底的申辩》，吴飞译疏，北京：华夏出版社，2007 年 6 月，103 页，注①。

② 施特劳斯（Leo Strauss）：《修昔底德：政治史学的意义》，彭磊译，载刘小枫、陈少明主编：《经典与解释 17：修昔底德的春秋笔法》，北京：华夏出版社，2007 年 1 月，13 页。

③ 施特劳斯：《柏拉图〈法义〉的论辩与情节》，程志敏、方旭译，北京：华夏出版社，2011 年 8 月，5 页。

法国建立了第一个现代意义上的民族主权国家，而它正是在当时欧洲的宗教战争背景下建立起来的。①

在《巨人传》，尤其是前两部书中，拉伯雷花了大量篇幅来描写两场战争。②这两部书中的战争，与《第四部书》中的航海一起，构成了拉伯雷对于人类典型行动的思考。上一章介绍的巨人的君主教育中，军事教育占据着很大比重。对于一个君主来说，不可以不懂"军事"，军事知识对于君王是最重要，也是最基本的技能，"如果在紧急关头，学业和学到的东西不能配合武力发挥作用，那么学业和学问也是无用的，低效能的。"（1.29章，116页）即使在特莱美修院的教育中，也有关于国防的内容，"对外来的侵扰，他早已有妥善的安排，并且向我们做了试验，后来弗隆通就沿用了这个方法，到今天已成了特莱美人的日常操练，成了家常便饭了。"（4.62章，897页）

拉伯雷对战争的重视与他所处时代的巨大变动紧密相关。16世纪开始，欧洲各国间的冲突加剧，在那片大陆上，当时有200多个国家在彼此竞争，处于敌对状态。按照社会学家查尔斯·蒂利的说法，从1500年开始，直至其后的五个世纪，欧洲统治者们一门心思要做的事情就是准备战争与发动战争。③唐君毅先生认为，西方之所以战争不断，与其文化有关，"西方文化思想中，倡和平者固代不乏人。然其文化中之冲突与历史上之战争，毕竟较中国为多。欧洲面积比中国大不了许多，迄今四分五裂，可以为证。"④

从"内战"到"外战"，欧洲所谓"文艺复兴"的历史同时也是一部战争史。由于宗教、民族等各种冲突，当时的欧洲内部矛盾重重，"不要把'基督教—欧洲诸民族的共同体'想象为一群和平的小羊羔，他们彼此

---

① 参施密特：《国家主权与自由海洋》

② 《高康大》25—51章，共26章，战争的故事占据了本书的一半篇幅；《庞大固埃》从23章开始，直到最后，都是与战争相关的内容，甚至《第三部书》开头还延续了战争的主题。据说拉伯雷曾经出版过关于军事谋略的拉丁文学术著作，后佚失，如今我们在前两部书中看到的关于战争的故事就是对于这部著作中一些观点的阐发。（参 Michael J. Heath, *Rabelais*, 前揭，7页。）

③ 转引自胡鞍钢 王绍光 周建明 韩毓海：《人间正道》，北京：人民大学出版社，2011年7月，84页。

④ 唐君毅：《人文精神之重建》，桂林：广西师范大学出版社，2005年10月，12页。

之间进行血腥的战争。"①对于当时的欧洲人来说，对外侵略和掠夺成为了解决内部危机的最好方式。

环球航行处于巨大变动中，极度渴望财富和领土的欧洲带来了一个历史机遇，欧洲各国对于美洲、亚洲等地的殖民和侵略借助于"新大陆"的发现而逐步展开，"当时（16、17 世纪），一个崭新的、似乎是无限的空间展现在欧洲人面前，他们争先恐后地向那些遥远的地方蜂拥而去，把那些被他们发现的欧洲以外的、非基督教的国家和民族当作无主之物，认为它们应该从属于他们这帮第一批欧洲掠夺者。"②很大程度上，是美洲大陆等海外殖民地的发现，转嫁了欧洲内部的危机。巴赫金在其著作中指出，在十五到十六世纪的欧洲，战争与和平的问题，战争的原则和权利问题，以及关于正义战争与非正义战争间的区别问题，是一个为当时学者们普遍关注的问题，除了拉伯雷之外，在托马斯·莫尔和伊拉斯谟等的著作中，战争都是重要主题。③

下面就通过拉伯雷笔下的战争，来了解一下战争的实质，考察一下战争的胜负对一个国家会带来怎样的影响。

《高康大》和《庞大固埃》中的两场战争有些相似之处。比如庞大固埃和高康大都是在紧急情况下从巴黎被父亲召回（参 2.23 章和 1.29 章），离开巴黎意味着两人平静的学习生活的结束，从此以后，他们需要把积累的知识应用到实践中去，并且在实践中继续学习，学习如何成为一名优秀的君主。这两场战争标志着他们作为君主保卫国家、建立事功的开始。这似乎也暗示着，如果没有战争，平静的学习是一种理想的生活状态，但战争打破了这种平静，巨大的变动是人类不得不面对的事实。

在具体的战争过程中，庞大固埃将桅杆当做长矛迎击"狼人"的场景（2.29 章）与高康大用树干做武器的情景相似（1.36 章）。另外，两个巨人在战斗中都抓到了俘虏，庞大固埃所抓获的俘虏想留在巨人身边，效命于他。但庞大固埃却让他作为一个信使，回去向敌人通风报信（2.28 章）。同样的情节在《高康大》中被扩展成了三章（1.45－47），并且描写

---

①　施密特：《陆地与海洋——古今之"法"变》，前揭，44 页。

②　施密特：《陆地与海洋——古今之"法"变》，前揭，43 页。

③　巴赫金：《拉伯雷和他的世界》，前揭，519 页。

得更加详细，把他与俘虏之间的宴席和赠送礼物等细节都做了介绍。高康大的俘虏杜克狄庸被放回后，向毕克罗寿痛陈厉害，但这个不明智的君主并未采纳，并且杀死了他。关于俘虏的章节从《庞大固埃》的整体描述变成了《高康大》中对细节的详细扩展。[①]

相比而言，《庞大固埃》中更多地描写了战争的场面，而在《高康大》中，对于战争的起因，经过和结果，都有详细地交代。

对于战争的起因，《庞大固埃》中语焉不详，只是笼统地说，由于国王高康大不在国内，所以，渴人国趁机侵略了乌托邦（2.23章，351页）。但在《高康大》中，战争的起因用了整整一章来描述（1.25章），表面看来，这是一场因"烧饼引发的战争"，拉伯雷似乎对战争的起因给出了一个戏谑的解释。可从毕克罗寿发动战争的速度来看（1.26章），他对这场战争蓄谋已久，烧饼只是导火索，在发生"烧饼事件"后，他在短时间内就集结了大量兵力，向乌托邦进攻。回顾人类的每场战争，其起因似乎都是芝麻绿豆般的小事，但在各种"烧饼"背后，隐藏着人类政治的根本问题。

有学者指出，《高康大》中乌托邦与毕克罗寿国家之战，实际上是在影射弗朗西斯一世与查理五世间的战争，毕克罗寿这个形象可能暗指查理五世、路易十一或者阿拉贡的费迪南德。[②]拉伯雷表面上热闹的战争故事背后，实则隐含着很强的现实针对性，甚至是在思考关于战争合法性这个政治的永恒难题。

战争的结局往往是正义取得了胜利，如果抛开绝对的正义观，这可能是因为解释权掌握在胜利者手中的缘故。被侵略的乌托邦取得了胜利，胜利后的国家又占据了主动地位，占有了战败国的领土，向战败国殖民。前面所有的故事可以看成是在为战胜国所取得的战果建立合法性，拉伯雷是在解释，为何对战败国的占领是合法的？

毕克罗寿集结了大量兵力，进犯乌托邦。老王高朗古杰不得不打断自己的平静生活，被迫应战，

---

① R. H. Armitage, *Is Gargantua a Reworking of Pantagruel*, PMLA, Vol. 59, No. 4 (Dec., 1944), p. 947.

② 巴赫金：《拉伯雷和他的世界》，前揭，518页。

我老了！今后只想平安地度过老年，我这一辈子没有比为和平出的力量更大的了，可是，我看得出来，现在又要用我衰老的双肩重披甲胄，用颤抖的双手重握枪锤，来救护和保卫我不幸的臣民了。说起来，这也是很合情理的，因为是他们的劳动维持着我，是他们的血汗养活着我、我的孩子和全家。（1.28 章，114 页）

高朗古杰一方面致信高康大，让其回国参战，另一方面仍然没有放弃和平解决争端的努力，派使者乌尔利赫·贾莱前去与毕克罗寿和谈。贾莱向对方表达了对他们侵略行为的愤慨，但同时仍然希望和平解决冲突。"贾莱讲辞"是《巨人传》中为数不多的叙述体文字，采用了演说式的古典修辞手法，但其内容则来自于拉伯雷的时代，这篇讲辞的原型可能是吉奥莫·杜·伯雷（Guillaume du Bellay）向德国公爵们进行的一次演讲，其内容是对查理五世侵略行径的谴责。[1]

贾莱的陈辞主要包括如下内容。首先，指出毕克罗寿发动的是非正义的战争，并对这种侵略行为提出抗议，"我主高朗古杰国王对你疯狂而敌对的侵略行为，感到极大的愤慨与气恼。"其次，二者曾经是盟邦关系。"很久很久以来，你和你的祖上，跟他和他的祖上，一向友好，而这种友谊直到现在，还是像神圣一样被坚决地卫护着、保持着、捍卫着。"第三，对方的侵略行为最终会受到神和正义的惩罚。"一切事物都有一个终了的阶段，达到顶点，就得摔下来，因为它不能永远停留在顶巅上。这是一切不会用理性和节制来克服自己得意忘形的人所必有的结局。"[2]第四，希望对方查清真相，消除误会，解除战争。最后，表明立场，指出己方并非无力应战，让对方赔礼、休战。（1.31 章，119－121 页）

贾莱的讲辞主要从道义的角度向毕克罗寿表明利害，要求休战，与《伯罗奔尼撒战争史》著名的"弥洛斯对话"中弥洛斯人向雅典人表明的观点非常类似。[3]拉伯雷笔下的乌托邦人借贾莱的演说表明了自己的和平

---

[1]　同上。

[2]　类似的说法亦见《谜诗预言》，"他们说三十年风水轮流，爬到顶峰，就得回头。"（1.58章，210 页）

[3]　参修昔底德：《伯罗奔尼撒战争史》，谢德风译，北京：商务印书馆，1960 年 4 月，466－474 页。

努力与道义立场之后，毕克罗寿依然选择了战争，可见"这个人毫无理性，是个天主丢弃的人。"（1.32 章，122 页）只能以战争解决问题。

《伯罗奔尼撒战争史》中，相信正义的弥洛斯最终被相信力量的雅典占领，"凡适合于兵役年龄而被俘虏的人们都被雅典人杀了；妇女及孩童则出卖为奴隶。雅典人把弥洛斯作为自己的领土，后来派了五百移民移居在那里。"①而拉伯雷笔下的乌托邦取得了胜利，胜利的原因不仅因为他们代表着正义，更重要的是正义者同时还拥有力量，是受到新式教育，强大的高康大，而非老实人高朗古杰，带领部下打败了毕克罗寿。相信强力的雅典人取得胜利后，占领了弥洛斯，将其作为殖民地。那么，相信正义的乌托邦人又会怎样处理战后问题，怎样对待战败者呢？

在《高康大》中，对于战后处理的描写比较具体。通过君王对战败将士和获胜将士的两次演讲表达了"恩威并重"、"以德为主"的处理方式（1.50—51 章）。对于战败者的演讲，高康大开宗明义地说："作为凯旋胜利的标志，与其在攻克的土地上建筑纪念碑碣，毋宁把善良的品德树立在战败者的心里。"（1.50 章，185 页）继而举了他父亲应用这种方法的一个成功范例。高朗古杰曾经打败过侵略者加拿利王，但却没有对他进行虐待，而是以礼相待，释放其回国。加拿利王因此感恩戴德，号召国内人民向战胜国纳贡称臣。战争在这种情况下没有助长仇恨，而以战败国为属国的方式结束了征战。战争即使持续的时间再长，也定会有结束的时候，以德报怨的方式，看起来是在不能避免战争的前提下，对战后处理的好办法。"时间这个东西，会腐蚀、磨灭一切事物，唯独恩德，时间越久，它的力量就越大。慷慨地对一个有理智的人做一件好事，这件好事会在他光明磊落的思想与记忆里不断地发扬光大。"（1.50 章，187 页）对于战争制造者的惩罚，是去印刷厂里当工人，可能是想通过书籍来洗刷他们的罪恶。

对于己方战胜的将士们，当然会论功行赏。对于牺牲者、受伤者及平民百姓所受到的损失，都给予了相应奖赏和补偿。对于战争中功勋卓著的

---

① 参修昔底德：《伯罗奔尼撒战争史》，谢德风译，北京：商务印书馆，1960 年 4 月，474 页。

将领，高康大则率领着他们一起觐见国王，国王对他们赏金封地，特莱美修道院就是这次封赏的结果之一。

这种在战争中所表现出的"人道主义"态度，在西塞罗的《论职责》（De Officiis）中就有体现，书中强调了不要发起侵略战争，即使在战争期间，对敌人也具有某些义务，战争并非意味着不择手段。纳斯鲍姆认为这些思想对现代的政治和法律思想产生了很大的影响。[1]这种战争中的人道主义态度在拉伯雷的时代里，最为伊拉斯谟所推崇，他的理论依据是基督教传统。在《论基督君主的教育》中，伊拉斯谟指出，对于非基督教的君主，只需要照顾自己邦国臣民的利益即可，但作为一名基督君主，则"不把任何人视为外国人，除非此人对基督的圣事一无所知。即使对于后面这些人，基督君主也会避免伤害到他们，激起他们的反抗。"[2]以上西塞罗和伊拉斯谟的观点，是现代人所能够接受的。而在亚里士多德看来，虽然我们也确实把城邦之外的人当做人，但我们对他们却没有任何道德义务，包括不对他们发起侵略的义务。[3]

表面看来，高康大对战争结果的处理，强调了品德的作用，"并不关乎财富或者土地"，但对战败国王及关键的战败国的政权问题，战胜者是如何处理的呢？

被高康大打败的毕克罗寿仓皇出逃，得知要想恢复自己的王国，除非太阳从西边升起，听到这个绝望的说法后，他失踪了。（1.49 章，183页）。国王不知所踪，这个不幸的国家该如何管理呢？只能把政权交给国王的儿子，并让大臣们辅政，为了约束官员的行为，不使这个国家灭亡，庞大固埃"命令包诺克拉特统率这一班政府官吏，并勤勉地教育太子，全权负责渴人国事务，直到他认为太子有能力治理自己国家的时候为止。"（1.50 章，187－188 页，译文有改动）。毕克罗寿国家的政权实际上交到了包诺克拉特手里，类似于罗马帝国的行省制度，战胜国控制了战败国的实际权力。

与《高康大》的战后处理相比，《庞大固埃》中对战后处理的描写更

---

① 参玛莎·纳斯鲍姆：《善的脆弱性：古希腊悲剧和哲学中的运气与伦理》，前揭，13 页。

② 伊拉斯谟：《论基督君主的教育》，前揭，122 页。

③ 参玛莎·纳斯鲍姆：《善的脆弱性：古希腊悲剧和哲学中的运气与伦理》，前揭，13 页。

加明确。当巨人打败渴人国的侵略者后，回国做的第一件事便是召开会议，提议"继续进攻渴人国，将它的全部疆土一鼓作气平定下来，然后再来庆功。"（2.31 章，398 页，译文有改动）可见，战争还没有结束，庞大固埃的目的不仅在于将侵略者赶出自己的国土，更重要的是，战胜者的权力意味着他可以拥有战败国的一切：

> 此处城里的人口实在太多，多的在街上就无法转身；所以我要带他们到渴人国去，把所获土地全部分给他们。那里山河壮丽，气候宜人，土地肥沃，是世上独一无二的宜居之地，你们中从前去过那里的人，自然很清楚。（2.31 章，398 页，译文有改动）

乌托邦似乎是被迫应战的，但保卫自己的国土成功之后，它却如雅典对待弥罗斯一样，掠夺了战败国的土地。战争的正义，又一次站在了强者一方，人类的历史一次次证明着，只有强者才配谈正义。乌托邦此时对渴人国的占领，可以看做是对侵略者的惩罚，可以说是监管，反正只有胜利者有解释权。但扩张就是扩张，占领就是占领，还是雅典人说得透彻：

> 我们对于神祇的意念和对人们的认识都使我们相信自然界的普遍和必要规律，就是在可能范围以内扩张统治的势力，这不是我们制造出来的规律；这个规律制造出来之后，我们也不是最早使用这个规律的人。我们发现这个规律老早就存在，我们将让它在后代永远存在。我们不过照这个规律行事，我们知道，无论是你们，或者别人，只要有了我们现有的力量，也会一模一样地行事。①

除了向战败国进行殖民外，渴人国的安那其国王也被贬为庶人，后半辈子以卖绿酱油为生，而且过着《第三部书》中巴奴日最恐惧的，被老婆打的悲惨生活。如果按照中国"通三统"的传统，对战败的国王也应该给予应有的尊严。②对战败国的占领以及对战败国王的羞辱，依据的是胜利

---

① 参玛莎·纳斯鲍姆：《善的脆弱性：古希腊悲剧和哲学中的运气与伦理》，前揭，469 页。

② 中国先秦之时，新朝建立以后，会把前两朝的后裔封到一个地方，建成一个小国，并给予特殊待遇。前两朝的后裔见新王时，双方以主客而非君臣之礼相见。比如夏商周三代，就构成了周朝时候的"三统"。（参张祥龙：《先秦儒家哲学九讲》，桂林：广西师范大学出版社，2010年1月，59 页。）

者具有权力的西方"自然正当"（natural right）理论。如果把前两部书的内容联系起来，会看到在《庞大固埃》中，巨人的国家叫"乌托邦"，而且国土很小。但在《高康大》中，巨人的国土就已经包括由战胜而得来的"渴人国"（les Dipsodes）了，《高康大》中的战争，保卫的就是这片抢来的国土。代表着智慧的爱比斯德蒙明确表达了以"力"为合法标准的战争观："我们要使用战争的权利，能拿的只管拿。"（1.26 章，366 页）

　　《第三部书》的第一章，以乌托邦向渴人国移民开始，据说，殖民是为了渴人国的利益，因为他们"要把渴人国好好地整顿一下，得调整人口，繁荣市面，因为过去那里人少，大部分地区都荒无人烟。"（3.1 章，431 页）为了你，侵略你，"庞大固埃移民并不是为发展自己的男女人口……也不是贪图渴人国的土地肥沃、气候适宜、物产丰富，而是想用迁移他古老忠诚的臣民来保持那里的治安和平静。"（3.1 章，页 431）这段话显然有明确的现实针对性，在当时混乱的国际形势中，武力是成为强国的最有效保障。在《第三部书》前言中，拉伯雷引用了古人的说法，甚至认为战争是一件"美事"，详见后文的分析。

第 3 章 "认识自己"与决断

"民受天地之中以生，所谓命也。"——《春秋左传·成公十三年》

人民文学版《巨人传》序言的作者说："真正代表拉伯雷风格的，是《巨人传》的前两部。这两部书实际上已概括了当时人文主义思潮的主要内容，后三部书则是前两部的演绎和补充。"①这种说法包含两层意思，首先，拉伯雷的思想代表着人文主义的思想，《巨人传》之所以有意义，是因为它反映了人文主义精神。如此说来，有必要在《巨人传》中来重新对待"人文主义"这个概念有哪些内涵和外延，而不是反过来，用一些习见的对"人文主义"的定义来剪裁拉伯雷的思想。要想真正理解"人文主义"，理解《巨人传》，首先"应该抛弃人文主义这个词的当代的见解，它以相当混乱的方式表示任何对人的价值和人的问题的强调。"②

另外，这种说法假定了拉伯雷的意义仅在于《巨人传》是人文主义的代表作，后三部书因为没有体现出"人文主义"的主要思想，所以只是"前两部的演绎和补充"。作为鲍文蔚先生《巨人传》节译本的前言，我们猜测序言作者可能出于对译者的尊重，所以采取这样的说法，但礼貌与事

---

① 艾珉：《〈巨人传〉的思想与艺术》，见《巨人传》，北京：人民文学出版社，1998 年 2 月，5 页。

② 保罗·奥斯卡·克利斯特勒：《意大利文艺复兴时期八个哲学家》，姚鹏、陶建平译，上海：上海译文出版社，1987 年，182 页。

实有时要分别对待。①一般来说，学界将前两部书当做拉伯雷的早期著作来看待，而且认为《高康大》是《庞大固埃》主题的进一步深化和扩展。但并不能因此否定后三部书的意义，甚至认为只有反映了人文主义的当代理解，《巨人传》才有意义。

费弗尔认为，人文主义与宗教改革间的关系经历了三个阶段，《巨人传》几部书的不同主题和内容恰恰反映出了二者间的微妙关系，

> 他（拉伯雷）的每本书都标志着一个发展阶段，他记录了这些阶段，也加速了它们的进程。《庞大固埃》（1532 年）与《高康大》（1534 年）是人文主义第一阶段的两部代表作。这一时期，人文主义自认为有利于第一阶段的宗教改革，反之也得益于宗教改革。到《第三部书》，一切都发生了变化：1546 年的拉伯雷是位哲学家，教理书之间的冲突令他愤懑不已，不过他已经不再直接关心这些了；到了 1552 年，拉伯雷则成为主张法国教会自主的民族主义者。《第四部书》服务于法兰西国王反对罗马的事业；但这一事业并不捍卫任何信纲。这边是"癫汉普泰尔勃"，那边是"疯狂的加尔文"。拉伯雷反感于两者（两者相互对立，但有时又相一致）的狂热，于是从中悄然隐退，却像个真正的柏拉图主义者，沉浸于思考美与和谐。②

的确，从 1546 年开始陆续发表的后三部书，在故事手法、讨论内容等方面，与前两部书相比发生了重大的变化。虽然《第三部书》开篇与1532 年的《庞大固埃》结尾的故事联系起来，描述了殖民地渴人国的情况，尽管主要人物还是前两部书的角色，但随着庞大固埃和巴奴日的出场，读者几乎不能相信他们是前两部书中的人物了。③

与《庞大固埃》相比，《第三部书》中的巴奴日似乎成为全书的主角，

---

① 据说鲍先生并非因《巨人传》后三部书不重要而没有译出全文，而是由于身体原因，没有译完，先生把没有译完《巨人传》全文作为终身遗憾。许渊冲先生曾这样说过："鲍文蔚《巨人传》的续稿，在十年浩劫抄家时被没收，至今下落不明，鲍先生临终还引为遗恨，这也是中国翻译界无法弥补的损失。"（参 http://baike.baidu.com/view/878789.html）

② 吕西安·费弗尔：《拉伯雷的宗教》，前揭，5 页。

③ Michael J. Heath, *Rabelais*, Tempe, AZ: Medieval and Renaissance Texts and Studies, 1996, p. 64.

他的重要地位从一些细节中可见。比如说，前两部书中，拉伯雷为了防止迫害，署名 Alcofribas，他不仅是故事的讲述者，而且成为书中的一个人物，既在事中亦在事外的身份，使他在诸多角色中表现得非常明智，仿佛古希腊悲剧中的歌队，成为了一个纵观全局的人物。而在《第三部书》中，由于拉伯雷得到了国王弗朗索瓦一世和他的妹妹那伐尔王后的政治庇护，因此以"医学博士弗朗索瓦·拉伯雷大师"的真实身份发表作品，随之，Alcofribas 这个人物在这部书中也就没有出现。而取代他的是谁呢？《庞大固埃》的第 32 章，庞大固埃把萨尔米贡丹（Salmiguondin）这个地方赠给了 Alcofribas，而这个地方正是巴奴日在《第三部书》开始时做总督之地，巴奴日成了 Alcofribas 的继任者。

　　虽然巴奴日在《第三部书》中的表现既不明智也不勇敢，但并不能因此否认他在这部书中的重要地位，不能以一种贴标签的方式认为拉伯雷就是要批判这个形象，因为他所体现的仅是道德上的软弱。[①]拉伯雷的艺术手法使巴奴日在真理的钢丝上行走，因为他认识到在真理与谬误，神与魔鬼之间，并没有一蹴而就的道路可走，只能行进在一条探索的道路上。[②]《巨人传》以喜剧体裁探讨严肃思想的修辞手法，使它在亦正亦邪的张力中，呈现着人世的一个个断片，它之所以严肃，正因为其呈现的不是简单的二元对立。这种修辞方式有利于让思想"显现"，而非直接"说出"。

　　与前两部书中几个相对平行的主题不同，《第三部书》的主题相对集中，极而言之，这部书只讲了一件事，那就是巴奴日是否应该结婚，其他问题都是以此为平台展开的。从人的整个一生来看，故事进行到了人的青壮年时期，面对的问题要比前两部书复杂，此书的结构相对前两部书也更加复杂。西方学界对《第三部书》的结构应该如何划分，至今没有定论，下面简要介绍一下几种具有代表性的观点，并明确本书对《第三部书》的解读结构。

　　Edwin M. Duval 认为，要想理解《第三部书》，明确它的结构至关重

---

　　① Jerry C. Nash：《拉伯雷与廊下派描写》（*Rabelais and Stoic Portrayal*），*Studies in the Renaissance*，Vol. 21（1974），尤见 70 页以下。

　　② Michael J. Heath，*Rabelais*，Ibid，p. 73.

要，搞清楚这部书独特的结构可以成为理解它的一把钥匙，这把钥匙既指
向了作品的问题，也指向了它的答案。①正是由于它的复杂性，关于《第
三部书》的结构，学界也给出了不同的解释，有人认为整个《第三部书》
跟它的前言一样，都呈现出了一种环形的结构。②也有人认为《第三部书》
与《庞大固埃》在结构上具有某种相似性，都体现出一种以巴奴日为代表
的戏谑形象与正统形象的对立，这里面隐喻着对于所谓"正统"思想的某
种嘲笑，比如对哲学家、神学家、医学家等的讽刺。③

　　Duval 则认为，如果将作为引子的前言和第一章排除之后，《第三部
书》呈现出了一个严格的对称结构。

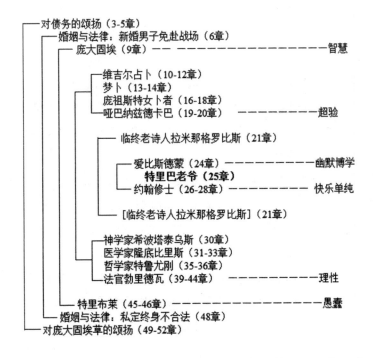

　　第 3 章到第 5 章是对债务关系的颂词，对应于结尾 49 到 52 章对庞大
固埃草的颂词。第 6 章讲了为何新婚者可免除兵役的法律，48 章讲的是

---

　　① Edwin M. Duval, *Panurge, Perplexity, and the Ironic Design of Rabelais's "Tiers Livre"*, Ibid, p. 382.

　　② Florence M. Weinberg, *A Mon Tonneau Je Retourne: Rabelais's Prologue to the Tiers Livre*, *Sixteenth Century Journal*, Vol. 23, No. 3, (Autumn, 1992), p. 548.

　　③ Michael J. Heath, *Rabelais*, Ibid, p. 68−69.

子女不禀明父母，私自决定婚姻大事是违法的，两段都与婚姻、法律相关，呈对称关系。第 9 章是庞大固埃给巴奴日的建议，代表着一种明智的选择，与其相对的是 45、46 两章，这两章介绍的是傻子特里布莱给巴奴日的建议，与明智的庞大固埃相反，代表着愚蠢。从第 10 章到 20 章构成一个部分，其中包括 10—12 章的维吉尔占卜，13—14 章的释梦占卜，16—18 章的女巫预言，19—20 章的哑巴态势语，这四个部分构成了非理性的预言占卜部分，与其相对的是 30 到 44 章，这部分的占卜相对来说代表着人类理性正常的探究过程，这部分内容包括对神学家的咨询（30 章），医生的解答（31—33 章），哲学家的解释（35—36 章），法学家的解释（39—44 章）。弥留的法兰西老诗人拉米那格罗比斯对巴奴日婚姻问题的解答在 21 章中即已开始，但是直到第 29 章，庞大固埃才对老诗人的诗给出了解释，这两章在内容上相呼应。在这两章中间的 24 到 28 章主要有三个内容，分别是巴奴日对爱比斯德蒙、特里巴和约翰修士进行咨询，Duval 认为这三者构成了一个三连剧，巴奴日对两位伙伴爱比斯德蒙和约翰修士的咨询相对应，对特里巴的咨询处于中间位置。这样，整部书呈现出了一个严格的对称结构。①

那么，拉伯雷为何要以对称的方式来安排《第三部书》的结构呢？首先，对称的修辞手法在中世纪、文艺复兴时期很流行。比较常见的对称结构有两种，一种是如镜像的简单二分法，其结构可表示为"abccba"，另一种是在对称两部分的中间有一个突出的中心部分，其结构是"abCba"。前者在古典作品中较常见，而在文艺复兴时期，由于受到基督教思想的影响，为了突出一个绝对者，所以这一时期的作品多采用第二种形式，在对称结构中有一个突出的中心，这个中心往往指明了作品的主旨。Duval 认为，《巨人传》的《第三部书》可称之为中世纪－文艺复兴时期对称结构的代表作。它有一个明确的中心段落，整部书的其他部分是围绕它展开的。②那么，拉伯雷在这种对称结构中，想要突出的是什么？由上文的分析可知，在对称结构中，对特里巴老爷进行咨询的 25 章处于全书的中心，

① Edwin M. Duval, *Panurge, Perplexity, and the Ironic Design of Rabelais's "Tiers Livre"*, Ibid, p. 386.

② Ibid，p. 388—390.

那么这中心的一章到底有何特殊性呢？Duval 认为，首先，对特里巴老爷的咨询是没有经过庞大固埃推荐的，其次，这一段对巴奴日的问题给出了明确的答复。[①]而在这一章的内容上，也呈现出严格的对称结构，处于正中心的是拉伯雷模仿伊拉斯谟《箴言集》中的一段话（中译见页 536），而这段话的中心又是苏格拉底常说的德尔菲神庙谶语"认识你自己"。[②]巴奴日也称这句话为"哲学的首要原则"，在这一点上，体现出了文艺复兴时期思想重视现实，重视行动，重视对自身省察的特点，类似于苏格拉底"第二次起航"后，将哲学从天上拉回人间。

Duval 对《第三部书》中对称结构的发现非常重要，不仅明确了拉伯雷独特的谋篇意识，而且指出了拉伯雷在"认识你自己"这个问题上所体现出的思想与行动间的关系。但他所指出的对称结构中还有几点值得商榷，简要分析如下。

首先，他分析的对称结构中并没有把《第三部书》的前言和前两章包括在内，而这部分对全书来说并非可有可无，尤其是《第三部书》的作者前言，它提纲挈领地指出了全书的一些基本问题，详见后文。第 1、2 两章与后面关于债务关系颂扬的部分紧密相关，可以看成一个整体，这部分直到第八章才结束，可以看成全书的一个前奏，《第三部书》的主体是巴奴日对婚姻问题的咨询过程，而通过这个部分的介绍，从人体自身的借贷关系，很自然地引出了生殖—婚姻问题。如果从整部《巨人传》来看，这部分关于战争问题的讨论，延续了前两部书关于此问题的思路，进一步指出了战争的本质。因此，本书将"作者前言"及前八章的内容作为一个整体来对待。

对巴奴日婚姻问题的咨询，主要有两种方式，"巴奴日从两条途径来寻找他问题的答案，超自然的（supernatural）与自然的（natural）。前者包括掷骰子、维吉尔占卜（Virgilian lots）、梦卜，以及对一些假定天生具有预言能力者的咨询。第二个自然的领域，包括请教哲学家，请教医

---

① Edwin M. Duval, *Panurge, Perplexity, and the Ironic Design of Rabelais's "Tiers Livre"*, Ibid, p. 390.

② Ibid, p. 393.

生，请教神学家，请教律师①，以及求教于他的伙伴们，尤其是庞大固埃。"②如此看来，被 Duval 看作全书中心的第 25 章可视为一种"超自然的方式"，而且可以看作是对这种方式的一种总结，"他用占星术、土卜法、手相术、相面术和其他类似法术来预言未来。"（3.25 章，页 534，译文有改动）如果将探索的过程按照两分法来划分，超自然的方式到这一部分结束。超自然的预测与诉诸理性的探讨共同作为解决问题的方式，意味着拉伯雷并没有将近代启蒙之后，人所凭借的"理性"作为唯一道路，在拉伯雷所处的时期，尽管教会对思想的统治已经发生了动摇，但长期的思想惯性与人先天对于信仰的依赖，使他的思想与古希腊罗马，或者创造出近现代以启蒙理性为代表的科学技术理性有很大的区别。③对两种探索方式分别进行讨论，有助于突出拉伯雷处于古今转折点上的特殊历史地位。在今人认为是迷信的"超自然"探索中，命运与人的决断，与人对自身的认识有何关系？这是本章第二部分要考察的问题。

对于婚姻问题的理性探讨是在一次宴会上进行的，而且参加者的身份（神学家、医生、哲学家和法学家）在当时都非常显赫，类似于柏拉图的《会饮》中参加者的身份，二者都有很强的现实针对性。对这部分的分析，能够体现出拉伯雷的时代里几种重要学科的特点，也能看出拉伯雷本人对待这些学科的态度。本书中将这部分作为拉伯雷的"会饮"来看待。

四十七章之后的部分是巴奴日认为各种探讨都没有解决自己的问题，决定去寻找"神瓶启示"，并对出海的物质条件，所谓的"庞大固埃草"

---

① 律师是计划求教的人之一，后来由于法律工作者自己摊上了官司，实际上法学家勃里德瓦并未给巴奴日的婚姻问题提出具体建议。

② Jerry C. Nash：《拉伯雷与廊下派描写》（*Rabelais and Stoic Portrayal*），Ibid，p. 73.

③ Febvre Lucien, *The Religion of Rabelais*，Ibid，26—27。今天所谓"启蒙"（enlightenment）的经典定义来自于康德，他在《判断力批判》第 40 节中这样来定义启蒙，那就是"人从迷信中解放出来"，由此而来，启蒙的口号便是"勇于运用你的理智"。伽达默尔认为所谓的启蒙在西方历史上发生过三次，第一次发生在古希腊，是对神话迷信的启蒙，第二次就是西方近代的启蒙，其针对的迷信是基督教，第三次发生于 20 世纪第二次世界大战之后，表现为对"第二次启蒙"的启蒙，也就是对理性万能所造成的迷信的启蒙。（参甘阳：《启蒙与迷信》，http://da-oli.getbbs.com/Post/topic.aspx? tid=205688）施特劳斯从"自然权利历史"角度所理解的启蒙，来源人们对于有别于自然天赋的技艺力量的相信，是对柏拉图意义上的"智力自然论"的某种颠覆。（参施特劳斯：《论卢梭的意图》，冯克利译，载《苏格拉底问题与现代性——施特劳斯讲演与论文集：卷二》，北京：华夏出版社，2008 年 3 月，99 页。）

(Pantagruelion) 的神奇功能进行了介绍。这部分是《第三部书》的尾声，也可以看做从《第三部书》向《第四部书》的过渡。

3.1 战争—借贷—生殖（婚姻）

"二人成为一体，这是极大的奥秘。"——《新约·以弗所书》（5：31—32)

《第三部书》的前言和第一章是对前两部书战争问题的延续和总结。"前言"的主体是一个关于第欧根尼的故事。当时哥林多正受到马其顿国的威胁，城内所有的人都在忙着转移财产、筑攻势，准备战斗。而第欧根尼看到举国都在行动，而自己却没有被指派任务，于是自己行动起来，先将仅有的几件家当——褡裢和书籍纸张都赠给了朋友，之后自己开始翻来覆去地鼓捣唯一剩下的土瓮，拉伯雷在此用了 60 多个动词来描写第欧根尼折腾自己的土瓮，这种同义反复的修辞方法是拉伯雷作品中的一大特色，很大程度上丰富了法语词汇。[①]关于第欧根尼为何要如此折腾自己的土瓮，Schwartz 认为这是对哥林多人无意义的备战的一种讽刺，因为最后这座城池被占领了。[②]故事中没有明说哥林多被占，但在讲备战之前，已经说了亚历山大对第欧根尼的评价，那应该就是在马其顿人进城之后的事情，第欧根尼请亚历山大不要挡住自己阳光的著名故事就发生在哥林多城被攻克之后。

亚历山大大帝曾经说过，如果他不是亚历山大，他情愿做第欧根尼，而非自己的老师亚里士多德。拉伯雷通过这个故事，又一次体现了对第欧根尼所代表的犬儒学派的重视。拉伯雷自己明确称第欧根尼为"当时少有的哲学家，千里挑一的达观者。"（3. 前言，422 页）

文艺复兴时期的思想家对犬儒学派和斯多葛派非常重视，这主要源于

---

① 同样的修辞亦见 3.25，3.38，4.30，4.31，4.40 等章节。

② Florence M. Weinberg, *A Mon Tonneau Je Retourne：Rabelais's Prologue to the Tiers Livre*, Ibid., p. 554.

"小苏格拉底派"重德行、轻玄思的特征。犬儒派的创始人安提斯泰尼自认为是苏格拉底精神的真正继承人，他认为苏格拉底所珍视的美德必须与行动相关，无法践行的知识是无效的，美德是幸福的必要条件，而这个条件只有在行动中才能显现出来，美德不是听到你说什么，而是要看到你做什么。第欧根尼作为安提斯泰尼的继承人，他认为老师在践行的道路上走得还不够远，还没有将自己的思想真正化为行动。[①]对"小苏格拉底派"的重视是当时的一个潮流，伊拉斯谟在他的《箴言集》（3.26）中认为，第欧根尼位列苏格拉底和柏拉图之后，比亚里士多德更为重要，拉伯雷此处的说法可能正是受到了伊拉斯谟的影响。[②]在爱比斯德蒙游地府的情节中，死后拥有权力、尽享荣华的人里面，就有第欧根尼，还有斯多葛派的爱比克泰德（2.30 章，394 页）。[③]

虽然哥林多城被马其顿占领，但并不能因为失败的结果而否认第欧根尼行动的意义。虽然备战的结果可能失败，可如西西弗斯神话所喻示的那样，当以自己的方式将命运承担起来时，看似没有结果的行动本身即彰显了意义。实际上，现世中有几人不是在重复西西弗斯的故事？"知其不可而为之"本身就是有死者彰显生命意义的一种表现。[④]当然，彰显行动的意义，并非只重过程不顾目的的受"手段王国"控制，因为"运动就是一切，目的微不足道"（伯恩斯坦语）的思路会导致现代的虚无主义、实用主义和功利主义倾向。[⑤]

要想解决这个问题，首先需对"择善固执"与"不知其善而为之"进行区分。苏格拉底最后能够慷慨赴死的原因之一是他真正省察过自己的生

---

① E·策勒尔：《古希腊哲学史纲》，翁绍军译，济南：山东人民出版社，1992 年 11 月，115—119 页。

② Florence M. Weinberg, *A Mon Tonneau Je Retourne：Rabelais's Prologue to the Tiers Livre*, Sixteenth Century Journal, Vol. 23, No. 3,（Autumn, 1992），p. 553.

③ 希腊化时期的斯多葛学派与被称为小苏格拉底派的犬儒学派之间具有某种学说上的传承关系，构成了"后苏格拉底思想"中异于"苏格拉底—柏拉图—亚里士多德"这一所谓西方正统思想的又一统绪。关于斯多葛学派思想在《巨人传》中的体现，See Jerry C. Nash：*Rabelais and Stoic Portrayal*, Studies in the Renaissance, Vol. 21 (1974)。

④ 对观《庄子·人间世》："知其不可奈何而安之若命，德之至也。"（见《庄子集释》，北京：中华书局，2004 年，155 页。）

⑤ 参张志扬：《偶在论谱系：西方哲学史的"阴影之谷"》，前揭，91 页。

活,从而不畏惧从事政治的危险:

> 如果我很早以前就试图参与政事,我早就死了,那么我对你们和我自己都会毫无益处。不要因为我说出真话而对我动怒。凡是坦诚地反对你们或别的大众,阻止在城邦里发生很多不义或犯法的事的人,都活不了,而事实是,谁若一定要为正义而战,并且想多活一段,他必须私下干,而不是参与政事。(《苏格拉底的申辩》31d—32a)①

深谙政治哲学之道的苏格拉底生前就意识到了自己作为城邦牛虻的后果,虽然自己的行为从"参与政事"转变为"私下干",但从苏格拉底自述的经历中可见,为了正义,他没有因畏惧死亡而停止自己的使命。苏格拉底的生命意义在于他对城邦民众的考察,他一生行动的意义在自己的死亡事件中达到了高潮。"苏格拉底之死"与"耶稣之死"一起,构成了塑造西方思想的两个原初事件,而两个人所从事的都是生前无法预知结果的行动。

第欧根尼折腾自己土瓮的行为似也可在此层面上思考,当有人看见他"无意义"地折腾自己的土瓮时,问他为何如此行事,哲人回答说,"他对共和国无事可做,于是只好来折腾他的土瓮,为的是在这个热情奔放的民族里面不至于让人看见他一个人闲着无所事事。"(《第三部书》.前言,424 页)按照亚里士多德的说法,哲人首先要是一个"闲人",作为闲人的哲人又可能有两种取向,一种是阿里斯托芬在《云》中所讽刺的作为自然哲人的苏格拉底形象,另一种是"第二次起航"之后的苏格拉底,此苏格拉底是在现实中考察人类意见,以行动践行哲学的哲人。第欧根尼显然属于后者,因为他并未出离城邦,而且想为城邦作出自己的贡献。拉伯雷将第欧根尼引为同类,"我也是如此,虽然远离纷争,但被人看作是个不配工作的人,心里也不能无动于衷。"(《第三部书》·前言,页 424)拉伯雷的国人当时也是斗志昂扬,个个准备保家卫国。在这种境况下,拉伯雷进一步表明了对战争的态度:

> 我几乎同意贤哲赫拉克利特的意见,他曾说战争是一切好事的根源。

---

① 中译见吴飞译文,前揭,113—114 页。

我也相信拉丁文把战争叫做"美事"①，并不是象若干陈旧腐朽的道学家所主张的那样，是一个反用词，他们认为在战争中，看不见任何美好的东西，其实很简单，绝对地可以说，正是由于战争，才会出现美好的东西，并暴露出一切罪恶和丑陋。（3. 前言，424 页）

拉伯雷认识到自己所处的时代正在经历着巨大的变革，上演着一出出"悲喜剧"（Tragigue Comedie）②，而自己也不愿仅仅成为一个旁观者，"只动眼睛而不肯使用气力的人，不应该得到光荣……"（《第三部书》. 前言，425 页）备战的方式有很多种，可以修堤筑墙，也可以吹笛劳军，贺拉斯的《颂诗》和《诗艺》中的底比斯城墙就是在安菲翁的音乐声中自行建立起来的（426 页，注 8）。拉伯雷的行动是什么呢？是就着马蹄仙泉（酒），编写出动人的故事，让战士们在战斗归来后，能够借他的故事略作消遣。

但拉伯雷在自己的行动中也并非毫无顾虑。古埃及国王普陀里美弄了头全黑的骆驼和一个半黑半白的奴隶回国，想借此类新鲜之物取悦于国人，以增加他们对自己的爱戴，可埃及人并不喜欢此类怪异之物，而青睐"优美、雅致和完善"，最后，由于不受人喜爱，骆驼和奴隶都死掉了。这个例子使拉伯雷也在决断与恐惧之间犹豫不决，他对自己的作品也有同样的担忧，恐其因嬉笑怒骂而被当成怪物，不被理解，成为半白半黑的怪物。

拉伯雷早在《高康大》的前言中就告诉我们，他的作品就如同西勒纳斯似的的小药盒，表面上画着一些奇形怪状的滑稽形象，但里面贮藏的都是珍贵的药品。这就像苏格拉底，外表丑陋，内在却有着惊人的美德：

超人的悟性、神奇的品德、百折不挠的勇气、无比的节操、镇静的涵养、十足的镇定，对于人们梦寐以求的、劳碌奔波的、苦苦经营的、远渡重洋追求的、甚至为之发动战争的一切，更是蔑视到使人难以相信的地步。（《高康大》·前言，5—6 页）

---

① 拉丁文中"战争"为 bellum，"美好"是 bellus。
② 此处成译本的译文是"演出悲壮的戏剧"。

拉伯雷认为自己的作品表面看来似乎是仅想取悦于人的怪物骆驼，但故事内部有高深的哲理，只是需要聪明的读者来发现罢了。拉伯雷虽然认为行动具有很高的价值，但此行动一定是在正确思想指导下进行的，并非盲动。怪物骆驼和奴隶的悲剧就在于，国王仅想用这种怪异的东西来取悦于民众，怪物除了外在的好笑之外，没有内在的思想，如同一个空的西勒诺斯药盒。拉伯雷讲这个故事的目的是想要告诉读者，自己的作品并非徒有其表，仅为娱乐。要想真正理解拉伯雷的作品，读者需要具有"庞大固埃主义精神"（Pantagruelism），这种精神会促使人从积极的方面去思考问题，这是一种能够冲破表层，深入本质的思考方式。好的喜剧作家一定是对于现实的悲喜剧（Tragigue Comedie）有深刻洞察者，须知，除了哭之外，笑也能够让人流泪。

　　苏格拉底的智慧告诉我们，人类为之发动战争的一切看来是多么可笑，战争是对人类自以为智的反讽。可战争作为实在的现象，人类又必须面对，并对其作出严肃思考。继前两部书中对战争的描写之后，拉伯雷在《第三部书》开头继续探讨了战后的若干问题。战争是一种迫不得已的行为，作为一个正常、理性的君王，绝对不希望增加敌人，而是希望朋友越多越好。战争是一种被迫的选择，最终赢得政治胜利的"不是靠兵力和武器，而是靠减轻人民的灾难疾苦，教导他们如何善自摄生，给他们容易遵守的法典，教他们仁爱、亲善。"（3.1 章，432 页）

　　乌托邦人对渴人国宣战并进而占领战败国的合法性在于，首先，对方首先挑起战争，侵犯本国国土，侵略者更相信的是武力，而非德性，他们认为："对坏人是，你越对他好，他越欺负你，你对他厉害，他反倒巴结你。"（1.32 章，124 页）受侵略者被看作"软弱无能，昏庸无力，因而不愿意，或者缺乏人力、财力、策略或者作战技术，所以不能抵抗不义的进攻。"（1.31 章，121 页）；其次，被侵略地人烟稀少、政治混乱，而他们到那里后会给当地人带来繁荣、和平以及稳定；还有就是他们得到了当地人的拥戴。武力可以攻占一个地方，但治理它所需要的是正义，"武力表现在胜利和攻取上，正义将表现在是否根据百姓愿望和爱戴来颁布法律、宣布命令、建立宗教，使每个人享受到自己的权利上。"（3.1 章，433 页）拉伯雷进一步引用了奥古斯都的话来证明这一点：

胜利者不违反战败者的心愿，

才能使自己的法律深入人心。（3.1 章，433 页）

这句话看似是对罗马帝国原则的一个总结，可无论如何，罗马帝国已经成为了历史，那么庞大固埃所征服的土地会是什么结果呢？在《第三部书》第 1 章的最后，拉伯雷告诉我们，查理曼在攻占他国后没有采取妥善的殖民措施，而使原来反抗他的人继续反抗，原来顺从的人也在敌人的教唆下开始反抗他了，从而"制造出了两个魔鬼"，庞大固埃跟查理曼相反，由于采取合理措施，则"制造出了两个天使"。（参 3.1 章，434 页）①但具体制造出了什么样的天使？拉伯雷语焉不详，他告诉我们如果不是以正当手段得来的国土，"那就非但会损失他已有的东西，而且还会招致谴责和指摘，说他所有的都是以不正当手段骗来的，因此到手的东西，依然会保持不住。"总之，"不义之财，不出三代。"（3.1 章，434 页）在下一章中，取代 Alcofribas 出任萨尔米贡丹的巴奴日，"不到两个星期就把总督三年内固定和不固定的收入一齐用光了"（3.2 章，435 页），财产的义与不义与是否能够保住钱财之间出现了冲突，巴奴日有自己的理论，在巴奴日对"借贷"的颂扬中，故事由军事问题转到了经济问题。

贡斯当（Benjamin Constant）认为战争和商业具有同构性，这两种人类行为的根本目的都是为了要得到自己所欲求之物，它们只是实现共同目标的不同手段而已。②而这两者也代表着古今之间的差异，由于古代的国家众多，并且领土狭小，所以为了生存与自保，国家间必然会不断地发生战争，战争成为了古代城邦维持自身生存、安全与独立的主要手段。现代民族国家的版图要比古代邦国大得多，而且由于启蒙思想的影响，各国的人民更加同质化，由文化所产生的冲突也逐渐减少了，大家都认为战争成为了一种负担，所以现代的主流是和平。③

按照贡斯当的理论，在古代社会，人类所想要获得的是最基本的生存权利，战争是为了获得基本的生存权而出现的，随着人对自然征服能力的

---

① 对观马基雅维里：《君主论》。

② 贡斯当：《古代人的自由与现代人的自由》，阎克文、刘满贵译，北京：商务印书馆，1999 年 12 月，29 页、234 页。

③ 同上，28—9 页。

提高，绝大多数人类的基本生存已经不成问题，但人类对稀缺之物的向往并没有随着物质产品的丰富而改变，就是说，一般人总会对自己所匮乏之物有一种向往，而不考虑是否需要这个东西，这就是欲望。对所欲求之物的不同体现着人类等级的差异，在坦然面对人类自然本性的古希腊人那里，有一个欲望等级表：

食：饥饿、饱食、美食

色：性欲—爱欲（性爱、情爱、友爱、挚爱）

伦：人伦正义、服从与责任、节俭—勇敢—智慧（克制）

业：为城邦建功立业

誉：尊敬与爱戴（爱者被爱）

哲：沉思生活[①]

人类的欲望层次是否随着科技"进步"而提高了？这个等级表应成为一面镜子，现代人可用其来观照自己在哪一个欲望层次上。

贡斯当认为现代人主要通过商业手段来实现欲望，涉及商业就难免不出现金钱的作用[②]。但巴奴日似乎并没有把钱财放在心上，当庞大固埃得知巴奴日在萨尔米贡丹寅吃卯粮时，告诉他这样做是不会发财的。而巴奴日却对他说："你真的打算叫我在世上发财么？……你还是想想过快活日子吧。别让任何牵挂和忧郁跨进你伟大头脑的神圣领域。……只要你生活得快活，精神好，心情愉快，那我比发财还要高兴。"（3.2 章，436 页）在颂扬债务关系之前，巴奴日首先表达了自己对钱财的蔑视，由于他认清了金钱作为通货的本质特征，才能撇开它表面的作用，而认为金钱的目的是为了在人与人间建立某种关系，这种关系既不同于战争的对抗状态，也不同于商业的功利算计。

巴奴日之所以颂扬债权人和债务人，是因为二者间通过债务建立起了契约关系。由普遍战争状态到和平的契约关系，是近代政治哲学的重大问题。上文所述贡斯当的观点，可以追溯到由霍布斯、洛克和卢梭所奠基的

---

① 张志扬：《西学中的夜行：隐匿在开端中的破裂》，前揭，121 页。

② 作为一般等价物的金钱，它不仅指狭义的"货币"，可能还包括"语言"和"性"。参张志扬：《偶在论谱系：西方哲学史的"阴影之谷"》，前揭，91 页。

现代契约论传统。①根据郭熙明博士的研究，在尼采的思想中，他明确指出了债权人与债务人的关系是最原初的契约关系，"人类最古老、最原始的关系是契约关系，是债权人与债务人之间的关系，正是围绕着债权人与债务人共同约定的'债务'，个体才成为可估算、有规律、必然的人。"②尼采将原本为了消除战争的契约关系又变成了新的"战争状态"，因为债权人与债务人间的"主奴关系"始终没有改变，二者间的中介是权力（意志），"古老的契约关系围绕'权力（意志）'而展开，'权力（意志）'既是债权人与债务人之间相互立约的内容也是其目的，'权力（意志）'只能通过'权力（意志）'得到偿还。"③在拉伯雷笔下，巴奴日所颂扬的债权人与债务人间的关系有哪些特征？他又为何要如此强调这种债务关系呢？

巴奴日对有债务的好处和无债务的坏处进行了详细的论证。首先，从宇宙的角度来看，没有了债务，"太阳将不再光照大地，星斗也不再发光，因为地球不再供应滋养它们的气体和水汽。"（3.3章，443页，译文有改动）拉伯雷的理论根据来自于普鲁塔克对赫拉克利特、斯多葛学派和西塞罗的分析，他们认为，宇宙间的各种元素由于相互作用而产生运动，如果它们不发生关系，那么宇宙就是静止的，各元素间也不会发生转化，"地上不再出水，水不再变成气体，气体不再生火，火不再给地球热力。"（3.3章，443页）而人类所生存的宇宙之所以成为现在的样子，正是因为各种元素能够和谐地运转，只有各要素发生关系，自然界的工作和生产才能顺利（3.4章，446页）。

其次，从人与人的关系来看，如果没有借贷关系，那么每个人都不会去关心别人，不会救人于危难，因为彼此孤立，"过去没有借出过，今后

---

① 参霍布斯《利维坦》，第13章"论人类幸福与苦难的自然状况"，第14章"论第一与第二自然律以及契法"；洛克《政府论·下篇》，第2章"论然状态"，第3章"论战争状态"，第7章"论政治的或公民的社会"，第8章"论政治社会的起源"；卢梭《社会契约论》第6章"论社会公约"。（本部分关于契约论传统及尼采关于债务关系的讨论，参考同济大学郭熙明博士论文《两种生命间的战争——尼采〈论道德的谱系〉研究》，第三章，第二部分，第一节，"债权人与债务人之间古老的契约关系"，特此致谢。）

② 郭熙明：《两种生命间的战争》，前揭，60页。

③ 同上文，62页。

也不会借出来。"在一个没有借贷的世界里，人对人就像狼一样。（3.3
章，444 页）这样一来，世界上也就不存在"信"（Foy）、"望"（Esper-
ance）"爱"（Charité）了，如果以这三者为基础，人与人间建立起一种和
谐关系，那么，人就是为帮助别人而生存的。如果"人人都肯借出自己的
一切，不再自私自利"，那么，"人与人之间，是和平、友爱……各种货物
川流不息，没有争执，没有战争，没有纠纷"，因借贷关系，人类"进入
了黄金时代神圣的王朝"。（3.4 章，446 页）

最后，从人的身体来看，各个器官间也存在借贷关系，人的身体就是
一个小宇宙。手脚之所以能够行动，是因为头借出了眼睛指引着它们；如
果手脚拒绝劳动，那么就不会有能量来供应头脑和其他脏腑的正常运转，
最终，"大脑看到一切反常，思维也就开始混乱，神经不再有感觉，肌肉
不再会活动。"肉身会因为器官间彼此不配合而腐烂，灵魂也就不知所踪
了。（3.3 章，444—5 页）

而如果身体各器官间相互配合，它们就能很好地完成各自的功能。拉
伯雷强调生命就是血，它是灵魂的所在地，身体其它器官的运动都是为了
造血，这里强调的"血"，明显含有基督教"圣餐"意象。[①] 经过一系列
复杂的过程，身体各器官制造出血液，并让其在身体中正常循环，由此构
成一个神奇的网络，"从而便产生了动物的职能，运用职能，便可以思想，
说话，判断，决定，考虑，推理和记忆。"（3.4 章，447—9 页）

拉伯雷从宇宙各要素间，人与人之间以及人各器官间的关系三方面
入手，对借贷关系进行了解释。最后介绍身体的部分最为详细，这一方
面与当时思想中对人身体的重视相关，另外还跟拉伯雷的医生身份有
关，最重要的是，身体关乎人类自身的生产，涉及血脉、种族的延续。
由此，《第三部书》从战争、借贷的问题，过渡到了"生殖—婚姻"这
个整部书的主题上来。在对借贷关系进行颂扬的最后，拉伯雷点明了这
个要点：

人用借贷关系来延续自己的生命，繁殖和自己相像的形象，制造孩
子。为了这个目的，每一器官都将最珍贵的精华贡献出一部分，输送到生

———————————

[①] 关于"圣餐问题"的介绍，详见本书第 4 章第 3 节。

殖器官，准备传宗接代使用。一切都是用互相借贷的关系进行的；所谓婚姻义务便是由此而来的。（3.4章，449页，译文有改动）

至此，拉伯雷明确了对债务关系如此重视的原因，那就是它关乎人类的繁衍，而生殖又与婚姻问题相关。

庞大固埃表面看来反对借债，但他并没有绝对否定债务关系，"我并不是说一个人绝对不许欠人什么，也绝对不许借出什么。"而是强调了在何种情况下可以借债，那就是"在一个劳动者尽了自己的能力而没有得到成果，或者不是故意地，而是偶尔失掉他的财产时，才应该借给他。"（3.5章，450-1页）这与其说是对巴奴日"债务颂"的反驳，不如说是对合理债务关系的一种补充说明。当巴奴日想要继续陈述自己的借贷理论时，庞大固埃没有像以往一样，对其进行耐心的讲解，而是两次粗暴地打断了巴奴日的话，"我们的话就说到此处为止"，"不谈这个了，我已经说过了，不能反悔。"（3.5章，451、452页）这似乎是对巴奴日观点的某种默认。

下面的 6 到 8 章谈到"为何男子新婚免赴战场"和关于"裤裆"（braguette）的问题，进一步过渡到婚姻和生殖的主题上。这几章强调了如下问题，首先，结婚的目的是为了生儿育女，传宗接代，因此新婚的男子在履行生殖的义务前，不应该上战场（3.6章，453-5页）。其次，以寓意新生的婚姻代替象征死亡的战争，"我厌恶战争，厌恶甲胄，厌恶头盔。我的肩膀因为多穿了铠甲，都累坏了。取消武器，让长袍当令吧。"（3.7章，458页）拉伯雷此处借用了普罗米修斯神话，指明了人类的脆弱性，"自然把人类造得赤裸、柔嫩、脆弱，没有攻击和防御的武器"。同时也指出了人类要想生存，必须借助于各种装备，拉伯雷认为人类最基本的武装是生殖器官，它的重要性甚至超过了头，因为"丢掉脑袋，不过死一个人，可是丢掉那玩意儿，等于死掉全人类。"（3.8章，461页）人类的繁衍具有了某种神圣性，这是人类最大的自然之一。

至此，可以对拉伯雷的借贷主题进行一个总结了。他的观点与尼采对这个问题的理论相比，更加强调一种和谐的关系。拉伯雷之所以颂扬借贷关系，并非为了体现债权人对债务人的优越性，这种优越性中蕴含着"主奴辩证法"，债权人的优越建立在对债务人的依赖之上。而拉伯雷强调的是债权人与债务人经由债务所建立起的联系，他是想通过这种关系建立起一种普遍秩序，这种秩序从宇宙到人群，直至人的身体，都普遍存在。关系中孕育着和谐，人身体的和谐又蕴含着生命的延续，此种债务关系的结果是"生生不息"的延续，而不是对立性的统一。从全书的谋篇上来看，通过对宇宙、人群，最重要的是身体各部分间的借贷关系的讨论，引出了生殖问题，婚姻问题，进入了《第三部书》所要讨论的主题。

3.2 在命运中"认识自己"

永远只求战胜自己，不求战胜命运；但求改变自己的欲望，不求改变世界的秩序。——笛卡尔

在《第三部书》的第九章，巴奴日开始向庞大固埃请教是否应该结婚的问题，这看似是他个人的问题，但从问题探讨的广度和深度来看，这不仅涉及到某一个人，而是关乎整个人类，关乎人类繁衍发展与文明的重大问题。高康大在本书第 48 章对庞大固埃说："我希望你也能想到婚姻这件事。我看你也到了适合结婚的年龄了。"（3.48 章，627 页）既然"男大当婚女大当嫁"是一件再自然不过的事情，那么，为何它又会如此地困扰巴奴日？拉伯雷为何要用一部书的篇幅来探讨这个问题呢？这个看似荒唐的问题，它的重要性具体表现在哪里？

3.2.1 西方古今视域中的"夫妇之伦"

拉伯雷将"婚姻"当做一个严肃的问题来讨论，这首先与当时的时代氛围相关。《第三部书》的写作期间，宗教改革在欧洲进行的如火如荼，改革派与天主教间重大的分歧之一就是教士是否应该结婚的问题。天主教一直将教士不结婚作为他们亲近上帝的重要标志，独身是教士精神上独立性的表现，天主教认为结婚意味着向尘世政治妥协，有悖宗教的神圣性。[①]于

————————

① 参洛维特：《世界历史与救赎历史》，前揭，92、95 页。

是，与人类社会与族群延续息息相关的婚姻问题，就成为了宗教改革者反抗天主教教权统治的一个契机。

伊拉斯谟对婚姻问题非常重视，他于 1519 年出版了一篇对婚姻的颂词（*Encomium matrimonii*），由此与索邦神学院就婚姻问题展开了一系列争论。1526 年，伊拉斯谟撰写的《基督徒婚姻制度》（*The Institution of Christian Marriage*）即是这场论战的一个成果。文中，伊拉斯谟阐明了教士应该结婚而非独身的观点，而且提出离婚及再婚的合法性，以此问题为契机，他对教会的神圣性提出了质疑。宗教改革家路德在自己的教团组织中也允许合法的婚姻，这也成为了他公开反对教皇权威的一个标志，很多追随他的牧师们也都纷纷结婚，以此来表达对罗马教会当局的抵抗态度。①

从人性的自然来说，结婚生子，作为每个人的生命延续，理（礼）所应当。"婚姻古来有之；不信者也不例外。"②这是人类生存繁衍的必要之事，为了整个人类，每个人都有生育后代的责任。抛开中国儒家对家庭的重视不谈，即使在西方的思想传统中，由两性的结合而产生的家庭，也一向被认为是政治社会得以形成的基础。亚里士多德和洛克是西方古典和现代政治理论中比较有代表性的人物，下面仅以他们的观点来考察一下西方古今视域中的"夫妇之伦"，以文艺复兴之前和之后两位思想家的观点，为拉伯雷对这个问题的讨论做一个参照。

亚里士多德在《政治学》的开篇就讨论了这个问题，他认为两性的结合可以作为政治学说的基础，由合法婚姻而成的家庭是构成政治共同体的基本要素：

> 相互依存的两个生物必须结合，雌雄（男女）不能单独延续其种类，这就得先成为配偶，——人类和一般动物以及植物相同，都要使自己遗留行性相肖的后嗣，所以配偶出于生理的自然，并不由于意志（思虑）的结

---

① Michael J. Heath, *Rabelais*, Ibid, 65, 66.

② 马丁·路德：《路德三檄文与宗教改革》，李勇译，上海：上海人民出版社，2010 年 9 月，184 页。

合。（1252^a27—30）①

　　由两性的结合，而有家庭②，若干家庭相联合，便组成了村坊，而若干村坊的联合又组成了城邦，人类政治生活的完备形式是城邦。而由家庭到村坊，再到城邦，亚里士多德告诉我们，这一系列组织形成的基础是男女两性的结合。③

　　在亚里士多德看来，城邦的形成是人类追求至善的要求，"一切社会团体的建立，其目的总是为了完成某些善业——所有人类的每一种作为，在他们自己看来，其本意总是在求取某一善果。"（1252^a2—4）而城邦之所以在本性上先于个人和家庭，也恰恰是因为城邦作为一个整体，它能够最大限度地追求善。这一切的基础源于人有"合群的性情"，自外于城邦者，非神即兽。人之所以异于禽兽，两性结合是基础，但这仅是必要而非充分条件，只有在以正义为原则的城邦之中，人才能与野兽区分开来，"人类由于志趋善良而有所成就，成为最优良的动物，如果不讲礼法、违背正义，他就堕落为最恶劣的动物。"（1253^a31—33）失去道德，而仅凭本能行事者，则"会淫凶纵肆，贪婪无度，下流而为最肮脏最残暴的野兽。"（1253^a37—38）两性的结合是一种自然，动物也以这种方式延续后代，但人能以此为基础，组成家庭，并进而形成部落，乃至城邦，这一系列的社会组织之所以能够形成，是因为有"法"。以法为标准，"最先设想和缔造这类团体的人们正应该受到后世的敬仰，把他们的功德看做人间莫大的恩惠。"（1253^a30—31）在亚里士多德的古典视域中，法即礼法，它的基础是正义，正义是社会秩序的基础，包括家庭在内的社会组织在正义

　　① 亚里士多德：《政治学》，吴寿彭译，北京：商务印书馆，1965 年 8 月版，4—5 页。本书《政治学》中译皆来自于此译本，以下凡引此书仅随文夹住原文标准码。

　　② 在亚里士多德的古典视域中，家庭的组成"男女"之外，还需要有一个条件，那就是"主奴"，但其在后文通过赫西俄德《劳作与时日》中的例子说明，"牛，在贫苦家庭中就相当于奴隶"（参 1252^b10—13）。可见，这里的"主奴"可以做一种广义的理解，奴隶是活的工具，工具是不喘气的奴隶（参 1253^b26 以下）。似乎也可以把亚氏的意思理解为，只要具有足够的"生产工具"和"消费工具"（1254^a1—7），维持家庭基本的生产、生活，那么，也就是有了"主奴关系"，构成家庭的这个要素也就具备了。

　　③ 当然，亚氏随后也说明了城邦在本性上先于个人和家庭、村坊的观点，城邦与此这二者之间是整体与部分的关系，他用了人之身体与手足的关系说明了城邦对家庭、村坊的优先地位。但无论如何，在发生程序上，男女的结合是政治的基础。

的基础上才得以形成。

亚里士多德《政治学》第一卷的1、2章又称"人类团体绪论"①,这提纲挈领的两章可以看作整部书,甚至亚里士多德整个政治理论的纲领。通过以上分析可见,人类团体的构成,有两条线索。从政治的本性(nature)来看,或者说从抽象理论的角度来看,城邦是根本,城邦作为整体先于个人、家庭、村坊这些部分。城邦的优先性在于,它既满足了人类生活的所有需要,也穷尽了人类政治生活的所有可能。②最重要的是,在城邦中,能够最大限度地实现所有社会组织所追求的根本目的——善。同时,在城邦中,也能够最清楚地看到政治得以形成的基础——正义。③

而在实际构成政治共同体的过程中,则是以家庭为基础,进而形成村落和城邦。家庭与城邦的关系如同砖瓦之于大厦,如没有这些材料,则城邦这座大厦无从谈起。《政治学》的第一卷论述的就是家庭,可见,虽然亚里士多德不认为城邦的统治如同家务管理,其理由如上所述,但并没有因此削弱家庭在整个政治共同体中的地位,因为由合法婚姻而成的家庭是城邦的基础。正是在这个意义上,亚里士多德才宣称他的《政治学》是《伦理学》的续篇。

下面来看一下对现代政治传统产生重要影响的洛克对婚姻问题的讨论。在洛克的《政府论》下篇的第七章《论政治的或公民的社会》中④,也讨论了家庭问题。如果以婚姻、家庭为视角,将洛克与亚里士多德关于这个问题的讨论对观,可以发现西方古今政治传统中所发生的一些微妙变化。

洛克与亚里士多德相比,需要面对基督教的新传统,因此,在这一章的开头,洛克将人应该在群体中生活的根本原因归于造物(人)主,"上

---

① 亚里士多德:《政治学》,前揭,441页。

② 在这个意义上,亚里士多德反驳了柏拉图在《治邦者》(或译为《政治家》,258E-259D)和色诺芬在《回忆苏格拉底》(卷三,4.12)中的说法,亚里士多德说在那两部书中,柏拉图和色诺芬认为政治家、君王与家长、奴隶主没有分别(1252$1^a$8)。

③ 对观《理想国》368E,"也许大的东西里面有较多的正义,也就更容易理解。如果你愿意的话,让我们先探讨在城邦里正义是什么,然后在个别人身上考察它,这叫由大见小。"中译见柏拉图:《理想国》,郭斌和、张竹明译,北京:商务印书馆,1986年8月,57页。

④ 《政治学》用了整整一卷的篇幅来讨论家庭(而且是全书的第一卷),而《政府论》并没有专章讨论这个问题。

帝既把人造成这样一种动物，根据上帝的判断他不宜于单独生活。"①基督教之后，婚姻的合法性来自于神，而亚里士多德认为人之所以成为一种能群的动物，乃出之于自然。在《政府论》下篇的第一章，洛克讨论的恰恰就是自然状态，自然状态的假说可以看做洛克全部政治学说的起点。②看来，由基督教《新约》所带来的启示法与自然法之间的矛盾是洛克必须要面对的问题。施特劳斯认为，在洛克的思想中，关于两性结合与婚姻的问题，最能说明《新约》神法与自然法之间的紧张关系。③

在构成家庭的基本要素中，洛克与亚里士多德都认为"夫妻"是必备的。而亚里士多德所强调的"主奴关系"，洛克将其转化成了"主仆关系"，并且认为此点不是构成家庭的必要条件，"无论家庭中有无奴隶，家庭还是家庭"。④亚里士多德对"主奴关系"做的是一种广义的理解，可以看作人与工具间的关系，是维持家庭基本需要的必备条件。而洛克将这一关系限定在人与人之间，因此可有可无。

洛克认为由男女自愿结合而组成的"夫妻社会"，与"政治社会"之间存在着很大的区别，从他对夫妻关系的分析中，可以看出他在人与人间关系的立足点。洛克认为婚姻主要包含着如下目的：生殖、彼此利益的共享（包括身体的共有）、养育下一代。⑤

在最后一点上，洛克将人与各种动物进行了对比，他认为夫妻间之所以能够保持长久的生活关系，正是出于保护、抚养后代的要求。比如食草动物，由于幼崽通过食母乳，很容易就过渡到自食其力的阶段，所以，雄雌兽之间交配后就不再保持共同生活的关系。而如猛兽和鸟类，则由于需要上一代很长时间的共同抚育，幼崽才能够独立生存，因此，猛兽和鸟类

---

① 洛克：《政府论》下篇，叶启芳、瞿菊农译，北京：商务印书馆，1964 年 2 月，48 页。施特劳斯注意到，这一章是全书中唯一以"上帝"一词开头的章节，紧随其后的第八章《论政治社会的起源》又是全书中唯一以"人类"一词开始的章节。更有意思的是，在《人类理智研究》中，第三部分的第 1 章和第 2 章也采用了同样的结构，在那部书的第 1 章中，洛克认为人的词语是由人的感觉、观察而得来的。而在《政府论》下篇的第六章 56 节中，洛克则指出亚当是语言的初创者，人类的语言有一个神圣的来源。（参《自然权利与历史》，前揭，222 页，注 74）

② 施特劳斯：《自然权利与历史》，前揭，220 页。

③ 同上，221 页。

④ 洛克：《政府论》下篇，前揭，52 页。

⑤ 同上，49 页。

的雌雄动物在一起生活的时间就相对更长一些。而男女间之所以能够形成夫妻关系，长时间生活在一起，正是出于同样的逻辑，那就是人类能够独立生存所需要的时间要远远长于动物，而在幼子没能独立生存时，女人又可能再次怀孕，因此，为了抚养下一代，夫妻才"不得不"长久地生活在一起，这几乎成为夫妻社会得以形成的"唯一理由"。①

洛克对于夫妻社会的分析完全是功能性的，在这段关于夫妻社会的分析中，文中不断出现"权利"、"目的"、"利益"等契约论术语。人与动物的区别，也不再如亚里士多德所强调的，因为人类社会中有"正义"、"道德"和"礼法"。按照洛克的观点，如果不是为了养育后代，两性间就没有必要形成长久的夫妻关系，人与动物在两性关系上没有本质区别。

在《政府论》上篇的第十一章，针对君主继承人的问题，洛克提出了一系列的疑难，其中一个问题就是"妻子与情妇（或译为妾）有何区别？"②如果按照他在上面段落中对于夫妻关系的分析，则类似这样的问题实际上被取消了，而在具体文本中，他也确实没有回答这个问题。性的生理需求是结婚的原因之一，但这远远不是全部，如果仅从生理欲望的角度来看，妻子与情妇怎么区别呢？二者的区别只有在社会中才能体现出来。培根对男人与女人的关系作出了如下区分：情妇是为了增加人的欢愉和虚荣；女奴是供主人占有和驱使的；而妻子则可以提供慰藉，并且生育合法的后代，延续自己的生命。③某种程度上，《巨人传》中巴奴日的婚姻问题正是建立在这种区分之上的，巴奴日之所以会纠结于是否结婚这个问题，主要是因为他想找一个能够提供慰藉的妻子，并且生育合法的后代，而非仅想找一个满足性欲的情妇或女奴。

洛克认为家庭虽然在"秩序、职务和人数"方面可以看成一个缩小了的国家，但此二者的"组织、权力和目的"等方面都有很大的不同。④他在文中反复强调，家庭与"真正的政治社会"完全不同。⑤政治或公民社

① 洛克：《政府论》下篇，前揭，49—50 页。

② 洛克：《政府论》上篇，瞿菊农、叶启芳译，北京：商务印书馆，1982 年 11 月，104 页。

③ 培根：《学术的进展》，前揭，31 页。

④ 洛克：《政府论》下篇，前揭，52 页。

⑤ 参洛克：《政府论》下篇，前揭，48、53 页。

会的形成过程是：

> 处在自然状态中任何数量的人们，进入社会以组成一个民族、一个国家，置于一个有最高统治权的政府之下；不然就是任何人自己加入并参加一个已经成立的政府。①

洛克取消了家庭在现代政治社会中的位置，不认为它是构成国家（城邦）的基础。虽然洛克一再强调"自然状态"，但他建立在"自然状态"之上的国家，却取消了最自然的因男女两性结合而成的家庭，而诉诸于外在的法律制约，用各种外在手段来保护财产。亚里士多德所强调的德性、正义，在洛克这里降解为了公民的安全和保障。家庭由于具备基本的亲情关系，因此可以作为最好的以德性为本的共同体，如仅将其当做一种普通的契约关系体，则降低了家庭在社会、国家中的调节作用，而不得不走外在的法律制约的道路。

洛克认为构成城邦基础的不是家庭，而是"任何数量的人"，包括个人。如果详细考察《政府论》理论基础的自然状态会发现，这种状态中的基本单位正是个人，而非家庭。反观亚里士多德，他认为家庭是构成政治共同体的基本单位，独立的个人（不是超人，就是鄙夫），按照荷马的说法，"出族、法外、失去坛火（无家无邦）者，为自然之弃物"（1253ª5—6）。

家庭在政治共同体中的地位问题，可以反映出共同体的基础何在，这构成了古今政治观点的一个重大区别。洛克所代表的现代人的思想中更多地赋予了"个人"以重要的位置，这种所谓"人的觉醒"，一般认为开始于中世纪之后的文艺复兴时期，纠结于古今思想分水岭的文艺复兴时期思想家们，在"家庭"还是"个人"的问题上，也在思索。

"古今之争"为拉伯雷问题的探讨提供了一个新的视角。《第三部书》最集中地讨论了这个问题，实际上，婚姻问题贯穿整部《巨人传》，1532年出版的《庞大固埃》的结尾，就预告了巴奴日和庞大固埃的婚姻，"本书的续篇，不久在法兰克福的集会上就可以见到，那时候你们将会看到巴奴日怎样结婚，怎样在婚后第一个月便做了乌龟……庞大固埃怎样娶印度

---

① 参洛克：《政府论》下篇，前揭，54 页。

国王普莱斯堂的女儿为妻。"（2.34章，411页）

拉伯雷对此问题探讨的重点不在于是否应该结婚，结婚无疑是正当的。巴奴日虽然对结婚有种种顾虑，但他很渴望拥有一个妻子，生育自己的合法后代，"我只造活石头，那就是人。"（3.6章，453页）拉伯雷主要是想借对婚姻问题的讨论来表达与其相关的深刻思想。对于巴奴日的困惑在哪里，及如何解决这些困惑，在他的第一个咨询人——庞大固埃处就给出了明确的答案。越根本性的问题，它的答案可能越简单，主要是在这些看似质朴的根本道理面前，人们是否能够排除成见，认识自己，并在行动上尽量接近真理。

第九章中，巴奴日向庞大固埃请教自己的问题，结婚的问题之所以如此困惑巴奴日，主要因为结婚或者不结婚，对他来说都有困难。如果不结婚的话，首先，他的性欲无法排解。其次他会感到孤独，没有人爱，当年老、生病时，更是无人照顾。最重要的是，如果不结婚，就不会有合法的后代，自己的生命无法延续，巴奴日在后文也强调过，"生子是婚姻的主要幸福"（3.18章，506页）。而结婚的问题在于，首先，如果娶到端庄的女人，那么他就不能再像从前那样自由了，婚姻关系的建立，意味着作为社会基础的家庭的成立，随之，所要处理的关系，承担的责任，都与单身者明显不同。如果娶的老婆不贤惠，那么丈夫又有做乌龟的危险，巴奴日认为这比让他死都难受。第三点是，他结婚后怕被老婆打，怕被偷（se desrobast）。（参3.9章，463－465页）

当最初得知巴奴日有结婚的想法时，庞大固埃对他说，"既然骰子已经掷出，主意也拿了，决心也定了，那就用不着多说，只要去实行就是了。"（3.9章，463页）而当得知巴奴日所处的两难境遇后，庞大固埃也无法给出明确的答案了，因为对于需要自身承担后果的问题，他人能给出的只有建议，决断权最终在自己手里，现实的抉择中，没有假设，针对巴奴日的犹豫、彷徨，庞大固埃将巴奴日的困惑根由及解决办法明确如下：

你的话里边，全是"假使，如果"和"不过，但是"，使我捉摸不定，无法根据它们看个明白。你到底有没有拿定主意？主要的问题就在这里；其余的一切都无法预料，只好听天由命。（3.10章，466页）

这段话是对巴奴日问题最明确的解答，后面的一系列咨询过程都是在这个基础上的一种建议，其实巴奴日也有自己的看法，问题在于他不能决断，不敢承担抉择失败的后果，这是庞大固埃等咨询者无法解决的问题。决断后，尽人之努力去做，结果更多地取决于命运和神，"一旦拿定主意，那就蒙起眼睛，低下头，吻地下的土地，表示完全信赖天主，走到哪里算哪里。"（3.10 章，466 页）至于其他的事情，作为有死者，又能决定多少呢？

3.2.2 启示与解释

巴奴日对婚姻问题第一部分的探求，是想借助神启的方式来解答自己的问题，明显不同于第二部分借助各种知识的理性讨论。启示与"信"相关，不同人可能会根据自身的经验对启示作出不同解释。超验的启示往往需要借助独特的体验，才能实现。体验可能是某种属己的不可证成的"情感"，甚至"情绪"。关于个人宗教体验的事例很多，很多人皈依宗教是因为某个特殊事件与体验。

帕斯卡尔（Blaise Pascal）乘坐的马车不幸掉进塞纳河中，两匹马全部淹死，而他却幸免于难，他在当晚所体会到的宗教情感，使这位著名的数学家、自然科学家转而忠诚地信奉基督教詹森派。在死里逃生产生特殊体验之后，他撰写了一篇祈祷文来描述当时自己的感受，并藏于内衣中，直到八年后为仆人发现，上面写道"正直的天父，这世界从不知道你，但我已知道你。愿我再不离开你"等语。[①]奥古斯丁（Aurelius Augustinus）《忏悔录》中所讲的著名的"奥斯蒂亚异象"，是他走向基督教的信仰之路中很重要的一个事件。[②]对启示进行属己的解释，是巴奴日对各种占卜作出不同于其他人结论的主要原因。

在维吉尔占卜的最后，当众人得出巴奴日将要做乌龟，要被老婆打，

---

① 参姚蓓琴，《致外省人信札（中译本序）》，见帕斯卡尔，《致外省人信札》，上海：上海社会科学院出版社，2002 年 8 月，2—3 页。

② 见奥古斯丁，《忏悔录》卷九章十，周士良译，北京：商务印书馆，1963 年 7 月，176—178 页。参吴飞在《属灵的劬劳：莫妮卡与奥古斯丁的生命交响曲》一文中对这一段的精彩解读，见刘小枫、陈少明主编，《经典与解释24：雅典民主的谐剧》，北京：华夏出版社，2008 年 1 月，145—184 页，尤见 153—157 页。

还会被偷的结论时，巴奴日的态度显示了他的成见，他在占卜中只想得到自己要的结果，"我认为这三卦都很好。否则的话，我不接受。"（3.12章，479页）听到巴奴日这样说，庞大固埃提醒他要相信"命运"，

我告诉你，命中注定的吉凶，没法不接受，我们古代的法学家，还有巴尔都斯《法学释例》的末一卷都是这样说的。理由是，没有任何东西更高于命运之神，命运之神不允许任何人表示异议。因此，弱小者不能有他的全部权利。（3.12章，480页，译文有改动）

这段话，将 Appeller（告诉你）一词前置，加强了语气，指出了"命运"① 的决定作用。巴奴日及其伙伴们想要探知的问题，究其根本，是想对自己未来的命运有一个预测，而有些东西是不能让人知道的，这注定了他们的各种努力最终都不会有结果。"弱小者"不应知道"命中注定"之事，当庞大固埃向巴奴日介绍维吉尔占卜的有效性时，"命运"一词是在所有证明有效的占卜中出现频率最高的词。② 这种方式之所以在古人那里有效，正是因为他们接受了占卜中所呈现出的命运的力量。而巴奴日并不相信命运的力量，他所认可的东西仅是自己的欲望，"吃饭是我的基本工作。命运、借贷、利润，我都可以放弃。"（3.15章，496页）

占卜（Le sort）并不等于迷信（La superstition）。诸如抽签等占卜的方法，在雅典民主制中被用来选举城邦领袖，而罗马法中对一些疑难的案子，也采用抽签方法进行裁决③。在本书中，通过占卜得出的结论，除了巴奴日之外，其他人的解释达成了共识，可总结如下：如果巴奴日结婚的话，将会被打，被戴绿帽子，被偷。④可见，拉伯雷并没有把代表命运安排的占卜与迷信同等对待，除了在《庞大固埃》中已明确排除的占星术和炼金术之外⑤，在进行每种占卜时，庞大固埃都指出了与其相对的某种迷

---

① 《第三部书》中，拉伯雷分别用 Le sort，La fortune，La destinée 几个词来表示"命运"之义，这里用到了前两词。

② 比如说："由命运摆布，我呗勒托的儿子杀戮"，"命运注定他即将走进地下"等等，见3.10章，467—471页。

③ 参3.39—44章，尤见3.40章"勃里德瓦怎样解释他用掷骰子来审理讼案的理由"。

④ Michael J. Heath, *Rabelais*, Ibid., P.75。

⑤ "至于占卜星相和鲁留斯的炼金提丹，可以撇开不管，因为那都是些骗人和虚伪的东西。"（参2.8章，272页）

信不可取。如第 11 章中，庞大固埃用了一章的篇幅来指出骰子算命这种方法不正当。在梦卜中，庞大固埃又指出桂花可助做梦的方法也是迷信（3.13 章，486 页）。在求教于庞祖斯特女卜者一章的开始，爱比斯德蒙指出了在犹太传统中，摩西明确禁止使用巫术①。

那么骰子算命与维吉尔占卜的区别在哪？庞大固埃又为何推荐巴奴日去向庞祖斯特的女巫进行问卜呢？维吉尔、荷马占卜虽然看似随意，但其占卜的根本依据是经典文本，这样的"占卜"是在向古代文化学习，通过学习，"占卜者"会变得更加明智，借助于前人的智慧，更充分地认识到自身问题，经典文本向读者显示了命运的必然性。与其相比，骰子算命则完全将人的未来诉诸偶然性，而且，骰子一般用来作为赌博的工具，当然不具有荷马、维吉尔文本的神圣性。

据庞大固埃所说，虽然庞祖斯特的女巫不具有经典占卜的意义，但其"知识和学问盖过全区的女性"，在她那里能够学到知识（3.16 章，497 页，译文有改动）。他以耳朵为例，说明了广泛听取意见的好处。他指出，耳朵是最适于学习的器官，因为"自然叫我们的耳朵敞开着，既没有门，也没有任何栅栏，不像眼睛、舌头和身上其他地方。"（3.16 章，498 页）拉伯雷认为"听"要高于"看"，而在西方思想传统中，一般认为视觉与知识相关，要高于听觉②。

在推荐法兰西老诗人一章，拉伯雷举了吉奥莫·杜·伯雷（Guillaume du Bellay）为例来说明临终遗言所具有的前瞻性，吉奥莫·杜·伯雷当时在法国政治上的影响非常大，是拉伯雷的好友，他在《巨人传》前两书出版后，曾经保护过拉伯雷免受宗教迫害。在《第四部书》中，拉伯雷多次

---

① "你们中间不可有人使儿女经火，也不可有占卜的、观兆的、用法术的、信邪术的、用迷术的、交鬼的、信巫术的、过阴的。"（《旧约·申命记》18：10—11）

② 在《理想国》卷七和《旧约·创世记》中，都指出了与"视觉"相关的"光"与知识间的关系，参张志扬：《西学中的夜行——隐匿在开端中的破裂》，下篇：西学中的"两个裂口"，第六章，第 2 节，《理想国》中的"光"与《创世记》中的"光"，前揭，121—133 页。

提到了吉奥莫·杜·伯雷。①可见，拉伯雷是在一种积极的意义上来认可这种占卜方式的。

如想认识命运，需有虔诚态度。对于有限者无法解释的现象，虔诚者应该"信而不问"。因此，对于某种暂时不可证成者的"信"，构成了学习与思想发展的一个基础，一开始"信"的可能是某种意见，但只要保持一种足够敞开的态度，意见就会成为真理之路的起点，怀疑主义与迷信二者从来没有完全分离过，只有能够经受住极端怀疑诘难的东西才能够称为信仰。②

对于庞大固埃推荐的占卜方法，从巴奴日对占卜过程的重视来看，他并非完全不相信。在进行维吉尔占卜前，巴奴日显得非常紧张，他对庞大固埃说："我的心在胸口跳得不得了。你摸摸我左胳膊的脉跳得多快……在看维吉尔之前，你同意不同意咱们先祷告一下海格立斯和传说执掌命运的戴尼特神？"（3.11章，473－474页）从巴奴日的紧张中可见，他起初确实是把占卜作为可以指导自己行动的神圣启示来对待的。在请教具体"占卜师"时，巴奴日都备下重礼以示虔诚。③所以，问题不是出在巴奴日想不想知道自己的命运上，而是出在如何对待启示上，出在他对启示进行的解释上。

对于超自然的神启方式，如果想让普通人理解，需要对各种征兆进行解释。对于同样的启示，巴奴日与其他人做出了截然相反的解释，而且两方的解释都看似有道理，启示只有借助于有效的解释才能指导具体行动。解释当然不是任意的，合格的解释者，首先需要具有清空自己的能力，解释的惟一根据应该是神启，而不是解释者的成见，解释者需要充分认识到自身的能力与限制，只有了解自身限度者，才能真正"面对启示本身"。

---

① "我们从英勇博学的吉奥莫·杜·伯雷骑士的死亡中早已吸取了教训，他活着的时候，法国繁荣昌盛，没有人不羡慕她，谁都想和她友好，没有人不惧怕她。可是他死之后，法国就很长的时间受到所有人的轻视。"（4.26章，770页）；另见《第四部书》"给奥戴亲王的信"，659页，及4.27章，773页。根据巴赫金的研究，当时在政治上影响很大，并且与拉伯雷关系密切的有三个叫杜·伯雷的人，红衣主教约翰·杜·伯雷，及他的兄弟让·杜·伯雷，还有就是这里提到的作为兰热领主的吉奥莫·杜·伯雷（1491—1543）（参《拉伯雷和他的世界》，前揭，520－524页。）关于三个杜·伯雷的介绍，详见附录《拉伯雷年谱》。

② 参施特劳斯关于怀疑论与教条主义的讨论，见《自然权利与历史》，前揭，174页。

③ 巴奴日对占卜师的重视，可参3.17章，502页；3.20章，513页；3.21章，519页；3.25章，534页等处。

解释者当然还要具有某种常人所不具备的先知的能力,"对于梦幻的预言,需要有会解释的、聪敏的、博学的、技巧的、熟练的、合乎理论的、肯定的圆梦者。"(3.13 章,482 页)

解释需要借助语言,拉伯雷对语言的态度及其自身作品中语言的特点一向是拉伯雷研究的一个重点[①],作为语言大师的拉伯雷对于有形语言并非完全信任,在向巴奴日推荐哑巴的 19 章中,庞大固埃说:

最真实最可靠的预言并不用文字写,也不用言语来表达;因为诗句既简略,用字又晦涩、含糊、模棱两可;连那些被认为最细心、最精明的人也常常会解释错误,……一般认为只有手势和比划,才是最真实,最可靠的。(3.19 章,509 页)

《旧约·创世记》11 章"巴别塔"的故事,提示了文字和语音的有限性,

那时,天下人的口音言语都是一样。他们往东边迁移的时候,在示拿地遇见一片平原,就住在那里。……他们说"来吧,我们要建造一座城和一座塔,塔顶通天,为要传扬我们的名,免得我们分散在全地上。"耶和华降临,要看看世人所建造的城和塔。耶和华说:"看哪,他们成为一样的人民,都是一样的言语,如今既做起这事来,以后他们所要做的事就没有不成的了。我们下去,在那里变乱他们的口音,使他们的言语彼此不通。"于是,耶和华使他们从那里分散在全地上,他们就停工不造那城了。因为耶和华在那里变乱天下人的言语,使众人分散在全地上,所以那城名叫巴别(就是"变乱"的意思)。

拉伯雷在《巨人传》中继续了"巴别塔"的故事,多次提到语言的有

① 关于拉伯雷的语言问题,可参考以下文献:

Rigolot, François. *Les langages de Rabelais*. Etudes rabelaisiennes 10. Geneva:Droz, 1972;

Berry Alice Fiola. *Rabelais*: *"Homo Logos."* Studies in the Romance Languages and Literatures. Chapel Hill:University of North Carolina Press, 1979 ;

Lazare Sainéan. *La langue de Rabelais*, Paris, 1922—1923;

Roman Jakobson. *Linguistics and Poetics*, Selected Writings III:Poetry of Grammar and Grammar of Poetry, ed. Stephen Rudy (TheHague:Mouton, 1981);

Leo Spitzer. *Le prétendu réalisme de Rabelais*, Modern Philology 37 (1940):139—150。

限性问题。《庞大固埃》第六章和第九章，分别介绍了庞大固埃与利穆赞人和巴奴日相遇的场景。首先是利穆赞人乱说法国话，将大量的拉丁文乱用到法语之中，造成了交流的障碍，最后，在武力的威胁下，才说出了自己的家乡土语，从此以后，他再也不敢卖弄自己的"学识"，乱说不能交流的语言了，因为他一直还感觉着庞大固埃在掐着他的脖子（2.6 章，249—252 页）。从这个情节里可以看出，拉伯雷致力于语言的清晰性，尤其强调法语的独立性。在随后的第九章，巴奴日与庞大固埃相遇的情节中，巴奴日连续说了 13 种语言来表达自己想要解决基本温饱问题的想法（2.9 章，274—282 页）。需要注意，这个情节紧接着第八章高康大的书信之后，书信中强调了古希腊语、拉丁语和希伯莱语的重要性。在如此重视之后，他马上指出了不同语言之间的不可共通性，这似乎可以联系巴别塔的寓言，巴别塔最终倒掉了，人类没有全知全能，随之而来的是巴奴日想要表达一个最基本的问题也是如此麻烦。在《第三部书》19 章，庞大固埃对这一段中语言的随意性所造成的麻烦给出了解释：

　　说人类天生就有一种言语，是骗人的话；言语是由各个民族依照自己的主张和决定造出来的；所谓字音，按照辨证学家的说法，本身并不具备意义，而是随便加上去的。这些话，决不是我凭空捏造的。（3.19 章，510 页）

　　拉伯雷通过《第三部书》哑巴对巴奴日问题的解答，使我们认识到了语言的限度，并呈现出了其他表达方式的可能。语言的限制是人之有限性的一个表现，很多事情只能取决于命运，遵循命运的启示，人能做的似乎只是用行动作出解释。

　　对于同样的启示，巴奴日与其他人为何会得出完全不同的解释？这主要是由于解释者自身的问题，对于一些显而易见的问题，只要当事人不想看到，那么也就不是问题。柏拉图"洞穴"中囚犯身上的枷锁往往都是每个人自己加在身上的。巴奴日急于想知道自己婚姻生活的未来，但他所做的解释都只是自己想要的，"人只要他没有的东西——又只能按照自己所有的东西要。"①如果不想面对洞穴中的阴影，只有痛苦地进行灵魂转向，

----

① 张志扬：《西学中的夜行》，前揭，31 页。

而转向的过程需要一辈子来完成，因为我们的面前会不断出现新的阴影，身上的锁链也会变换出各种形式。所以，需要不断地"认识自己"。

3.2.3 "认识自己"与"改变自己"

古希腊德尔菲神庙有两句谶语传世，一句是"认识你自己"，经"苏格拉底—柏拉图—亚里士多德"这一所谓西方正统中的"苏格拉底形象"而广为流传。还有一句是由所谓的"小苏格拉底派"的"苏格拉底—犬儒学派—斯多葛学派"所继承的"改变你自己"，在当代的继承者有福柯等人。[①] 在《巨人传》的《第三部书》中，这两句谶语都有所体现。

十五章的末尾，爱比斯德蒙高声打断了巴奴日关于梦卜的抱怨，说出了如下这番话：

> 人世间，能领会到、预见到、认识到，并预言别人的不幸，这并没有什么稀奇，这是件平凡的事。可是，能预言、预见、认识、领会自己的不幸，那就太少了！（3.15 章，496 页）

点出了"认识自己"这一主题后，爱比斯德蒙继续引用《伊索寓言》中的一个故事指出了人认识自己的错误是件多么困难的事。故事中讲每个人肩上都有一个搭子，在前后两个袋子中，前面的装着别人的过错和坏事，自己的错误则装在后面的袋子里，因此，每个人所能看到的都是别人的不好，而对自己的过错则很少看见。（3.15 章，496 页）巴奴日不能作出决断的主要原因是对自己的问题认识不够。

24 到 28 章处于《第三部书》的中间位置，Edwin M. Duval 认为这三章构成了一出"三连剧"，是这部书的核心章节，充分体现了爱比斯德蒙、特里巴老爷和约翰修士这三个人所指出的，同时巴奴日自己也意识到的"认识自己"的意义。这里的反讽之处在于，巴奴日自己指出"认识你自己"是"哲学第一真理"，可对自己认识的不够正是妨碍他对婚姻做出决断的最大障碍，在这一段中，究竟应该怎样来理解"认识你自己"及"改变你自己"？二者间又存在何种关系？

---

① 德尔菲神庙共有三句箴言，参 Duval 前揭书，393 页。

两访临终的老诗人后，巴奴日对爱比斯德蒙又一次重申了自己的难题：想结婚，但是怕当乌龟，担心婚后不幸福（3.24 章，530 页）。爱比斯德蒙直接告诉巴奴日，要想解决这个问题，他需要"改变自己"，清除成见，恢复安定（3.24 章，530 页），因为这是解决问题的前提。只有头脑足够清醒，才能自己作出决断。但巴奴日仍然想通过占卜的方式知道自己未来的命运，

　　任何人愿意知道自己的未来命运和前途，农神都可以明白指示。因为命运之神不拘纺织什么，朱庇特不拘想什么或者打算做什么，这位慈善的父亲没有不知道的，即便是睡着了也会知道。假使能够听他谈谈我这为难的问题，那就可以省掉我们许多事情。（3.24 章，533 页）

　　而爱比斯德蒙认为关键问题已经不是占卜的结果了，因为前面的一系列占卜已经明确指出了答案，问题是巴奴日不能接受这种现实，改变自己的成见，并作出决断。

　　"改变自己"，清除成见，是"认识自己"的前提。下面对巴奴日说出"认识你自己"这句箴言的 25 章进行一下分析。

　　25 章可以分为两个部分，一个是特里巴运用常见的手相术、相面术等方式对巴奴日命运的预测；另一部分介绍了"镜照法"等 30 多种其他稀奇古怪的占卜术，结果显然都是一样的，那就是巴奴日必定会遭受他所不愿承受的悲惨命运。

　　在这两个部分的中间，有一段巴奴日对特里巴的指责，正应了《伊索寓言》中所讲的故事，巴奴日丝毫没有对自己的问题进行反省，而一味谩骂指出他问题的特里巴，他说特里巴"只顾得观察、研究别人的灾难和痛苦，自己的老婆搭客也不管。"（3.25 章，536 页）下面举了一系列古典作品中只看到别人错误的形象来说明这个问题，Duval 指出对这些人物的列举遵循着对称原则，可图示如下：

奥鲁斯 / 马尔西亚尔 / 神气的叫花子（希腊文）// 专管闲事者（希腊文）/ 普鲁塔克 / 拉米亚①

---

　　① Edwin M. Duval, *Panurge, Perplexity, and the Ironic Design of Rabelais's "Tiers Livre"*, Ibid, p. 392.

在这个对称结构的中间，巴奴日亲口说出哲学的第一原则是"要认识你自己"。巴奴日指责特里巴的所有话似乎也都是在骂他自己，两个人都是只能看到别人眼里的草渣，而看不到自己眼中的横木，这句出自《新约》中的典故原文是这样的：

你们不要论断人，就不被论断；你们不要定人的罪，就不被定罪；你们要饶恕人，就必蒙饶恕……耶稣又用比喻对他们说："瞎子岂能领瞎子，两个人不是都要掉在坑里吗？学生不能高过先生；凡学成了的不过和先生一样。为什么看见你兄弟眼中有刺，却不想自己眼中有梁木，怎能对你弟兄说'容我去掉你眼中的刺'呢？你这假冒为善的人，先去掉自己眼中的梁木，然后才能看得清楚，去掉你弟兄眼中的刺。"①

不能看到自己问题的人某种程度上都是"盲人"，类似于特里巴这样的人，除了以极端的方式对巴奴日的未来作出提示之外，并不能对他的问题作出真正的解答。特里巴在所有这些占卜者中，对巴奴日未来的命运作出了最明确的说明，不像前面的占卜，需要另外的解释。"你一结婚，就得做乌龟……可以肯定你非做乌龟不可。此外，你的妻子还要打你，偷你。"（3.25 章，535 页）特里巴用了几十种占卜来证明自己判断的正确性，但巴奴日跟往常一样，并不接受占卜结果，他这样来描述特里巴：

在别人家里、在公共场合、跟大家在一起，比猫的眼睛还尖，一到自己家里，便比鼹鼠也不如，什么也看不见，因为从外面回到家里，就从头上把活动的眼睛象眼镜似的取下来，藏在门后边挂的一只木鞋里了。（3.25 章，25 页）

巴奴日之所以不接受特里巴明确的占卜结果，除了他的固执之外，还在于特里巴自身确实存在问题，他的话对巴奴日来说，不具有说服力。不能对自身问题作出反省者，既不能对自己的未来作出决断，更不能为别人指点迷津。

特里巴直接说出了巴奴日不想听的话，约翰修士在 26 章中的一番话才是巴奴日想听的，26 章的开头，巴奴日对约翰修士说，"让我欢喜一下

---

① 《路加福音》6：37—42，斜体为引者所加，同样的说法亦见《马太福音》7：1—5。

吧，这个老疯子的话把我的头都气昏了。"（3.26 章，541 页）约翰修士确实投其所好，对巴奴日说，"结婚吧，看在魔鬼的份上，结婚吧，让你的睾丸好好地去舞动一番。我认为，而且主张，越早越好。顶好是今天晚上，就让教堂的喜钟和你睡觉的床铺一齐发出声音。"（3.26 章，541 页）

这样的建议让巴奴日非常高兴，夸奖约翰修士头脑冷静、清楚，给出了最好的建议。下面的对话中，巴奴日强调了性行为的生殖意义，

> 我提议今后在萨尔米贡丹全区，处死任何犯人时，都要在一两天之前，叫他尽量享受性的生活，一直到精囊里剩的东西连希腊字母 Y 也画不出来为止。这样珍贵的东西可不能随便浪费啊！万一能生一男孩，然后去死，也总算一个抵一个死而无憾了。（3.26 章，542 页）

而约翰修士只从肉体欲望角度谈了婚姻，性是人的基本生理需求，"食色，性也"，而这种出自人本性的冲动应该与人类的延续相关，这才是自然。性的这种双重特征直接与巴奴日的问题相关。他结婚的理由除了生理上的需求之外，更重要的是想要一个合法的后代，如果没有后者，是否应该结婚就不成为问题了。因此，不能将巴奴日简单地看成一个道德堕落者，仅为了满足自己的低级欲望才想结婚。①他之所以受这个问题困扰，是因为想要过一种正常的婚姻生活，并以家庭为基础，进入政治秩序之中。

两人如下的对话进一步证明了这一点。约翰修士继续从身体欲望角度对巴奴日说，"时间会把一切冲淡的……几年之后，就会听到你承认你的家伙耷拉下去了，因为袋里没有东西了。"（3.28 章，547 页）也就是说，随着人不可避免的衰老，身体方面的欲望会下降，言外之意，婚姻并非仅为满足身体欲望。听到这些，巴奴日对约翰修士说，他最害怕的是做乌龟（3.28 章，548 页）。针对这个老问题，约翰修士以汗斯·卡维尔的诙谐故事给了巴奴日一个建议（见 3.28 章，549－550 页）。当然，故事中的方法并非问题的解决之道，巴奴日所担心的问题留到了下一部分来解决。

---

① Jerry C. Nash：《拉伯雷与廊下派描写》（*Rabelais and Stoic Portrayal*），Ibid.，p. 70.

3.3 拉伯雷的"会饮"

《第三部书》的下半部分，巴奴日在庞大固埃的建议下，以理性的态度向一位神学家，一位医学家，一位法学家和一位哲学家求教自己的婚姻问题。咨询是在星期天的一次午宴上进行的。这是拉伯雷针对婚姻问题为我们描写的一次"会饮"，这不禁让读者想到柏拉图以"爱欲"（Eros）为主题的那次著名会饮。"对拉伯雷和柏拉图来说，会饮都是追求真理过程中进行思想交流的平台。"[①]"会饮"（Symposium）本义为"一起喝酒"，以"酒"为线的《巨人传》中，怎能少了"会饮"的影子？在《高康大》的开篇，拉伯雷就提到了柏拉图的《会饮》。[②]拉伯雷在距柏拉图一千多年之后，为我们呈现了一幅怎样的"会饮"场面？[③]二者又存在何种关系？两次宴饮的参加人员可作为一个索引。

柏拉图《会饮》中的主要人物包括：修辞爱好者斐德若；可能是智术师的泡赛尼阿斯；喜剧诗人阿里斯托芬；医生厄里克希马库斯；小人物阿里斯托德莫斯；悲剧诗人阿伽通；政治家阿尔喀比亚的；哲人苏格拉底。[④]

《巨人传》对巴奴日的婚姻问题作出解答的人当中，包括神学家希波塔泰乌斯；医学家隆底比里斯；法学家勃里德瓦；哲学家特鲁优刚；还有疯子特里布莱。而在前半部分，还出现了临终的老诗人拉米那格罗比斯。两次"会饮"参加者的身份大体相当。可以看成"会饮"序曲的第二十九章，以庞大固埃对老诗人预言诗的解释开始。

---

① 纳施勒尔斯：《〈巨人传〉中的畅饮》，孔许友译，载《古典诗文绎读·西学卷·现代编（上）》，前揭，47 页。

② "阿尔喀比亚德在柏拉图对话集一篇叫作《会饮篇》的文章里，曾经称赞他的老师苏格拉底这位无可争辩的哲学之王，在许多话以外，他还说他老师很像'西勒诺斯'。"（《高康大》作者前言，5 页，译文有改动）。文中直接提到柏拉图《会饮》的地方还有 1.8 章，42 页；4.57 章，875 页、876 页。

③ 关于《巨人传》与《会饮》的关系，可参 M. Jeanneret, *Parler en mangeant* , *Rabelais et la tradition symposiaque*，见 Edudes rabelaisiennes，ⅩⅩⅠ，1998，作者提出这部分的宴饮是对《会饮》的一种漫画式模仿。

④ 参张辉：《会饮》中译本前言，北京：华夏出版社，2003 年 8 月，10—11 页。

3.3.1 序曲

《第三部书》的整个咨询过程看似杂乱无章，好像是拉伯雷随意安排的[1]，但如果仔细分析会发现，这部书的故事不仅有固定的结构，而且是很规则的对称结构。[2]除了对称的结构外，咨询的程序也有一定规律可循。

在巴奴日向庞大固埃提出是否应该结婚的问题之后，除了自己的解答之外，庞大固埃又向他提供了一系列可能的解决方法，这些咨询的过程大体都遵循如下步骤：首先，庞大固埃向巴奴日推荐一种预言方式，并且用各种例子来证明此方式的合法性与权威性；第二步是具体的咨询过程；最后一步，庞大固埃会把咨询所得的各种结果解释一番，这些解释往往都是巴奴日所不愿意听到，也不想承认的，所以，他又会对咨询的结果做一番自己想要的解释。可见，看似无规律的寻访过程都遵循着"推荐—咨询—解释"这个结构，各个具体的咨询都是这个结构的变体。前面的维吉尔占卜等，这三个过程是紧密相连的，而后半部分中对于四位学者的"推荐"过程是在 29 章这个会饮的序曲中一起进行的。[3]

"会饮"的序曲以庞大固埃对前文老诗人拉米那格罗比斯诗句的解释开始，这些诗句在第 21 章出现。[4]经过了 8 章之后，才对它们进行解释。21 到 29 章之间都没有对巴奴日问题明确的解答，因此，这几章可看作一个整体。

对诗句的解释也可看作上半程咨询的一个总结。庞大固埃对待这些诗句非常认真，他在"反复读过之后"，认为在前面所有咨询中，这个答复是他最满意的。这些咨询包括维吉尔占卜（10－12 章），梦卜（13－14章），女巫的占卜（16－18 章），哑巴的手势语（19－20 章），弥留老诗人

---

① Dorothy Coleman, *Rabelais: A critical study in prose fiction*, Cambridge, 1971, p. 110－140.

② 详见上文对 Duval 研究的介绍。

③ Edwin M. Duval, *Panurge, Perplexity, and the Ironic Design of Rabelais's "Tiers Livre"*, Ibid, p. 384.

④ 临终老诗人的诗是这样的："结婚好，不结也好/ 结婚，没有什么不好/ 不结婚/ 比结婚确实更妙/ 要赶快，且莫心急/ 知后退，但要进取/ 结婚好，不结也好。/既要守斋，也要加餐/做好的，要拆散/ 拆散的，要成全/ 祝她长命，愿她早完/ 结婚好，不结也好。"（3.21 章，520页）

的诗句（21—23 章），甚至还包括爱比斯德蒙（24 章），特里巴（25 章），约翰修士（26—28 章）对巴奴日的指导。庞大固埃认为老诗人的话与众人说的是同一个意思，"在婚姻问题上，应该各人决定各人的思想，各拿各的主意。我一向就是这个看法，你第一次跟我谈这个问题时，我就是这样说的，只是你不肯听罢了。"（3.29 章，551 页）

经过一系列咨询之后，问题又回到了起点，那就是庞大固埃在第十章就已经明确告诉巴奴日的，在现实的抉择中，关键在于当事人是否拿定主意，巴奴日之所以无法做出决定，是因为他的"自尊心"（l'amour de soy）在作怪。

咨询是一个认识自己，使自己变得明智的过程。"认识自己"和"改变自己"是人一生的任务，只有更多的学习，审慎的思考，才能做出恰切的决定。困难在于，学习过程中，会有很多成见遮蔽新知。其实巴奴日的问题不是很难，他对爱比斯德蒙明确地说了自己对待婚姻的态度，也说了自己担心的是什么，"我非常想结婚，但是我怕当乌龟，担心结婚不幸福。"（3.24 章，530 页）因为害怕失败，所以不能选择。

人的一生可以看成一个不断选择的过程，亚里士多德在《尼各马可伦理学》中明确说德性与选择相关。[1]选择即改变，而改变往往是人们所不愿意面对的，康德甚至说痛苦就是改变，就是位移。[2]对于日常选择，人们不必去考虑得失，因为它不存在所谓的成败，即使选择错了，结果也在人的承受范围之内，可以忽略不计。因此，具有政治哲学意义的是"抉择"，不同的抉择可能关乎国家、民族的生死存亡，这个意义上的决断，是政治家必备的素质。真正合格的政治家，在理性考量的范围内，所想到的应该是，如果做出某种抉择，将失去什么，而不是得到什么。在面临一些生死攸关的抉择时，往往很难完全想清楚，这时候需要的是勇气。当能够有勇气去面对最不好的结果时，才能做出抉择，否则只能举棋不定。就像巴奴日，经过了一系列的咨询，他还是不能克服自己对于失败的恐惧，

---

① 参《尼各马可伦理学》1106ᵃ4。

② 改变是一离开常态的行动，柏拉图在《蒂迈欧》中说："被迫离开常态为痛苦，恢复正常则有快感。"（65A，中译见柏拉图：《蒂迈欧》，谢文郁译，上海：上海人民出版社，2003 年 11 月，64 页。）

因此，问题又回到了起点。在这一轮咨询中，庞大固埃提出了以"理性"的方式解决问题。

庞大固埃指出人有三样东西最为重要：灵魂、肉身和财产，如果这三样东西不出问题，那么人就会幸福。这三者有不同人对它们进行研究："神学家照料灵魂，医生救治身体，法学家保护财产。"（3.29章，551页，译文有改动）如果能让这些"专家"将这三个部分的问题解决了，那么巴奴日的问题自然迎刃而解。

巴奴日经过了各种咨询之后，似乎已经失去了寻找答案的信心，对庞大固埃的提议不是很赞同，他认为这些人"不会有任何用处"，他说神学家自己都是异端，医生自己也不相信医学，法学家也不会为了正义而去控告自己的同行（3.29章，551—552页）。

蒙田在《论学究气》一文中的讨论认同了巴奴日的说法。在他们那个时代，上面的几种学问可称之为"显学"。"今天，只提倡通过法学、医学、数学和神学来丰富我们的知识；如果丰富知识的目的不能使学问享有信誉，那么，你就会看到学问的处境会和从前一样凄惨。如果学问不能教会我们如何思想和行动，那真是莫大的遗憾！"[1]可见，一个时代的真正思考者对当时的主流都有某种清醒的认识，不会人云亦云。就如同雅典的"牛虻"苏格拉底一样，思想者的职责是提醒世人对"成见"保持警惕。如果一种所谓的"学问"不能促进我们在思想上更加明智，在行动上的更加果敢，那么，就有必要对此"知识"进行考察。蒙田根据自己的经验，针对当时人们认为代表着真理的几类人做出了几乎和巴奴日同样的判断，"医生似乎往往比常人更不好好吃药，神学家更少忏悔，学者更少智慧。"[2]但是不是因此就能完全否定这些人的作用呢？当然不能。庞大固埃下面就逐条指出了"专家"们所应具有的作用。

庞大固埃指出，神学家首要，甚至唯一的任务，应该是用行动和言辞来消除人的错误观点和信仰，而树立圣教（catholicque）的坚定信仰（*Complètes*，P. 444）。反之，不能够达到上面要求的神学家则不称职，甚

---

① 蒙田：《蒙田随笔全集》（上），前揭，156页。
② 同上，157页。

至是一个坏的神职人员。针对医生和律师，庞大固埃也都从正面进行了说明，指出一名称职的医生应该"不治已病治未病"，合格的法律工作者应该为他人谋利益，而非仅关注自己的财产。庞大固埃从正面指出了这三种职业所应达到的标准，与巴奴日和蒙田对不称职"专家"的批评并不矛盾。二者和起来，不仅批评了错误，而且肯定了正确。那么，这些人的专业技能到底对解决巴奴日的问题是否有帮助呢？他们对巴奴日的问题又会给出怎样的答案？

庞大固埃决定让这三个行业的代表星期天来会饮，一起解决巴奴日的问题。根据毕达哥拉斯派"四"为最美好数字的说法，又请了一位哲学家来凑数。在柏拉图的《会饮》中，哲人苏格拉底是最后一个到场，而且也是最后一个发言的。这两个哲人难道有何联系？庞大固埃强调了哲人会给出肯定的答复，果真如此吗？

序曲以"专家"们的实际婚姻状况作结，四个人恰恰代表了婚姻分分合合的四种可能，过去没结过婚的两个人是医生隆底比里斯和神学家希波塔泰乌斯，但医生现在结婚了，神学家一直单身；过去结过婚的两个人是法学家勃里德瓦和哲学家特鲁优刚，但法学家现在已没有女人，哲人的女人还在。庞大固埃最后强调这一点是为了说明，在婚姻这个实践问题中，即使这些专家，仅有理论也还不够，依然需要实际的经验，否则不能为巴奴日提供有效帮助。

3.3.2 神学家与哲人：绝对与相对

拉伯雷对宴饮的具体情景没有做过多的描述，只强调了一点，就是代表法律的勃里德瓦没有到场，这里我们又看到了对柏拉图《会饮》中苏格拉底暂时缺席的一种模仿。

在上第二道菜时，巴奴日提出了自己的问题，就是他能不能结婚？在大家的催促下，神学家第一个来回答。在柏拉图的《会饮》中，每个人对爱神的颂词都采用了不同的演说文体[①]，而拉伯雷的《会饮》中，用对话

[①] 柏拉图《会饮》中的各篇讲辞分别应用了不同的修辞方式，比如斐德若的讲辞运用了展示性修辞；泡赛尼阿斯所使用的是议事性修辞。

的方式探讨了巴奴日的婚姻问题。

针对巴奴日开门见山的提问，希波塔泰乌斯也开诚布公地问巴奴日：
"你肉体上是不是感觉到性欲的困扰？"（3.30 章，554 页）当得到肯定回
答后，神学家明确告诉他，既然有困扰，那么就应该结婚，"因为与其欲
火攻心，倒不如嫁娶为妙。"（3.30 章，554 页）①按照前面庞大固埃的说
法，"神学家负责灵魂，医学家负责身体，法学家负责财产。"（3.29 章，
551 页）希波塔泰乌斯的职责应该是关照巴奴日的灵魂，而非身体，性欲
一般被作为身体方面的问题来看待，但在拉伯雷医生看来，身心本来就无
法分割。②神学家首先从更接近于身体的问题开始，这样设计，一方面暗
示神学家解决不了巴奴日的问题，这是所有巴奴日的咨询者都有的一种倾
向，因为他们都认为婚姻是必须要当事人自己决断的问题。另一方面可能
是在讽刺当时社会的某种混乱状态，神学家也要负责人的肉体。

巴奴日听到这个答案很高兴，但如果结婚的话，那么随之而来的问题
就是会不会做乌龟？对这个问题，神学家将其决定权归于天主，只要天主
降福，巴奴日就不会做乌龟。

巴奴日对神学家这个答复不满意，因为他认为这是一种"条件论"的
回答，他需要的是一个确定的答案，他所信仰的天主是一个只能符合他自
己想法的天主。巴奴日对神的信仰是有条件的，对于一切都由天主来支
配，巴奴日不能接受，神在巴奴日眼中并不具有绝对性。巴奴日因此对神
学这条路做出了一个判断，他不想请神学家参加自己的婚礼了，因为在他

---

① 此语出自《新约·哥林多前书》（7：9），此书第七章谈论的是婚姻问题，对于人为何要
结婚，此章提出的解释是："我说男不近女倒好。但要免淫乱的事，男子当各有自己的妻子，女
子也当有各自的丈夫。"（7：1—2）；夫妻间的义务问题，"妻子不可离开丈夫，若是离开了，不
可再嫁，或是仍同丈夫和好。丈夫也不可离开妻子。"（7：10—11）。夫妻关系具有一种非常神圣
的位置，与"信"的问题也相关，"不信的丈夫就因着妻子成了圣洁，并且不信的妻子就因着丈
夫成了圣洁（'丈夫'原文作'弟兄'）"（7：14）。后文的第 35 章，希波塔泰乌斯又提到了《哥
林多前书》第七章。总之，这一章的内容是神学家希波塔泰乌斯的主要理论来源。

② 布鲁姆（Allan Bloom）指出，今天所谈论的"性"，是 19 世纪晚期才出现的一个概念，
在古希腊语中，根本就没有"性"（sex）的概念，"关于身体吸引的言辞总是要么和'爱若斯'
神有关，要么和阿弗洛狄特女神（Aphrodite）有关。"（参布鲁姆：《爱的阶梯》，秦露译，见
《柏拉图的〈会饮〉》，前揭，129 页。）亦参福柯在《性经验史》中的解释："'性经验'（la
sexualité）这一术语的出现相当晚，最早可溯至 19 世纪。"（福柯：《性经验史》，佘碧平译，上
海：上海人民出版社，2002 年 10 月，123 页。）

看来，神学家提供的答案不能解决切身问题。他说神学家"喜欢静观、默想与孤独"（3.30 章，555 页，译文有改动），这些对人世来说没有用处，不能解决实际问题。

前面提到的各咨询人的婚姻状况，可以作为巴奴日上述观点的一个佐证。希波塔泰乌斯是一个从没有婚姻经历的人，这也符合他作为一个神职人员的身份。拉伯雷之所以选择婚姻问题作为《第三部书》的一个主题，一个重要的背景就是针对当时神职人员的婚姻问题[①]，下文对为何希波塔泰乌斯没有结婚给出了解释。

听到巴奴日的答复，希波塔泰乌斯很诧异，他不认为自己说的是一种"条件论"，因为在他眼中天主是绝对的，人的一切都要取决于主，当然包括婚姻问题，神学家用一系列的反问表明了一种绝对立场：

这不是对我们的主、创造者、保卫者、救赎者的尊敬么？不是承认他是一切财富唯一的赠予者么？不是表示我们全在他的保佑之下，如果没有他，如果他不赐给我们恩宠，那就没有一切、什么也做不成、什么也办不到么？不是说我们的一切，我们的一切计划，不管天上地下，都毫无例外地是由天主的圣意支配的么？（3.30 章，556 页）

这是一种"信"的立场，是一切宗教的前提，而神学之为"学"，是因为它想把一种神圣的理论转化为具体的启示，需要对经典的学习与研究，在基督教中就是对《圣经》的解释。神学家从妻子与丈夫两方面分析了巴奴日如何能不做乌龟，在具体的分析中，绝对天启不得不降解为了"条件"。

对于巴奴日未来的妻子，首先她应该出身于一个良善的家庭，受过非常好的道德教育，平日只能接触品行端正之人。更重要的是，她应该绝对地服从诫律，"爱慕天主，敬畏天主，用信仰和遵守诫命来取悦于天主，惧怕获罪于天主，惧怕因为信仰不足和违反圣规而失掉天主的神佑。"只有这样，《圣经》中禁止邪淫的教条对她才有效力，只有爱天主，才能爱丈夫。（3.30 章，556 页）

---

① See Michael J. Heath, *Rabelais*, Ibid, p. 65—66.

对巴奴日这个未来丈夫的要求则是，他应该在道德上为妻子做出榜样，注意自身的节操。妻子是丈夫的一面镜子，镜子的好坏不在于它表面上华丽的装饰，而在于它是否能够真实地照出人的形象。这是在警告巴奴日，如果他自己不能洁身自好，那么在妻子这面镜子里照出的也只能是一个不贞之人，他也就无法避免做乌龟的命运了。不能以外在的金钱、家境和相貌为评判妻子的标准，应该看重的是她的德行，"一位太太的可敬，不是因为她有钱、妖艳、妍媚、出身名门，而是因为她努力在天主的恩佑下顺从丈夫的一切生活习惯。"（3.30 章，556 页）

巴奴日否认了世上有神学家口中所说的这种有德行的女人，因为他在自己的经验中没有见到过这种女人，这是婚姻对他造成困惑的原因之一，他不相信有贞节之女，因此才担心会被戴绿帽子，他生活在一种相对的条件中，而以自身有限的经验，让自己不当乌龟的条件又不能成立，因此他生活在一种彷徨、焦虑之中。巴奴日还有一层意思没有回应神学家，那就是对他自己的要求。他实际上做不到上面所要求的自律，这是他无法做出决断的另一个主要原因，由于自身道德和意志上的缺陷，使他不能做出勇敢的决断。

巴奴日认为神学家对夫妻双方所做的要求过于苛刻，他所谓的婚姻是两个近乎完美之人的结合，这是一种绝对的理想，而人世本身就是残缺的，绝对的要求只能存在于天国之中。按照他自己提供的绝对标准，"神学家希波塔泰乌斯过去没有结婚，现在还是单身，"未来他也很难结婚。①

与神学家的"绝对"相比，为凑足"四"而被邀请的哲学家特鲁优刚会为巴奴日的问题给出怎样的答案呢？他的回答很"明确"，"也该结婚，也不该结婚。"（3.35 章，574 页）在这个回答之后，老国王高康大走进宴

---

① 希波塔泰乌斯对婚姻态度的神学背景，可参《新约·哥林多前书》（7：25—40），这里体现出，虽然新教不主张绝对的禁欲态度，但未婚者照比已婚者具有精神方面（对主的信仰方面）的优势，"叫自己的女儿出嫁是好，不叫她出嫁更是好。"（7：38）从语式上来看，此处对婚姻问题的处理跟《第三部书》中反复出现的"结婚好，不结婚也好"类似，可见，婚姻问题在《新约》中也是个难题。即使在讨论婚姻问题的这一章中，也有矛盾的说法，前面提到夫妻间的义务时说不可再婚："妻子不可离开丈夫，若是离开了，不可再嫁，或是仍同丈夫和好。丈夫也不可离开妻子。"（7：10—11），而在此处的说法是："丈夫活着的时候，妻子是被约束的；丈夫若死了，妻子就可以自由，随意再嫁，只是要嫁这在主面前的人。"（7：39）

厅，加入讨论。针对哲学家的观点，高康大、庞大固埃和医生隆底比里斯、神学家希波塔泰乌斯都做了解释，庞大固埃对"有女人"同时又"没有女人"做了一种积极的解释。

所谓有女人，是根据大自然创造女人的目的而言的，那就是为了相互协助，一起享乐，共同生活。所谓没有女人，那就是不要为了取悦妻子老是厮守在她身边，不要让她损及男人对天主崇高唯一的爱戴，不要忽略一个人生来对国家、对政府、对朋友应尽的义务，不要丢弃自己的学业和事业。(3.35 章，575 页)

庞大固埃这样的理解，说明了应该结婚，而同时又不受婚姻所累，实际上为哲学家的回答提供了一个有效的解释。高康大的出场也是对哲学家寄予厚望的一种表现，那么，特鲁优刚下面又会为巴奴日的问题提供什么建议呢?

巴奴日对上面的回答不满意，他认为特鲁优刚的回答没有解决自己的问题，"你说话八面玲珑，怎么解释都可以……我两眼漆黑，什么也弄不懂，我感到全部官能迟钝失效，疑心我已经着了迷了。"(3.36 章，577 页)于是向哲学家换了提问方式，总共提出了几十个问题，对方都以模棱两可的方式进行了回答，甚至问到他自己是否结过婚时，他都含糊的回答："结过，也没有结过，两样都是。"(3.36 章，580 页)

虽然号称"哲学家"，可与苏格拉底相比，此时的特鲁优刚似乎已经离"哲学"相去远矣。苏格拉底在对话中更多时候在提问，针对不同人，运用"接生法"或"反讽法"，让对话者在自己的无知和成见中，灵魂得到升华，是一个由意见逐渐趋近真理的过程。而特鲁优刚却在不停地回答巴奴日的问题，且只给出简单的、并且相互矛盾的判断，对自己的建议没有任何解释(上文中的解释是其他人给出的)。他矛盾的回答说出了事情的两种可能，看似没有错误，但这样的怀疑论既无助于思想，更让当事人无法行动。

不仅巴奴日对特鲁优刚的回答很是愤怒，高康大也对他很失望，于是起身离座，对特鲁优刚做了怀疑论者的定性，"这个世界从我刚有知识到现在，变得越来越精细复杂了。真的是这样么? 今天连最博学最渊博的哲学家都加入了怀疑论者的哲学派别。"（3.36 章，581 页）高康大走后，虚无的哲学家一段也以虚无的方式悄悄结束了，特鲁优刚在文中再也没有出现过。

在"可能性"中，哲学家消失了，没有为巴奴日问题的解决带来任何进展。"拉伯雷通过批评这个哲学家，指责了十六世纪逐渐增长的怀疑论和皮浪主义趋向。他反对由优柔寡断导向无所作为的哲学……拉伯雷坚持以积极的态度去获得真理。他在极端哲学（the philosophy of extremes）中发现了有学识的无知和聪明的愚行。"[①]

哲学家的相对主义，与神学家的绝对主义，都没有解决巴奴日的实际问题。

3.3.3　身体的科学

与治疗灵魂的神学家不同，医生治疗的是人的身体。因此，医生隆底比里斯的发言直接针对上一部分提出的"性欲"问题，这个问题构成了巴奴日困惑的底色。在上一部分，当得知巴奴日肉体上受到性欲困扰时，神学家提出的解决办法就是结婚，以一种合法的婚内性行为来解决这个问题，但是主管身体的医生则不同。医学对于拉伯雷这个著名医生来说，是一个特殊的主题。在这一部分，实际上有三个医生出现，西方医学鼻祖希波克拉底，医学博士拉伯雷，还有剧中人医生隆底比里斯。首先来看一看医学在当时所具有的特殊地位。

医生在西方传统中一直具有特殊的地位，希波克拉底认为医生应该具备如下素质：

应当把睿智引入医学，而把医学引入睿智。要知道医生——哲学家与神是同等的。况且，实际上在睿智和医学之间，差别本来就不是很大，人们为睿智而寻求的一切，在医学中全都具有，这也就是：鄙视金钱，有良心，谦逊，衣着朴素，尊重别人，判断清晰，果断，整洁干净，思想丰富，了解一切于生命有益和必要的知识，鄙弃罪恶，否定对神祇的迷信恐

---

① 纳施勒尔斯：《〈巨人传〉中的畅饮》，前揭，53 页。

惧，如神祇一般卓越。(《希波克拉底选集》，111 页)①

在强调人自身价值的文艺复兴时期，医学作为一种以人为对象的学科，具有革命性的意义，随着解剖等学科的兴起，医学对整个时代的世界观都产生了极大的影响，医生因此也具有了崇高的位置。"那个时代许多伟大的人文主义者和学者都曾是医生：科尔涅利·阿格利巴，化学家巴拉赛尔苏斯，数学家卡尔达诺、天文学家哥白尼。"②在拉伯雷时代的法国，医学也同样具有崇高的位置，跟整个时代的风气一样，医学不仅被作为一种实用的技术来对待，而且成为了自然科学甚至人文学科的中心，在那个时代里，西方医祖希波克拉底的宏愿似乎真正得到了实现，医学甚至与哲学具有了同等的思想意义。

鉴于医学的特殊地位，拉伯雷在这部分也大费笔墨，留给医生的篇幅（31－34 章）要多于神学家（仅第 30 章）和哲学家（35－36 章），医生隆底比里斯想出的办法也远多于希波塔泰乌斯和特鲁优刚，他总共给出了五种克服性欲的方法：酒、药物、体力劳动、理论研究、性行为。

五种方法可以划分为三类：第一类是前两种，可称之为以毒攻毒之方，用酒和药物，这类外在的手段压抑人的生理冲动，使其不显现出来。显然这两种方法没有解决问题，只是掩盖了症状，类似的方法甚至会伤害身体，因此，这是两种病态的解决方式。

第三、第四两种坚持劳动和热诚用功是恰当的解决方式，目的是通过其他活动将欲望转移，用身体和精神两种高尚的行动缓解、疏导性欲。

第三类方法是用劳动的方式将能量消耗掉。医生隆底比里斯的这些方法有一个理论前提，那就是他认为精液（性能力）是一种能量，而解决性的问题就是如何处理这部分能量的问题。隆底比里斯引用了亚里士多德的说法，认为食物有多种消耗方式，其中制造精液是第三种：

劳动可以大量地消耗体力，血液需要输送到全身各部分去，就没有时间和工夫，也没有可能制造精液的分泌供应第三种消耗了。于是自然便会起一种保留作用，因为它更需要保养人的本身，无法顾到繁殖后代。

---

① 转引自巴赫金：《拉伯雷和他的世界》，前揭，418 页，译文略有改动。
② 同上，419 页。

（3.31 章，559 页）

食物是人能量的来源，食物转化为能量后，向身体各部分输送，如果在体力劳动中消耗过多的能量，食物产生的能量仅够此世肉体的消耗，这样就没有能量产生后代了。喝酒和吃药的方法，使人身体衰弱，为拉伯雷坚决反对。酒在拉伯雷的思想中具有特殊意义，因此巴奴日没有明确地反对喝酒。但对于用药物来"使人阳痿、无力、不能生殖"这种方法，巴奴日明确地说"不需要这些"。[①]

第四种方法，进行理论研究，是一种"脑力劳动"，在热诚用功（fervente estude）时，人的能量都输送到脑部去了，因而也就"无暇再去制造生殖的分泌"，没有多余的能量供应到繁殖后代上面去了。在这段关于脑力劳动的分析中，运用了解剖学的成果，将人体的内部结构展示出来，对能量输送的过程进行了描述：

试看一个人专心用功时的样子，你会看到他脑子里每一条动脉都像弓弦一样紧绷绷的，迅速把足够的精力供给负责思考、想象、理解、推理、决断、记忆、忆念的等等部门，敏捷地把从解剖时才能看到的血管从这一部门送至另一部门，最后汇集于动脉神奇的网形组织那里。动脉源出于左心房，经过复杂的变化，把生殖的精力变成动物的精力。（3.31 章，560 页）

人的能量输送就如同水管的流动一样，有一个明确的路径，人体在此成为了一部机器，这一部分消耗了能量，其他部分自然没有能量了。希腊人将人的身体看成"小宇宙"（cosmos）[②]，似乎也是一种对象性的研究，但宇宙在希腊人那里是神圣的、神秘的，具有自然神的意义，并非可以一览无余。随着大航海时代的到来，人对于地球，甚至宇宙有了新的认识，大自然的神秘色彩逐渐褪去。随之，以人体为对象的解剖学产生，人体变

[①] 从现存的古代文献来看，对于精液与欲望，精液与生殖，精液的来源等问题在希腊古医学中，一直是重要的问题，希波克拉底的《论生育》及亚里士多德的《动物的繁衍》中都给出了自己的解释。（参福柯：《性经验史》，前揭，228—231 页。）

[②] 参柏拉图《蒂迈欧》

得不再神秘了。[①]

《利维坦》开篇，霍布斯将"感觉"、"想象"、"推理"、"决断"等精神性的因素与人体的器官一一对应，以印证"人是机器"的论断。"人是机器"成为了"国家是利维坦"的基础，由于人被"物质化"、对象化，人的肉身就等于人，这样就逐渐减少了人的神圣性与"意愿自由"（free will）的作用，因此它就是可以被治疗甚至规训的，只要外力足够强大，足够有力，那么人的身体就能发挥出最大的力量。而国家只要规则得当，则也可以成为一个无所不能的"利维坦"。国家之所以不够完善，是因为制度不完善，只要制度足够完善，人类共同体就能制造出无限可能，成为神样的组织。

第五种用性行为去解决性困扰的方式是巴奴日所能接受的。从隆底比里斯所着眼的医学角度来看，可以结婚，但需要条件，那就是"如果碰到一位生性相同的太太，他们一定会生出值得到海外为王的儿子。假使他愿意生男育女的话，结婚是越快越好。"（3.31 章，562 页）跟神学家一样，医生认为巴奴日如果想得到幸福的婚姻，妻子的贤德是前提条件，如果没有理智和羞耻心，那么人就会为身体的欲望所控制，这是医生指出巴奴日可能被绿帽子的原因。"爱情"、"邪淫"和"繁殖能力"是与性问题紧密相关的三个方面，在以上解决性欲困扰方法的讨论中，隆底比里斯并未对此三者关系进行说明，如果身体感觉不受理智控制，那么就会出现巴奴日最担心的情况——做乌龟。

第三十二章中，医生提出了一个巴奴日不愿意接受的观点，"做乌龟是结婚的一种自然附属条件"。隆底比里斯从一个希波克拉底的故事开始解释女人因生理原因而出轨的可能，虽然这个故事是杜撰的，但下面的理

---

① 拉伯雷是西方现代医学中，最早进行人体解剖的医生之一，1537 年时，他曾公开解剖了一名死刑犯人，并在解剖的过程中对人体构造进行了讲解，据说这次对人体的展示非常成功，还有人以被解剖者的名义写了一首拉伯丁文的诗歌，歌颂这种行为，诗的大意为：被解剖的人是幸运的，因为他的尸体没有成为禽兽的食物，而是帮助人类认识了人体的和谐，这个过程由当时最伟大的医生来完成。（参巴赫金：《拉伯雷和他的世界》，前揭，419 页。）解剖学使西方科学观在人体上得到证成，科学要求一切都要显现出来，只有这样，才能证明为真。而中医所依赖的经络，由于只存在于活人体内，不能以解剖的方式呈现出来，所以有中医"不科学"的说法。但医术毕竟是为了救治活人，而非逝者的尸体。

论则可能来源于希波克拉底的《论生育》一书，书中分析了女人在性爱过程中可能出现的身体反应。[①]如果女人不能以道德对性欲进行控制，那么就会受到诱惑，让丈夫当乌龟。分析了原因之后，下面一章中，医生给出了避免做乌龟的办法。

医生用一个神话故事来说明了这个问题，将乌龟魔王（le Diable Coqüage）看作一个奥林波斯的类型神，古希腊的众神都代表着某种类型，有某种职责，这个神与戴绿帽子的人交好。

乌龟魔王与嫉妒女神共用一个节日，他统治着所有已婚者，对这个神的祭祀"是丈夫对妻子的疑心、猜忌、怨恨、侦探、暗访、密查。"对于不用以上的"祭祀"对待妻子的男人，乌龟魔王不会光顾他，让他做乌龟。这个神所青睐的男人只是那些"停止工作，把自己的事全都撒开，按照祭祀的规定去侦察妻子，使她们不自由，甚至嫉妒虐待她们的人。"（3.33 章，568—9 页）"禁止"成为了"引诱"，神学家希波塔泰乌斯为禁止与引诱的关系提供了《创世记》的依据：

智慧之果假使不禁止的话，世界上的第一个女人，也就是希伯莱人叫作夏娃的那个人，就再也不会想去吃它。不要忘了，狡猾的引诱者的头一句话，便是说出它是禁止的："越是禁止你吃，你越应该吃，否则，你便不是女人了。"（3.33 章，569 页）

下面用了一章的篇幅（34 章）来解释"女性怎样经常想望禁止的东西"，进一步明确了禁止与引诱间的关系。虽然医生直接回答了巴奴日的问题，并且巴奴日接受了用结婚解决性问题的方法，但他也没有请医生参加自己的婚礼，跟对待神学家和哲学家一样。而法学家勃里德瓦因为一件案子被认为判的有失公允，自己成为了被告，自顾不暇，因此并没有为巴奴日的问题提供建议，法学家顶替哲学家，真正成为了凑数者。真正解决问题的不是这些"聪明人"，而是一个"疯子"。

3.3.4　尾声

如果说在《第三部书》中，有人解决了巴奴日的问题的话，那应该是

---

① 参福柯：《性经验史》，前揭，224—230 页。

傻子特里布莱，是他为巴奴日等指明了寻找"神瓶启示"之路。"我们这位独一无二的'明智的狂者特里布莱'是要我向神瓶去请教。"（3.47 章，624 页）庞大固埃之所以向巴奴日推荐疯子特里布莱，是因为他并不认可世人所划定的智慧与愚蠢的标准，

因为个人关心自己切身的事业，注意自己家庭的管理，不糊涂，不错过收集财富的机会，知道如何来防止贫困，这样的人，虽然从上天的智慧来看很无聊，但世人却称之为智者。我是把上天的智慧看作智者的人才称作智者的，并且由于上天的启示，这些人能够承受预测未来的恩惠，我称他们为先知。这样的人会忘掉自己，跳出个人的圈子，摆脱对尘世的贪恋，清洗对人世的关注，把一切都看作无关紧要；一般人反而说他们是疯子。（3.37 章，583 页）

什么是智，何者为疯，历来都是问题，并没有表面上看来那样容易判断。色诺芬记载了苏格拉底认为什么样的人是疯子，"他把那些认为这些事并不随神意而转移，而是一切都凭人的智力决定的人称为疯子，正如他把那些对于神明已经准许人运用他们的才能可以发现的事情还要求助于占兆的人称为疯子一样。"[1]

"疯子"特里布莱的解答，结束了《第三部书》中巴奴日漫长的咨询，拉伯雷是在对所有自以为智慧的人类知识提出质疑，通过所谓愚与智的对比，他指出了，"人类知识本身只能反映真理。人无法达到绝对的智慧，绝对智慧只与上帝有关。人一旦以为自己获得确定无疑的东西，就变得荒唐可笑。尽管人可以在朋友面前显得聪明，但在神圣智慧面前仍然愚昧无知。"[2]通过最后对于疯子的咨询，拉伯雷进一步明确了自己的观点，人类理性所能够决定的东西十分有限，尤其是外力的帮助，更加有限，要想解决问题，作出决断，最终付诸行动，人所能做的唯有"认识自己"，进一步"改变自己"，而把结果交与神。

---

① 色诺芬：《回忆苏格拉底》（1.1.9），吴永泉译，北京：商务印书馆，1984 年 9 月，3 页。

② 纳施勒尔斯：《〈巨人传〉中的畅饮》，前揭，53 页。

在疯子特里布莱的暗示，以及"庞大固埃草"这种物质力量的帮助下，庞大固埃和巴奴日等人开始了海上寻找"神瓶启示"的旅程，巴奴日的"个人问题"进一步上升为"普遍问题"，水手们在海上经历了怎样的险境，最终又找到了什么启示呢？这是《第四部书》的内容。

第 4 章 "庞大固埃主义"与节制

"人类先有行动，后有思想。决定行动的是从试验与错误的公式中积累出来的经验，思想只有保留这些经验的作用，自觉的欲望是文化的命令。"（孙末楠：*Folk Ways*）

如果说《高康大》可以看成是对《庞大固埃》的扩展，那么，在内容的连续性上，《第四部书》与《第三部书》则衔接得比较紧密。"结婚与家族的延续，是《第四部书》的主题之一，可称之为从《第三部书》中接续过来的'传宗接代计划'。"①《第四部书》正文的首句话是："六月维斯塔节那一天……"（4.1 章，679 页），"六月"（Juin）在美当乌提岛一段，高康大与庞大固埃父子间的两封信中反复被提及（参 4.3 章，689 页；4.4 章，692 页），第一章的末尾，作者告诉我们，航行将持续四个月②，从六月到九月，基本到了一年的年末，是《第三部书》中预告的结婚和生子的日子。③

《第三部书》的最后部分（47—52 章）可以看成是《第四部书》中航行的起点，里面已经明确指出了要进行《第四部书》中的旅行，去寻找"神瓶启示"：

我们这位独一无二的"明智的狂者特里布莱"是要我向神瓶（*la*

---

① Berry，*The charm of catastrophe：A study of Rabelais's Quart Livre*，Ibid.，p. 142.

② "在不到四个月的时间内稳可以到达印度的北方。"（4.1 章，682 页）

③ Berry，*The charm of catastrophe：A study of Rabelais's Quart Livre*，Ibid.，p. 145.

Bouteille）去请教。我再重复一下当初许下的宏愿，请你作证，我以斯提克斯河和阿开隆河起誓，在未得到神瓶对我的婚姻预言之前，我的眼镜要戴在帽子上，裤子外面不穿裤裆。（3.47章，624页）

庞大固埃草（Pantagruelion）① 是对航海技术上、物质上的准备，这种草的威力十分了得，② 甚至令奥林匹斯山上的诸神也感到不安，

庞大固埃运用他这种草的功效，给我们又增添了新的拘束和烦恼，这比过去的巨人还要厉害。他不久即将结婚，他妻子将会为他生子。这是我们无法抗拒的命运……他的孩子（很可能）也会发现一种具有同样功能的草，使人类运用它可以窥探冰雹的泉源，雨水的源头，霹雳的制造场所；可以占领月球地区，进入天体境界，在那里落脚定居……他们将坐下来和我们同桌用饭，甚至娶我们的女神作老婆，这是唯一登仙成神的办法。（3.51章，646页）

技术为人类带来的这些"梦想"，随着人自身能力的增强，已经逐一实现。"大航海"为文艺复兴时期思想上的发展提供了各种各样的支持，包括对宇宙的认识，对各种文明的接触等等。环球航行之所以实现，包括罗盘在内的技术支持功不可没，此处，拉伯雷以庞大固埃草象征了各种技术上的支持。看似"人为"之技术的基础是自然生长出来的"麻"，"庞大固埃草"以所谓"自然"之物，创造出了前人不敢想象的"非自然"业绩。《第四部书》中航行的物质准备工作在《第三部书》中即已完成。

拉伯雷的一生以"大航海"为时代背景，"1492年，也就是拉伯雷出生的前两年③，哥伦布从西向东进行了环球航行，并发现了美洲大陆。1497年，达伽马（Vasco da Gama）完成了 Bartolomeo Diaz 未竟的事业，

---

① 实际上就是"麻"，对这种植物的介绍，可参普林尼乌斯《自然史纲》（卷19）。

② 关于庞大固埃草的惊人功能，见《第三部书》51章的描述。

③ 关于拉伯雷的出生年月，学界一直存在争议，有1494年说，也有1493年说，还有1483年说，总之，他生于1483到1494年间。

抵达了印度大陆 (India)。"①环球航行对于 16 世纪甚至整个后来的人类社会都产生了重大影响,

当海洋这一根本能量在 16 世纪突然爆发后,其成果是如此深巨,以至于在很短的时间里它就席卷了世界政治历史的舞台。与此同时,它也势必波及到了这一时代的精神语言。它已不再在捕鲸人、航海家和海上漫游者的阶段留恋徜徉。它必须寻找自己的精神盟友,即最勇敢、最极端的盟友,这种盟友彻底地终结了先前时代的种种烂漫图景。②

在"重新发现世界"的背景下,拉伯雷为读者留下了庞大固埃及其伙伴们的旅行,文中多处涉及到对"地理大发现"的介绍,比如说到美当乌提岛的面积与加拿大相仿(4.2 章,683 页),现代读者对这点肯定不会惊讶,可当时加拿大刚刚于 1540 年被法国探险家让・卡提尔(Jean Cartier)发现,法国宣布以法王的名义予以占领,称其为"新法兰西"③

与真实的航行类似,整个《第四部书》的写作也如同一次漫长的航海。自《第三部书》于 1546 年出版后,这部书即处于酝酿之中,1547 年 7 月份,拉伯雷与杜伯雷主教(Jean du Bellay)一起赴罗马,途径里昂时,将《第四部书》的未完成稿交与出版商。1548 年,《第四部书》前 11 章问世。④

在 1548 年的版本中,有一个与现在全集版不同的前言,除了这篇前

---

① Tilley M. A., *Fracois Rabelais*, J. B. Lippincott Company, 1907, p. 207. C・施密特认为,所谓"地理大发现"并非始自哥伦布等航海家,"谁发现了地球?鲸和捕鲸人!这一切都与哥伦布和那些最著名的淘金者无关,他们只是以巨大的喧闹声发现了那些原来自北部地区以及布列塔尼和巴斯克地区的捕鱼民族早已发现了的东西。"实际上,"维京人大约在公元 1000 年时已经从格陵兰岛出发在美洲登陆,而哥伦布发现的印第安人也一定是从某个地方来到美洲的。"但他们发现美洲的行动,没有得到类似文艺复兴时期各种思想革命的支持,因此没有产生所谓"空间革命"的结果。(施密特:《陆地与海洋——古今之"法"变》,林国基、周敏译,上海:华东师范大学出版社,2006 年 8 月,18-9 页、39 页。)

② 施密特:《陆地与海洋——古今之"法"变》,前揭,49-50 页。

③ See Tilley M. A., *Fracois Rabelais*, Ibid, p. 221, 及施密特:《陆地与海洋——古今之"法"变》,前揭,21 页。

④ 关于 1548 年版《第四部书》的出版,学界众说纷纭,争论的焦点是出版商 Pierre de Tours 为何以及如何将《第四部书》的未完成稿于 1548 年在里昂发表。最可能的一种解释是出版商看到了现实的商机,而未经拉伯雷允许,出版了未成稿。(See Michael J. Heath, *Rabelais*, Ibid, p. 90.)

言之外，在出发的第一章之后，是丹德诺的故事（2－3 章），无鼻岛（Ennasin）（4 章），和平岛（Cheli）（5 章），执达吏（Chicquanous）（6章），布兰格纳里伊（Bringuenarilles）（7 章），暴风雨（8－10 章），长寿岛（Macraeons）（11 章）。①

此后的第四年，即 1552 年，现在通行的《第四部书》才正式面世，拉伯雷也于次年三、四月间与世长辞，死因不详。《第四部书》不仅出版过程颇为曲折，且其写作时间之长，涉及内容之广，结构之复杂都是前三部书所没有的。作为拉伯雷生前出版的最后一部书，隐含着太多的"拉伯雷密码"，从结构和主题上，这部书似乎都显得凌乱，仿佛一个个毫无章法的游记片段所组成。"拉伯雷在《第四部书》中不想仅处理一个主题，或者用一种单一的模式来处理问题。这部书主题跳跃，亦庄亦谐，从叙事到讽刺，从神话到现实，如同他任意的想象在支配着行文。"②鉴于以上原因，这一部分，我们主要以对"思想与行动"这一主题相关的重点段落分析为主，兼及其他内容。

4.1　节制与健康

《第四部书》总共有三篇"前言"③，在"给奥戴亲王的致辞"中，拉伯雷以自己的真实身份示人，而且尽力营造出一种真实的历史氛围，在篇末标示出写作的时间和地点（1552 年 1 月 18 日，于巴黎），并强调了自己医生的身份。医生的工作是为了保证人的健康，健康无比重要，

---

① 1548 年版的故事确切说来只有十章半，包括六个相对完整的历险和长寿岛半个故事。当水手们刚刚登上长寿岛，向一位老人致敬，故事就中断了，在 48 年版的最后，拉伯雷写到，"我现在处于困惑之中，就此搁笔，当然还有很多话要说。"在 52 年版中，拉伯雷以"当然他们的东西在暴风雨中是受到一些损失的。饭后，庞大固埃请大家动手修补船只，大家干得很起劲"开始（4.25 章，页 766）。1552 年版中对"执达吏"和"暴风雨"等情节均有扩展。（See Berry，*The charm of catastrophe：A study of Rabelais's Quart Livre*，Ibid，121、50）。

② Tilley M. A.，*Fracois Rabelais*，Ibid，p. 219.

③ 《第四部书》在 1548 年初版时有一个前言，以下简称"48 版前言"拉伯雷在 1552 年版中将其删去，重新写了现在通行版本的前言，以下简称"52 版前言"，"给奥戴亲王的致辞"可以看成另一个"前言"，下文简称"致辞"。

健康是我们的生命。没有健康，生活就不等于生活，就等于生而不活。没有健康，生活就只是憔悴；活着也等于死亡。因此，如果失去健康（也就等于死亡），那就赶紧抓住生活，赶紧抓住生命（亦即健康）吧。（52 版前言，663 页）

那么，拉伯雷医生认为什么叫健康？为何医生在诊病时需穿上特殊的衣服？拉伯雷在"致辞"中，引用希波克拉底在《论时疫》中的说法，指出行医的三个要素：医生、疾病和病人，为了病人的健康，作为医生（作家）的他要用自己的药（书）去治疗何种病人，治疗他们的什么疾病？

拉伯雷在强调自己医生身份的同时，也指出了医生必须像凯撒的女儿一样，[①] 对不同人穿上不同的衣服，甚至穿起古代医生的服饰。这仿佛是在解释"文艺复兴"，为了开创出一个新的时代，就必须恢复古老传统，而这种恢复的根本目的是为了现时代，因为，每个时代都会有自己的"病"，就如同每个人在某种程度上都是病人一样。为了让病人恢复健康，医生首先要做的应该是"全心全意地叫病人喜悦，不叫他不喜欢，不叫他难过。"（致辞，页 657）

医生以何种表情示人，会引起病人不同的心理变化，"如果医者喜气洋洋自己便充满希望，如果医者垂头丧气，自己便灰心失望。"（致辞，页657）要想治愈病人身体的疾病，首先要对灵魂进行治疗，若要健身，首先强心。这种身心相互影响的理论来源除了希波克拉底之外，还可以追溯到柏拉图，拉伯雷从 16 世纪 20 年代起就开始读柏拉图，早于他读希波克拉底和盖伦。早期人文主义者学习希腊文某种程度上就是为了读柏拉图，而读柏拉图也是学习希腊文最好的方法。[②]柏拉图多次提到文字对灵魂的治疗作用，比较有代表性的段落出现在《卡尔米德》中，

一切善恶，无论是身体中的还是整个人身上的，均源于灵魂而流向各处，就好像从头流向眼睛。因此要想头和身体健康，你们必须从治疗灵魂开始，灵魂是首要的，最根本的。我亲爱的年轻人，某些咒语的使用会影响到灵魂的治疗，这些咒语是美妙的话语，通过这些话语，把节制种植在

---

① 故事见"致辞"，655—6 页。

② Berry, *The charm of catastrophe: A study of Rabelais's Quart Livre*, Ibid., p.35.

灵魂中，节制待在灵魂中，从那里出来，健康便迅速地从那里输出，不仅传到头部，而且传到整个身体。(156e—157b)①

灵魂强健与否直接影响身体的健康，而要想让病人保持一个好心情，甚至让其灵魂强健，那么医生就必须在某些特定情况下将真实情况隐瞒，穿上特殊的衣服，就如同拉伯雷在自己书中以喜剧形式探索严肃问题一样，要想治好病人（读者），首先要让他们接受医生，拉伯雷想让患者在一种愉快的氛围中恢复健康。有时，隐瞒真实也是一种节制。

正如前文所强调的，治疗过程如同医生、疾病和病人三者共同演出的戏剧。要想让病人愉快，处于主导地位的医生首先要节制自己的情绪，应该始终以稳定的乐观态度来行医。拉伯雷所谓的治疗不仅有对病人疾病的治疗，还包括对医生自身的治疗，而且对自己的治疗是成功完成整个治疗过程的前提。②如果医生自己不健康，那么很难让病人恢复健康，而健康的首要标志就是节制。外在行动上要节制，更重要的是思想、灵魂上的节制。医生的节制意味着"与病人谈什么话、谈什么题材、如何交谈和对话"（致辞，657 页）都应该有所准备，而非任意而为。

在 1552 年的"作者前言"中，拉伯雷明确引用《路加福音》中的话，指出医生首先应该节制，保持自身的健康，"医生，你医治自己吧。"③为了回应"医生只能治别人的疾病；自己却满身疼痛"的嘲笑，盖伦（CL.Gal.）所身体力行的是"从 28 岁起一直到老年，除了发过几次只有一天的寒热以外，身体都非常好，虽然他生来不是最健康。"（52 版前言，662页）因为这位好医生认识到，"很难想象一个疏忽自己健康的医生，能治疗别人的疾病。"（52 版前言，662 页）虽然疾病如同死亡一样，是人类如影随形的咒符，但有些人，尤其是有些医生，如阿克雷比亚德斯④，也可能一生无病。

---

① 柏拉图：《柏拉图全集》（第一卷），王晓朝译，北京：人民出版社，2002 年 1 月，139—140 页。柏拉图至少还在如下对话中谈到过文字的治疗作用：《会饮》（215—216c）、《欧蒂德谟》（289e—290a）、《美诺》（80a）、《费德罗》（267d）、《智术师》（229d—230e）。

② 参前文关于"认识自己"与"改变自己"的讨论。

③ 《路加福音》4：23。

④ 耶元前 1 世纪古希腊名医，针对希波克拉底的医学理论，在罗马创立自己的学派，传说其一生无病，老年时从坏朽的楼梯摔下而亡。（参 662 页，注①）

医者应穿起古代衣服对病人进行诊治的比喻体现了拉伯雷作品的隐微性。从《第三部书》开始，拉伯雷以实名发表作品，这样做，一方面是因为获得了官方的认可，另一方面，这也与作品的写作手法与技巧相关。他之所以敢于署名"拉伯雷医生"，除了现实的政治保护之外，更重要的是他在后两部书中更有效地运用了喜剧的修辞手法，使一些敏感的话题隐藏在嬉笑怒骂背后，这也是拉伯雷的后期作品看似线索复杂，主题跳跃的原因之一。

拉伯雷所采用的喜剧手法，使作者隐藏在了剧中人的背后，通过剧中人的语言和形象，把自己的观点表达得更加隐微与深刻。正是有效地运用了喜剧的修辞手法，身着古代医生服饰的拉伯雷才敢于说："至于说到异端，却是一点也没有，除非他们故意违反理性和语言的使用，硬说有。"（致辞，658 页）

"致辞"的根本目的是为了使《第四部书》的出版具有某种合法性，在充满想象与隐喻的《第四部书》中，拉伯雷以一篇具有历史文献性质的书信开头，在这份"致辞"中，出现的真实历史人物不仅有书信的直接读者——奥戴亲王，还提到了当时的法王亨利、红衣主教杜伯雷（du Bellay）。提出这些在当时有权力的真实历史人物，是为了反驳对他的前三部书进行诋毁与攻击者，如索邦神学院。相对于前三部书，《第四部书》的故事看似更像神话，更加不真实，可实际上，作为拉伯雷生前出版的最后一部作品，随着作者对现实认识的深刻，"《第四部书》充满了对现实政治事件和迫切问题的隐喻。"[①]因为人生不如意十之八九，现实的世界到底更像天堂还是地狱，饱经世事的老年拉伯雷感受的可能更深切。正如 Berry 所认识到的，"在拉伯雷早期的作品中，他将敌人的文字、罪恶的东西排除在外，如他在特莱美的门口所树的牌子上写的那样。但到了 1548－1552 年，他已经将罪恶纳入自己的写作视野之中了，因为这已成为他不得不面对的问题。"[②]如何面对残酷的真实？主要靠了"庞大固埃精神"，这种精神是"一种蔑视身外事物的乐观主义"。

① 巴赫金：《拉伯雷和他的世界》，前揭，525 页。
② Alice Fiola Berry，《灾难的魅力：拉伯雷〈第四部书〉研究》（*The charm of catastrophe：A study of Rabelais's Quart Livre*），Ibid，p. 41.

虽然由于各种各样的原因，健康随时会离我们远去，但只要有天主的保佑，并且具有"庞大固埃精神"，我们又随时可能抓住它，一旦抓住健康后，我们就更应该意识到"健康就是生命"。节制是健康的题中应有之义，也只有节制的祈求才能够得到神的庇佑。

节制，古时圣贤把它比作黄金，意思是说这是个珍贵的品质，人人赞美，到处欢迎。你们翻阅一下《圣经》，就会看到只有节制的人的祈求才会被接受，不会遭到拒绝。（52版前言，663页）

既然节制关乎健康，而健康又是幸福生活的必要条件，那么，在拉伯雷眼中什么叫节制呢？他在52版前言中，通过樵夫库亚特里斯（Couillatris）丢失斧头的故事，说明了这个问题，下面就进入这个故事来考察拉伯雷意义上的节制。

库亚特里斯是一名以砍柴为生的樵夫，有一天他弄丢了自己的斧子，斧子是他赖以生存的基本工具，"因为他的财产和生命就全靠这把斧子……没有了斧子，他将会饿死。"（52版前言，665页）在丢失了斧子六天之后，他将要饿死时，他向天神朱庇特祈祷，请求找回自己赖以生存的工具。

斧子是他的基本生活保障，这一点十分重要，需要产生动力，如故事中所说，"需要会产生口才"。听到库亚特里斯的祈求，朱庇特有一番讲辞，这番讲话巧妙地介绍了当时法国所面临的国际国内形势，可谓内忧外患俱在。从国际情况来说，法国面临着一系列的争端，这些争端表现了现实行动的难以处理。①除了外部问题之外，法国国内也有争端，这种争端表现在学问思想上，这种思想上的争论可能直接影响到国家的大政方针。这里以拉姆和伽朗关于亚里士多德的争论为例，说明了当时法国，甚至全欧洲普遍存在的思想上的不统一。

拉伯雷在这里加入朱庇特的这段话，不仅想要给后人留下一段历史资料，还点明了不同人的不同想法和需要，与节制的主题相关。库亚特里斯的"斧子"对于他来说，是最为重要的东西，他的美德就在于清楚自己需

---

① 拉伯雷在这里罗列了当时法国所面临的十几个国际争端，参665—666页。

要的是什么。[①] 他需要一把斧头，就如同土地之于农民，书籍之于学者。正如后文朱庇特所说，"斧子对于他，真跟国家对于国王一样。"普里亚普斯也说，"斧子这个名词有好几种解释"（52 版前言，670 页）。斧子象征着不同人的不同需要，神知道每个人需要的是什么，关键是人自己知不知道。

朱庇特命迈尔古里带着三把斧子下界，一把是库亚特里斯的斧子，还有金银材质的斧子各一把，三把斧子在外形上完全一样，按照朱庇特的指示，如果樵夫选择了自己原来的斧子，则将金斧银斧全都送给他，而如果他选择了原不属于他，他也没有向天神请求的金银斧头，那么，他就要被砍柴的斧头砍去脑袋。（52 版前言，673 页）

这是神对于人性的一次试探，祂将三把斧子做成一模一样，为人出了一道考题。人为了自己的贪婪，总会找到理由。人的各种需要看起来同样合理，就如同外形相同的斧子，其实真正属于自己的斧子，自己真正需要的斧子可能只有一把，其他的都是幻象，由各种意识形态强加给你。有某个阶段，人会以为自己的"聪明"足以欺骗包括神灵在内的一切，进而说服自己，欺骗自己，把原本不需要的东西，变成了必需者。当自我欺骗过程完成之后，人就可以"心安理得"，进而把追求不必需的"必需者"作为生命的意义所在。有的人在这种希望与追求中越走越远，完全不能回过头来想想自己需要的是什么。有的人即使偶尔会停下来想想，但自欺的本性已经使人不想经历那痛苦的灵魂转向了。现代人，就这样行驶在一条只能加速的单行线上。

库亚特里斯就是极少数由于单纯而知道自己所需之人，他选择了属于自己的斧子，因此受到了天神的奖赏。迈尔古里对他说，"由于你在斧子

---

① 针对每个人的需要已经超越了"生活必需品"的范畴，梭罗指出，对于人来说，所谓的"必需品"，应该"是指通过自己的努力所获得的一切，或者换句话说，它从一开始（或者经过长期使用）就对人类生活变得如此须臾不可离，因此，没有哪个人不管是出于野蛮、贫困还是哲学上的缘故，试图不靠它，独个儿地过活，即使有这样的人，那也是寥寥无几。许多人认为，从这个意义上讲的生活必需品只有一种，那就是——食物……野兽需要的，不外乎是食物和栖身之地。在这个气候区，人们的生活必需品可以极其精确地分为几大类：食物、住所、衣服和燃料；因为只有获得以上这些东西，我们方才可以持有自由的观点，去考虑真正的人生问题，并有指望取得成功。"（梭罗：《瓦尔登湖》，潘庆舲译，2007 年 6 月，10 页。）

这件事上表现了知足克己，我奉朱庇特命令，把另外两把也一起送给你。"（52版前言，674页，译文有改动）库亚特里斯用金斧银斧置地购房，成为了当地首富。

库亚特里斯并非不爱财，但他最初知道自己需要的是什么，就是用斧子砍柴，满足自己基本的生活需要。这个"基本"是一个动态的标准，对不同人，不同时空来说，所谓的"基本"不一样。故事没有讲，在拥有了大片土地之后，他变成了什么样的人，他的基本标准又是什么。而是接着讲了其他樵夫看到库亚特里斯发财，认为这是因他丢失斧头所致，所以故意将自己的斧子丢掉，导致无人砍柴。更有甚者，有几个小贵族将自己的佩剑换成斧子之后，再丢掉。这样做的结果可想而知，在天神下界让他们选择斧头时，他们都因贪婪而选择了金银，最终被砍掉脑袋。

其他樵夫错误地认为，库亚特里斯发财是因为他丢失了斧子这个表面现象，而不知道他之所以得到好报，丢斧子只是一个契机，根本原因是他的勤劳、知止与虔敬，有了这些美德，即使不丢斧子，他也会因其他的事件而得到自己应得的东西，"因为他命里注定有斧子"。其他樵夫只注意到表现出来的行动，而不知道为何如此。只看到表象的他们丢掉了自己的职分，造成树木无人砍伐的后果。更有甚者，如那些小贵族，将应该属于自己的佩剑换成斧子，之后再丢掉，想以此得到根本不属于自己的"金山银库"。人因为贪心，往往会把事情搞得无比复杂，丢弃原本属于自己的幸福，费尽心机去追求别人告诉你的"美好"。人生而不同，希腊古谚有云，人与人的差别要远大于狗与狗的差别。每个人的需要自然不同，即使面对最广泛适用的通货，如金钱，其实每个人所需要的也不同，在面临诱惑时，一定要知道自己需要什么，有节制地进行选择。幸福的人一定是某种程度的"安天命者"，不经省察与思考的希望是一种恶。文中拉伯雷对那些樵夫与小贵族发问："你们的希望这样大，一个国王、一个皇帝、一个教皇，又该希望什么呢？"（52版前言，676页）

由于个人的实际境遇不同，所需要的东西当然有所区别，但无论何种需要，终究会有限度，无限制的希望是一种"病"，"一个人痴心妄想，结果得到的就只能是疥癣和痂疤，口袋里不会有一个钱。"（52版前言，676—7页）知道限度并不意味着消极地回避问题，而是要意识到解决问题的方式多种多样，比如前面讲到的狐狸与狗的矛盾（比喻拉姆和伽朗的争论），对于两个本性上是天敌的动物，普里亚普斯是怎样解决它们之间的矛盾的呢？花园之神将它们变成了石头，将问题悬置起来了。有些矛盾与争端（比如拉姆和伽朗的争论）很难得到解决，那么，就只好将问题悬置，急于求成的解决之道可能使问题更加复杂。朱庇特非常赞同普里亚普斯的解决方法，"你（普里亚普斯）对他们太好了。你并不是这样对待所有的人的。因为他们希望名垂千古，那么死后与其变作泥土和粪污、还是叫他们变成坚硬的石头好。"（52 版前言，669 页）

懂得节制，才能既拥有健康，又不被变成石头，"要有节制；节制会使你们成功，如果你们肯干活，肯劳动，节制只会使你们更称心。"（52 版前言，677 页）有节制的行动与思考者，就可能成为一个既健康又富有的人。

4.2　航海与冒险

4.2.1　下降的旅程

水手们出海后首先来到一个名叫美当乌提岛（L'isle Medamothi）[①]的地方，这个岛虽然名为"乌有之乡"，但"它却是对现实的最后一次提及，水手们之后的所到之处都是些非自然的奇怪地方。"[②]因此，美当乌提岛上的内容对《第四部书》来说，具有其他岛屿上的历险所不同的特殊之处。

在岛上，水手们每人买了一些物品，这些物品可以分成两类，一类是约翰修士所买的两幅画，表现的是现实内容，一幅画的内容是上诉人，另一幅画着一个佣人，他正在寻找雇主。另一类是其他人所买的东西，包括

---

① 这个词由 Meden（没有）和 Uti（虚无）两个词构成，其古希腊语原义为"子虚乌有之地"，与"乌托邦"类似。《第二部书》24 章，它们作为两个地名出现过（参 *Complètes*，Ibid，p. 301）。

② Michael J. Heath，*Rabelais*，Ibid，p. 98.

巴奴日、爱比斯德蒙、里索陶墨买的画和庞大固埃所买的阿基里斯传记内容的挂毯，这些作品里描绘的内容在古代文献中都能找到原型。由文字到图画，再由拉伯雷用文字将画中的内容描写出来，表现了拉伯雷对文字与具体形象相互转化的关注。[①]通过这两类艺术作品的对比可见，在拉伯雷这里，有希伯来和希腊、古代与现代之间的张力。在主要人物中，约翰修士似乎代表着希伯来基督教，尤其是他身上所体现出的一些特点代表了当时刚刚兴起的新教的一些特点。而其他人更倾向于代表古代希腊传统，这从其他人的希腊文名字上可见一斑。[②]除此之外，"古今之变"还体现在高康大与庞大固埃的关系上。

代表父辈的高康大派人来慰问刚刚出海的水手们，给儿子庞大固埃写了信并且送给他一些代表着文明传承的书籍，"我新近得到几本很有趣的书，命来人转交给你。等你用功后休息的时候，可以阅读。"（4.3章，689页）庞大固埃请爱比斯德蒙为他朗读了父亲送来的书，认为很好。他还给父亲回了信，除了表示感激之外，还说"航行所到之处，我一定逐日记述明白，以便归来时供父王看到真实的记录。"（4.4章，691页）如此一来，《第四部书》的整个航行可以看成代表现在（包括未来）的儿子为代表过去的父辈写的一本书，古代与现代，创新与传统间发生着相互影响。

此段所表现的庞大固埃与高康大的父子关系，暗示着当时的一种巨大时代变动。以大航海为背景，陆地所代表的传统父子关系的稳定性面临着改变，儿子想要摆脱父亲，去寻找属于自己的 Logos，但他又无法完全摆脱父辈的影响。在变动的时代里，"创新"与"保守"间存在严重的冲突，这是变革中必然存在的，而这种冲突也构成创新的根本动力。二者的张力使新时代的开创成为可能，创新是必然的历史潮流，"苟日新日日新又日新"，而新的历史必然要以一定的传统为基础，没有根的未来是海市蜃楼，创造总是在一定基础之上的创造。父与子、陆地与海洋间的关系，进一步扩大到希腊与希伯来、古代与现代间的张力，是《第四部书》甚至整部

---

① 抽象的文字与具体形象、动作的关系一直是拉伯雷关注的主要问题，《巨人传》中的相关章节还包括：1.9—10；2.18—20；3.19—20；3.45；4.56 等。

② 参前文对书中人物名字的解释。

《巨人传》的思想背景。

文中详细介绍了庞大固埃所买的壁毯的内容，里面描绘了阿基里斯的一生：

> 壁毯先是帕琉斯和忒提斯联姻，接着是阿基勒斯的诞生，阿基勒斯的少年（依照斯塔修斯·巴比纽斯所记述的），他的武功和战绩（依照荷马所歌颂的），他的死亡和殡葬（依照奥维德和干图斯·伽拉伯尔所叙述的），最后是他的灵魂显圣和波里克赛娜的牺牲（依照欧里庇得斯所记载的）。（4.2 章，684－685 页）

阿基里斯的一生似乎揭示了《巨人传》的行文脉络，巨人的家世（父母的联姻），出生、少年（包括教育）、武功和战争，死亡，灵魂复活及地狱之旅。这些正是拉伯雷作品中所要表达的主题，整部作品行文至此，作者借挂毯的内容做了一个总结，同时，也为下文的内容做了预告。与阿基里斯的一生相对比，前文中所缺的是灵魂在地狱中历练的过程。"美当乌提"这个岛名暗示着一次非现实的航程即将开始，在水手们的地狱之旅中，又有哪些非自然的新奇事物在等着读者？

《第四部书》水手们的航行经过了 14 个岛屿与国家，[①] 有些岛屿一带而过，并未久留，有些岛屿根本没有登上，只是讲述了与其相关的故事，如鬼祟岛。[②] 下面以无鼻岛（9 章）为例来简要分析一下这些岛屿的非自然属性。

无鼻岛上的居民不以人名互相称呼，而且彼此间都是亲属，

> 他们的亲属关系是很特别的；正是因为彼此全是亲属，所以我们看到的，没有人不是另一些人的父、母、兄、妹、伯叔、姑姨、堂表弟兄、堂表姐妹、女婿、儿媳、教父、教母、甚至于我还看见过一个没有鼻子的老

---

① 1. 美当乌提岛（Medamothi），2. 无鼻岛（Ennasin），3. 和平岛（Cheli），4. 诉讼国（Procuration），5. 混沌岛（Thohu）、6 空虚岛（Bohu），7. 长寿岛（Macraeons），8. 鬼祟岛（Tapinois），9. 荒野岛（Farouche），10. 吃风岛（Ruach），11. 反教皇岛（Papefigues），12 教皇派岛（Papimanes），13. 卡斯台尔岛（Papimanes），14. 伪善岛（Chaneph）。

② 成钰亭先生 29 章的标题译为"庞大固埃怎样来到鬼祟岛"，而原文所用的词是 passa，动词不定为 passer（经过），水手们并没有登上这个岛屿，因此，此章准确的译法似应为"庞大固埃怎样路过鬼祟岛"。

丈唤一个三四岁的小女孩"父亲",小女孩唤他"女儿",你们说怪不怪。
(4.9章,708—709页)

这种混乱的亲属关系预示着水手们已经逐渐来到一些非自然的奇怪岛屿,得到神瓶启示的旅程从非自然的人伦关系开始,岛上的居民甚至不承认人由父母所生这最基本的伦理,

总督说道:"你说的是什么母亲?母亲是你们那里的说法。在这里他们是既无父又无母。海那边的人,足穿干草的人,才会有。"

善良的庞大固埃对这一切看在眼里,听在心里;可是听到此处,也听不下去了。(4.9章,712页)

在这样一个怪异的岛屿,不会得到神瓶启示,水手们只有匆匆离开。但这只是"下降"的开始①,等待他们的将是更加凶险的旅程。在紧接着的几个岛上(和平岛、诉讼国、混沌岛、空虚岛)所遇之事虽然怪异,可对水手们来说并没有大的威胁,他们所面临的真正危险与考验发生在海上,从18章到24章,详细介绍了他们在海上所遭遇的一次暴风雨。

4.2.2　暴风雨的考验

暴风雨来临之前,庞大固埃对灾难就有预感,"庞大固埃心事重重地很忧郁。约翰修士看见了,问他为何烦恼,因为他平日一向不是如此。"(4.18章,742页)庞大固埃在看到大批教士之后即感到忧虑:

我们看见从右面驶来九条大船,船上坐满了教士、雅各宾党、耶稣会士、方济各会士、隐修士、奥古斯丁会士、改良本笃会士、天福会士、泰阿托会士……还有许多别的会派。(4.18章,742页)

这些教士影射了1545—1549年间召开的特伦特会议(Council of Trent)的参加者。《第四部书》成书于1548年至1552年间,可以说是伴

---

① "无鼻岛"下一章的法文标题为 Comment Pantagruel descendit en l'isle de Cheli en laquelle regnoit le Roy sainct Panigon,所用动词为 descende(下降),《第四部书》的标题中不断用到这个动词,包括25章、35章、43章、45章、48章、57章,用这个词预示着水手们不断向非自然的地狱深处的行程。

随着宗教会议的各种争论而写就的,因此这部书中贯穿着对这次会议的评论。文中称特伦特会议为开西(chesil)会议①,除了此处对特伦特会议的讽刺之外,《第四部书》中下面几处也对其予以提及:

> 天主保佑叫我马上坐到今天早晨遇见的那些去开会的仁慈善良的教士们船上去有多好,他们那样虔诚、吃得那么肥、又那样快活、那样温和、那样雅致。(4.19章,745—746页)

> 我到现在还记得那些去参加开西会议的胖家伙呢;但愿别西卜阿和亚斯他禄把他们送到普罗赛比娜那里开会去,我们遇见他们之后受到过多少风暴和灾难啊!(4.64章,905页)

> 自宣布开西国家会议以来,香肠人受到了谴责、控诉和传讯……(4.35章,802页)

庞大固埃的担心果然应验,参加开西会议修士们的船刚刚过去,海上就风雨大作,"旅客们被吹得神智昏迷,不辨方向。"(4.18章,743页)巴奴日由于肚子里灌满了雨水,痛苦难当,开始向神祷告,祈求保佑。这一部分满是他的抱怨和祈祷,他用嘴来对抗暴风雨。巴奴日对现实的困难没有针锋相对的处理和解决,而是用各种想象来逃避目前的困难,他想到的是立遗嘱,是"原谅所有的人",是如果平安回到陆地上,要建教堂来感谢神。总之,他的一切都是"想"出来的。

在行动之前,需要思考周密,"凡事预则立不预则废"。但有些时候,过多的思考会影响到人的行动,如古希腊悲剧中的歌队,作为观察到整个事件的明智者,他们是不行动的。有些事件的发生并不在人的预料之内,"历史的动力和力量并不傻等着科学的光临方才启动,正如哥伦布并不需要等候哥白尼才能远航。"②另外有些事情,没有必要想,一切自有天意,

---

① 关于"开西"(chesil)一词的寓意有不同解释:一说这个词来源于希伯莱文 kessie(疯子);一说它的词根是 cesil(暴风星);还有一种解释指出这个词直接与特伦特特会议相关,认为这个词来源于希伯莱文 chelis(三),chelism 是"三十",而"三十"在法文中即是 trente,与召开宗教会议的意大利特伦特城同音,因此作者用"开西会议"暗指"特伦特会议"(参 4.18章,743页注5;925页注1)。

② 施密特:《陆地与海洋》,前揭,32页。

比如在暴风雨中立遗嘱，就属于一种无效的思考。爱比斯德蒙指出，如果在暴风雨中逃出生天，那么遗嘱当然无效，如果在暴风雨中淹死，那么遗嘱也没人能够看见，也是无效的遗嘱。（4.21 章，752 页）

与巴奴日相比，约翰修士并没有祈祷神的保佑，而是直接尽人之所能，协助水手，用实际行动对抗暴风雨，"我跟饿狼似的急着要干活，要像四头牛似的干活……亚当，亦即全人类，生来必须工作和劳动，如同飞鸟为飞一样。救主的意思，你们明白么？是要我们汗流满面才得糊口。"（4.24 章，763 页）约翰修士以《创世记》中耶和华对人的惩罚为根据，说明人因原罪，须终身劳苦，以维持生存。这种说法看似遵守神意，但他在暴风雨中的表现同样存在偏颇，尤其是与庞大固埃和爱比斯德蒙相比，约翰修士与巴奴日代表了在灾难面前的两种极端表现。

这部分的主要对话在巴奴日与约翰修士之间进行，一方面是巴奴日的唠叨，另一面是约翰修士对他唠叨的斥责，他甚至说，"起暴风就是因为你这个鬼东西，只有你不肯起来帮着干活！"（4.20 章，748 页）约翰修士无疑是积极的，但在强大的自然面前，水手们的努力显得微不足道。就连为首的领港人也无能为力地说："各人都想想自己的灵魂，祈祷一下吧，除了圣迹没有别的希望了。"（4.20 章，750 页）约翰修士虽然积极地以实际行动在暴风雨中挣扎，但他与巴奴日同样在行动时一直没有停止咒骂与抱怨，而没听见他向神进行祷告。巴奴日与约翰修士的争执，按照奥斯登的话说，是"窃贼遇见强盗，一个比一个厉害。"（4.24 章，765 页）

约翰修士代表着简单行动所体现出的偏颇，如他这样的行动并非难事，而是不得已之事，这也是多数人的行为方式。现实的艰辛与命运的残酷，让多数人无法完全按照自己的意愿行事，因此只能伴着抱怨，在顺从与无目的的行动中日复一日。约翰修士与巴奴日相对，通过暴风雨这个极端事件，体现出了思想与行动二者的极端形态，与他们俩相比，庞大固埃与爱比斯德蒙的表现则更加和于中道。

虽然庞大固埃在暴风雨来临之前就已忧心忡忡，但当风暴真正到来时，"他首先祈求天主救主的佑助，虔诚地当着大家做过祷告之后，便在领港人指示之下，有力而坚定地把住了桅杆。"（4.19 章，745 页）庞大固埃在危险面前体现了虔敬、冷静与勇敢。与巴奴日的怯懦相对，爱比斯德蒙等人则表现得很勇敢,他因为用力拉绳索,手上磨出了血,他也承认自己刚才的恐惧并不在巴奴日之下,但他并没有不干活,他认为,

> 如果死亡真的是(而且实际上也是)命中注定,无法避免,那么这时死或那时死,这样死或那样死,全是天主的圣意,总是应该不停地向他祈求、祷告、诵经、哀恳、祈祷。可是不应该至此为止,我们自己也须要努力……只有警惕、勤劳和奋斗,才能使一切事达到目的和成功。如果在紧急和危险时,一个疏忽、无能、懒惰的人只会祈祷神灵,那是无用的,那只能使神灵恼怒和愤恨。(4.23 章,760—761 页)

庞大固埃也认为巴奴日的问题不在于害怕,恐惧是人的一种正常情绪,如果人在危险面前,尤其是暴风雨这种巨大的灾难面前,不仅是恐惧,而且尽到了自己的能力,那么,不应该小看这样的人。在应该害怕的事物面前感到恐惧,是因为无知,比如对于死亡的恐惧,就是因为人对于死后世界的无知所造成的。如果对于死后的世界有充分的认识,那么就没有必要对死亡感到恐惧,但是"海上沉船是可怕的,否则就没有可怕的事情。正像荷马说的那句名言,死在海里是件惨痛的、可怕的、不自然的事情。"(4.22 章,758—9 页)庞大固埃在此指出了自己的恐惧,来自于对海洋这个未知世界的恐惧。

4.2.3 陆地与海洋

十五六世纪的地理大发现,在改变了人类对自己生存环境的认识的同时,也深刻地影响着人类的思想。航海是人类征服自然的典型行动之一,体现了人类的力量。在当时,人们对海洋有何种认识? 人又为何要冒险对未知领域进行探索呢?[①]

在遇到暴风雨时,巴奴日所羡慕的是陆地上种白菜的人,因为"他们至少有一只脚踩在土地上,当然另一只脚离土地也不会远。谁高兴发财享福,就让他去享好了,可是种白菜的,我现在就命令封他们为有福的人。"

---

① 《巨人传》所具有的地理知识上的意义这一点,首先由勒夫朗(Le Franc)提出,后面的学者也不断注意到这一点, See Le Quart Livre. Ed. Françoise Joukovsky. Paris : Flammarion, 1993,p. 8.

（4.18 章，743—4 页）海洋与陆地相比，对于生活在大地上的人类来说，始终代表着危险与未知领域，处于暴风雨中的巴奴日在生死未卜的情况下甚至认为猪更幸福些，这首先因为它有粮食可吃，还有就是他在陆地上。

在巴奴日的抱怨中，他不断提到陆地与海洋的对比，表达了想回到陆地的愿望，"如果你能想法叫我回到陆地上，我把自己萨尔米贡丹和蜗牛的全部收入都送给你。"（4.20 章，749 页，译文有改动）除了巴奴日对海洋的恐惧之外，文中也表现了巨人庞大固埃对大海这个未知领域的畏惧，他举例说明在死人与活人之间，还有一类人，就是生死未卜的"海上之人"，因为"海上的人经常处在死亡的危险里，活着也等于死，或者说是死着活。"（4.24 章，763 页）与巴奴日相比，庞大固埃当然不是胆小之人，但他也对海上航行充满畏惧。

人作为土生土长的动物，海洋构成了其生活的边界，"人是一种陆地动物，一种脚踩着陆地的动物。他在坚实的陆地上驻足，行走，运动。那是他的立足点和根基；他由此获得了自己的视角；这也决定了他观察世界的印象和方式。"[①]在古代人看来，海洋代表着神秘与恐惧，各种关于海洋的神话，可以作为海洋所代表的神秘性的一个佐证。有人将东西方文明各自总结为"陆地文明"与"海洋文明"[②]，然而即使对于代表着"海洋文明"的古希腊人来说，航海对于他们，也是一种禁忌，是人所表现出的一种僭越，"奇异的事物虽然多，却没有一样比人更奇异；他要在狂暴的南风下度过灰色的海，在汹涌的波浪间冒险航行。"[③]

如果人固守住自身的边界，对海洋不存在想象，没有好奇心，而一直生活在陆地之上，那么，就不会出现庞大固埃等所面临的危险。问题在于，人对于未知领域充满恐惧的同时，也充满了向往，神秘激发着人类求

[①] 施密特：《陆地与海洋——古今之"法"变》，林国基、周敏译，上海：华东师范大学出版社，2006 年 8 月，1 页。

[②] 航海作为"作为超越土地限制、渡过大海的活动，是亚细亚各国所没有的，就算他们有多么壮丽的政治建筑，他们自己也只以大海为界——就像中国就是一个例子。"（黑格尔：《历史哲学》，王造时译，上海：上海书店出版社，2006 年 3 月，84 页。）也有人说，"世界历史是一部海权对抗陆权，陆权对抗海权的斗争史。"（施密特：《陆地与海洋——古今之"法"变》，前揭，7 页。）

[③] 索福克勒斯：《安提戈涅》（第一和唱歌，332—340 行），汉译见《罗念生全集》，上海：上海人民出版社，2004 年 6 月，305 页。

知的欲望。危险就这样与希望并生着。

　　大海给了我们茫茫无定、浩浩无际和渺渺无限的观念；人类在大海的无限里感到他自己的无限的时候，他们就被激起了勇气，要去超越那有限的一切。大海邀请人类从事征服，从事掠夺，但是同时也鼓励人类追求利润，从事商业。平凡的土地、平凡的平原流域把人类束缚在土地上，把他卷入无穷的依赖性里边，但是大海却挟着人类超越了那些思想和行动的有限的圈子。[①]

　　黑格尔写下这番话时，哥伦布的首次环球航行已过去三百多年。以陆地与海洋间的战争作为标尺，可以书写出一部西方的断代史。[②]拉伯雷所处的时代，面临着巨大的"空间革命"[③]，由西欧和中欧民族共同参与的这次"地理大发现"，在改变人类空间观念的同时，也改变了世界的政治版图，"使欧洲统治了整个世界"。[④]

　　世界政治格局的改变不能仅靠坚船利炮，欧洲人在占领了其他大陆的同时，也将自己的意识形态向全球输送，"无论是信仰天主教的掠夺者还是信仰新教的掠夺者，都以传播其基督教信仰为天职。"[⑤]无论多么赤裸裸的战争与侵略，只要当事人愿意，都可以找到说服自己，欺骗世人的说辞，侵略者总可以在"为了你"的名义下"杀死你"。但是，西方世界的"文明"并没有从根本上令其他的"野蛮人"屈服于所谓的"唯一道路"，身处 18 世纪的卢梭已经意识到了这一点，"多年来，欧洲人花了许多力气想使世界上其他地区的野蛮人采取欧洲人的生活方式，可是，尽管他们借助了教会的力量，却一个成功的例子也没有：因为，我们的传教士虽然有

---

　　① 黑格尔：《历史哲学》，前揭，83—84 页，黑体字为引者所加。
　　② 参施密特：《陆地与海洋——古今之"法"变》，前揭，8—15 页。
　　③ 施密特指出，"人有一种空间意识，这种意识受制于巨大的历史变动。不同的空间对应于不同的生活方式。"当人们对自己生存的空间观念发生巨大变动时，比如由"地心说"向"日心说"的转变，这时，人的整个世界观就会相应的作出改变。（参施密特：《陆地与海洋——古今之"法"变》，前揭，31 页及以下。）
　　④ 同上书，21 页。
　　⑤ 同上书，42 页。

时候使一些野蛮人皈依了基督教，但从来没有成功地使他们成为文明人。"①

哥伦布的环球航行是否一开始就带着明确的政治目的甚至侵略意图，这是可以讨论的问题，就如庞大固埃说他们之所以能够在暴风雨中幸免于难，是因为神看出了他们的诚心，

他们出门旅行既不是贪图钱财也不是经商谋利。他们航海的唯一目的，就是殷切的想看、想学、想了解、想请教神瓶的启示，想就他们中间一个人提出的问题得到神瓶的谕示。（4.25 章，767 页）

政治是关乎人类生存的根本问题，很多时候，它并不以某些人，甚至多数人的意志为转移，它是一个多种因素共同作用的复杂系统，它可能会利用人们单纯的好奇与美好的愿望来制造侵略与屠杀，但也可能利用人先天的缺陷营造出和谐的秩序，政治不是魔鬼，也非天使，政治就是政治。

在暴风雨一段，拉伯雷通过风暴中各人的表现，指出了在面对危险时，人所应具有的态度。这一段也体现了航海的主题，强调了陆地与海洋间的区别，指出航海的危险，可在随后的长寿岛一段，他也明确了海上冒险的意义与价值，"我们如果没有遇到海上的这场暴风雨，也就不会听到老寿星告诉我们的这番话，虽然暴风雨让我们很不好过。"（4.27 章，772 页，译文有改动，参法文本 601 页，英文本 268 页）这也是冒险与行动的意义，斩妖除魔即是取得真经的过程，没有困难也就没有神瓶启示，海上暴风雨是困难的一种形式，海的狂暴可能给人造成危险，在后文中我们会看到，她的平静也同样可怕，但"危险即是救渡"。

4.3 "圣餐之争"与狂欢节

《第四部书》29 章到 44 章，可以看成以香肠人为核心的一组故事，当水手们登上香肠人所在的荒野岛（l'isle de Farouche）后，有下面一

---

① 卢梭：《论人与人之间不平等的起因和基础》，李平沤译，北京：商务印书馆，2007 年，156 页。

段话，

等到我们走到他的死敌肥肚肠所统治的野人岛那里，我们还有得听哩，他们的仗简直打不完。假使没有好心的邻邦狂欢节插手保护，这位封斋教主大王老早就把那些肥肚肠消灭净尽了。（4.29 章，页 780—781）

封斋教主（Catholic Quaresmeprenant）与香肠人在现实中影射谁？他们之间恩怨的焦点是什么？拉伯雷对此争端又持什么态度？

这组故事以对香肠人的死敌封斋教主的介绍开始，与其他故事不同，庞大固埃等并没有与封斋教主直接见面，因为他们并没有登上封斋教主的鬼祟岛（l'isle de Tapinois）。①读者所看到的故事是由克赛诺玛恩这个《第四部书》中的"新人"向其他水手转述的。

克赛诺玛恩对封斋教主的描述异常仔细，占用了三章的篇幅，从教主的"内部组织"、"外部形象"及"言谈举止"三个方面为水手及读者们进行了介绍（见 4.30—32 章）。其用词之丰富，描写之详细，不仅罕见于文学史，即使在惯用此手法的《巨人传》中，对封斋教主的描写也是最细致的。听完克赛诺玛恩对他的描述之后，听众一定会对这种反常形象感到诧异，"真是一个怪人，如果应该把他叫作人的话。"（4.32 章，页 792）庞大固埃从这个形象上想到了"菲齐斯（自然）"与"安提菲齐斯（反自然）"的故事。

自然之神（Physis）的后代是美丽（Beauté）与和谐（Harmonie），而反自然（Antiphysie）的孩子则很像封斋教主：

脑袋圆得和球一样……耳朵往上翘，大小跟驴耳朵差不多；眼睛在头外边……硬硬的倒好像螃蟹的眼睛；脚是圆的，像网球；胳膊和手都往后朝肩膀上倒背着；走路时头朝下，屁股朝上，两脚朝天，就这样轱辘轱辘地朝前滚。（4.32 章，793 页）

———————————

① 此章成钰亭先生的汉译本标题似乎有误，原文用的词是 Passer，义为"路过"，从文中内容来看，水手们也并未登上这个岛屿，"庞大固埃过去也听说过这个地方，假使不是克塞诺玛恩说需要绕一个大弯，而且整个岛上以及连国王的宫里都找不到东西吃、劝他打消去的意思，他一定乐意亲自去观光一番。"（4.29 章，779 页），此章准确的译法似应为"庞大固埃怎样路过鬼祟岛"。

《第四部书》行文至此，将近中段，拉伯雷以自然与反自然的故事，向随着故事一直下行的读者们敲响警钟：时刻记得，眼前所看到的并非人间，各种异状已经离前言中节制的库亚特里斯的世界越来越远了。以此对放下书本的人也发出警告：看看自己生活的环境，是否还是一个自然的世界？

从构词法上来看，反自然（Antiphysie）的词根是自然（Physis），它本身并不能独立存在，以自然为基础，才有反自然的问题，而如果没有反自然做对比，何谓自然又不能界定，二者相反相生。这类似新教徒（Protestant）之于天主教徒的关系，正是在对原有宗教形态的反抗之下，才出现了所谓的"新教"。可问题在于二者间是否有明确界限？这条线到底应该划在哪里？如数学般的明晰是形而上学家所追求的，而政治中很难达到数学般的单一化、固定化。从封斋教主与香肠人的争执来看，二者似乎代表了天主教与改革派两个阵营，但拉伯雷并没有简单地批评代表着天主教的封斋教主一方，而赞同代表着瑞士加尔文宗的新教一方。[1]反自然的后代不仅与代表天主教会的封斋教主很像，而且还包括"日内瓦的骗子"、"加尔文的狂人"，这些形象，拉伯雷都称他们为"丑妖魔和违反自然的怪物"。（4.32 章，793—794 页）

在封斋教主与香肠人之间，有杀死巨鲸一段作为过渡，巨鲸（Le Physetere）一词从希腊语词源来看，与自然（Physis）相关，而被庞大固埃杀死的巨鲸又成为了肉，成为了食物，成为了荒野岛上的香肠人。"大航海"是《第四部书》的整体背景，除此之外，拉伯雷当时所面临的最大政治现实，无疑是改变了基督教历史的"宗教改革运动"，拉伯雷以香肠人为核心的一组寓言故事，隐喻了这个思想事件。拉伯雷为何在此要用香肠这种食物来象征新教？这可能影射了宗教改革的一个焦点问题——"圣餐之争"。

在"最后的晚餐"上，耶稣拿起饼对门徒们说，这就是他的身体，端起酒杯说，这就是他的血。吃了饼以表示对耶稣的纪念，喝了葡萄酒就如

---

[1] See Alice Fiola Berry, *The charm of catastrophe：A study of Rabelais's Quart Livre*, Ibid, p. 73. 文中很多处暗示了双方所代表的派别，如"瑞士这个民族，勇敢善战，谁能说他们过去不是小香肠呢？"

同喝下了上帝之子的血,以此来见证信徒与上帝之间所立之约。这个故事按照路德的讲法是这样的:

> 当他们吃晚饭的时候,耶稣拿起饼来,祝谢了,就擘开递给门徒说,你们拿着吃。这是我将要赐给你们的身体。他又拿起杯来,祝谢了,递给他们说,你们都喝这个。这杯是用我血所立的新约,是为你们和多人流出来,使罪得赦的。你们应当如此行,为的是记念我。[①]

正是这个故事引起了宗教改革时期"圣餐问题"的争论。在中世纪,经院神学家们借助于亚里士多德关于本质与偶性的学说来解释这个问题。根据亚里士多德的观点,事物有本质和偶性构成,本质决定了事物之所是,而偶性是在此基础上,各种事物所体现出的不同特征。按照这种理论,圣坛上的葡萄酒和饼,经过圣礼之后,其本质就发生了变化,变成了耶稣的血和肉,而酒和饼只是它们的外在性状,并非其本质,这就是所谓的"本质转化说"。

针对这种观点,在宗教改革时期,以路德为代表的新教教义对圣餐提出了新的理解,路德将这个问题更多地归之于信徒个人的信仰,而非如经院哲学家那样将信仰问题诉诸理性。路德观点的基础是,在信仰问题上,如果过多地依赖于亚里士多德等的哲学,那么,对神学的研究会转化为一种理性的哲学讨论,而宗教的基础是"信而不问"。在"圣餐"问题上,路德指出,只要信徒们以足够的虔诚去领受圣体,那么,神圣的仪式便告完成,神会保佑那些发自内心相信酒与饼就是耶稣的血与肉的教徒。路德将这个问题直接诉诸领受圣体者的个人信仰,而不需要任何理性证明。[②]

这种解释,削弱了教会对于教义的解释权,消解了教士所掌握的神圣权力,达到了改革派的主要目的。但改革派内部并非对所有问题均达成一致意见,比如路德并没有否认基督复活,他的理由是上帝在世间无所不在。茨温利(Zwingli)据此指责路德有野心,想要自己做教皇。茨温利

---

① 这段关于圣餐的介绍是路德根据《新约》中的相关段落综合而来,见《马可福音》14:22—24,《马太福音》26:26—28,《哥林多前书》11:23—25,《路加福音》22:19—20。参马丁·路德:《路德三檄文和宗教改革》,李勇译,上海:上海人民出版社,2010年,133页。

② 本段关于"圣餐之争"的讨论,参谢文郁《解读马丁·路德的思想密码》,见马丁·路德:《路德三檄文和宗教改革》,李勇译,上海:上海人民出版社,2010年,15—17页。

认为上帝的晚餐仅是个仪式，一种宗教交流的形式。加尔文于 1542 年出版的《基督最后晚餐的细节》（*Petit Traite de la sainte Cene*）一书，基本上认同路德的观点。这些问题，构成了拉伯雷在《第四部书》中反复提及的特伦特会议（Council of Trent）的背景。正是这些讨论，促使教会于 1545——1549 年间举办了特伦特会议（Council of Trent），在 1551 年末 1552 年初，开会专题讨论了大众与圣餐的关系，结果是进一步确立了教会传统的权力。①在《巨人传》中，下边这段话是对当时形势的分析：

> 自宣布召开开西国家会议以来，香肠人受到了谴责、控诉和传讯——封斋教主如果做他们的盟邦或者和他们有任何联系的话，也同样将被列入污秽、失掉羽毛、干鳖鱼之列——于是，他们的态度一下子恶化起来，狠毒、仇恨和固执，无法再改善了。就是叫猫和老鼠、猎犬和野兔和解也比叫他们和解来得容易。（4.35 章，802 页）

在天主教与新教的冲突中，拉伯雷显然对新教更同情，但他的态度比较暧昧，"万一被肥肚肠和封斋教主夹在当中，这边是铁砧，那边是鎯头，那可怎么办？"（4.29 章，781 页）在拉伯雷看来，正是双方之间的不妥协，造成了冲突的不断加剧，拉伯雷借庞大固埃之口表达了自己对这场冲突的观点："我的朋友，假使你看到什么好方法能使这场战争结束，能使双方和解，别忘了告诉我。我将全心全意、不惜全力以赴、使双方的纠纷得到缓和和解决。"（4.35 章，802 页）那么，在意见纷呈的改革派内部，拉伯雷对这个问题持何种态度呢？

水手们登上香肠人所在的荒野岛之后，香肠人错把庞大固埃等人当成了封斋教主的人，双方发生了一场战斗。在这次战斗中，最让人费解的是这样一句话，"自己人，自己人，大家全是自己人，有话好说。我们全是从你们的老盟邦狂欢节那里来的。"（4.41 章，821 页）翼姆纳斯特在战场前为何还说大家是"自己人"，"老盟邦狂欢节"又指的什么？

"狂欢节"（mardigras）在封斋教主一段就出现过，"假使没有好心的邻邦狂欢节插手保护，这位封斋教主大王老早就把那些肥肚肠消灭净尽

---

① Alice Fiola Berry，*The charm of catastrophe*：*A study of Rabelais's Quart Livre*，Ibid.，p. 72－3.

了。"（4.29 章，781 页）可见，所谓的"狂欢节"在香肠人与封斋教主的争端中发挥了重要的斡旋作用。在庞大固埃的战前动员中，他除了鼓励将士之外，特别强调了"严禁首先发动进攻"，除非形势迫不得已，他也不相信"香肠人会这样卑鄙"，最重要的是，本方军队的口令是"狂欢节"（4.37 章，810 页）。香肠人之所以会对庞大固埃及其伙伴发动攻击，是因为把他们看成了封斋教主方面的人。可见，从整体上来说，代表着拉伯雷的水手们是站在改革派的香肠人一面的。之所以会发生这场战争，是改革派内部出现了一些误会，那么，误会要怎样来消除呢？

庞大固埃一方的战术是将士们钻进形如母猪的大爵号（Truye）战车中，"大爵号（Truye）"与"特洛伊（Troye）"谐音，这种战术与《伊利亚特》中的"木马计"相似，显然这里有对《荷马史诗》的模仿。有意思的是作者自己也以一种变形的方式进入了母猪体内①，作者在这部分现身，暗示了这段故事的现实讽喻。

战斗中，水手们轻易就击败了香肠人，当香肠人即将被斩尽杀绝时，天上飞来了一只大猪，装饰十分华丽，"香肠人一看见它，全都撇下枪支武器，一齐跪倒在地，双手向天合十，一声不响，全在虔诚地膜拜。"（4.41 章，823 页）看到这种情况，庞大固埃命令收兵。那个大猪在双方队伍上空来回飞了几趟，并且扔下了大量芥末，之后才飞走。从表面看来，飞猪的意象表示了翻转的世界：最低级、最重的动物从地面飞上了天空；由最蠢最卑劣的动物传授最高的智慧、讲哲学；猪肉被装饰以最华丽的物件，成为了被顶礼膜拜的神。这个意象在宗教改革中被广泛地用来攻击天主教，在此，猪及芥末的意象似乎是用来攻击天主教的信条：基督和圣餐真正出现过。②

但显然"猪"在拉伯雷眼中也具有积极意义，首先，水手们的战车被设计成猪的形状；另外，大猪在飞走时，嘴里喊的是"狂欢节"，与庞大固埃一方的口令相同；最重要的是，正是飞猪的出现，使双方休战。香肠人向庞大固埃解释了误会的原因，并保证他们将会世代归顺巨人，双方以

---

① 参 4.40 章，页 819，作者把自己的名字变形为 Rabiolas，成为进入战车中的一份子。

② Alice Fiola Berry, *The charm of catastrophe：A study of Rabelais's Quart Livre*, Ibid, p. 96.

后将成为盟邦。香肠人对促使双方和解的"飞猪"做出了解释：

> 那就是香肠人的原始祖先、他们作战时的守护神灵、狂欢节的化身。它的形象是一头猪，因为香肠是从猪身上来的。庞大固埃又问它撂在地上那么些芥末是什么用意，有什么治疗功能。尼弗雷塞特皇后说道芥末是他们的圣血和绝上的香料，只要在倒下的香肠人伤口里放进少许，不用多大工夫，受伤的即刻痊愈，死亡的立即复活。（4.42章，825页）

"圣餐"及"复活"的意象在故事最后点明。整段故事中，"狂欢节"都起到居中调停的作用，拉伯雷最为重视的"庞大固埃精神"在此以狂欢的形式出现，成为调节宗教冲突的有效方法。在圣餐中，除了面包代表的食物之外，还有酒所象征的基督的血，"酒"也是狂欢节中不可缺少之物，其与庞大固埃精神关系密切，在水手们下面的旅行中，它会发挥怎样的作用呢？

4.4　醉与节制

"解读自己，不是具体的这个人或那个人；而是人类。"（霍布斯《利维坦》导言）

海上的危险不仅来自暴风雨，"无风"对航行也构成威胁。当水手们行至伪善岛（L'isle Chaneph）附近时，海上一片平静，船只无法航行，无法靠岸。因为没有动力，水手们"一个个不由得垂头丧气、萎靡不振、闷闷不乐、无计可施，谁也不说一句话。"（4.63章，901页）连巨人庞大固埃也手里拿着书，打起盹来。思想上的懈怠加剧了行动的无力。在此情况下，水手们不像在暴风雨中，面对一个动态的危险，而是一种静止，让人萎靡、无思的氛围，壮丽的航海事业似乎要毁于这种懈怠之中。[1]如今，这些行动者的问题是："在文风不动的海上怎么来消磨时光呢？"

---

① Alice Fiola Berry, *The charm of catastrophe*: *A study of Rabelais's Quart Livre*, Ibid, p. 109.

（6.63 章，902 页）①此段与前面暴风雨一段相呼应，体现了海上一动一静，两种威胁。

约翰修士提出"起风"这个问题后，巴奴日进一步指出了这句话的意思是，"用什么方法来解除烦闷？"（6.63 章，902 页）已经从昏睡中醒来的庞大固埃认为对伙伴们的疑问无须回答（64 章标题），而通过行动即可解决，他示意约翰修士开饭。随着丰盛的晚宴准备停当，"还未到上点心的时候，就只见偏西的西北大风已经吹起了主帆、后帆、前帆、摩尔帆，"可见，"当我们举杯、干杯的时候，自然的元素也和我们神秘地配合，天气起了变化。"（4.64 章，907 页；4.65 章，909－910 页）酒的意义凸显出来，"酒表达了一种愿望。它帮助进行决断。在辽阔的大海上，它使人们具有摆脱黑暗的勇气。"②

酒宴是"解除烦闷"（haulser le temps）的最好方式，宴饮过后，水手们各个精神饱满，克赛诺玛恩说："我的胃也装得不能再满了。现在是既不往这边偏，也不往那边斜了。"加巴林说道："我既不想面包吃，也不想酒喝。因为我既不饿，也不渴。"（4.65 章，908 页）能让人恢复活力，让船具有动力的是合适的、知足的饮食，并非毫无节制，越多越好。《第四部书》至此，将宴饮所代表的狂欢精神，与前言中所体现的节制相连，进一步解释了"庞大固埃主义"的内涵。

虽然食物在此的作用也很大，但最终使海上起风的还是酒。"酒"与"食"不同，它看似不是生存的必需品，但它却是各种文明中必备的要素。"美酒"与"佳肴"历来并提，可其中亦有差异，人喜欢美食更多的与身体相关，亚里士多德认为人贪吃的喜悦仅来自于食物与喉咙摩擦那一瞬间产生的快感，属于触觉，③但酒似乎更多地与精神相关。

---

① 原文 "Maniere de haulser le temps en calme?" 有多重涵义，字面义是"如何起风？"，引申为"如何消磨时光"，也有"如何让天气恢复晴好"、"如何喝着酒等天气变化"等意思。（参 909 页，注⑦）

② Gaston Bachelard，*Les Avenures de Gordon Pym*，See *Le droit de rèver*，Paris：Wayne State UP，1972，p.136.

③ 参《尼各马可伦理学》，蒙田亦赞同亚氏的说法。

一般来说，喝酒是为了体会不同程度的"醉"①，也就是通过酒的外在作用，使人感受到一个不同于日常的空间与时间。人之所以喜欢酒，因为酒后有另一个世界，这个世界与日常均质化的时空不同，在这个世界中如同过节，这也是为何在节日里，要饮酒助兴的原因。②

既然喝酒是为了醉，那么，没有未醉的时候做参照（未醉的世界可以称为"日常世界"），酒的作用也就不存在了。正因为酒能提供一个非常态的时空，使日常的很多感情得到释放，它才有意义。如果完全在一个醉的世界里，没有清醒的时空作参照，两个世界同质化，酒的意义就不存在了。人之所以想通过这种方式离开清醒的世界，正因为最终想要，或者因为能够回到清醒的世界。如果有一种酒，喝过之后，再也回不到现在所处的世界了，这是什么酒？

酒使人通过一种可以返回的方式体会死亡。如同睡眠，中国人将睡眠称为"小死"，人们在梦中体会到的东西也与日常不同，因此阿波罗的梦与狄俄尼索斯的醉具有某种同构性。睡眠对于人来说，是被迫的，人不能选择，而酒是人主动选择"暂时死亡"的一种方式。"醉"与"醒"的关系异常复杂，众说纷纭，

> 醉在古希腊经常被用来描绘无知状态：人陷入现世沉沦和自我离异的状态，沉醉的对立面是清醒。这个对立的比喻是前苏格拉底哲人的发明：恩培多克勒和赫拉克利特将无知与找到真理对立起来；到了希腊化时代，这种对比的比喻变得十分流俗——斐洛也喜欢用这样的比喻。从灵知派文本 *Rechter Ginza* 可以看到，这种比喻甚至成了一种学说：人的尘世生活远离神性真理，必须从这种沉醉于葡萄酒的状态中摆脱出来。③

但拉伯雷并不这样认为，在他看来，喝酒后的人更加清醒，酒后的世界更接近真实，

---

① 所谓"醉"有各种程度，有微醺，也有酩酊大醉，还有不省人事，但总之是一种精神状态，有时与物质化的酒不相关，所以有"暖风熏得游人醉""酒不醉人人自醉"的说法。

② 参张祥龙《中国的节日在哪里？——节日现象学初探》，见氏著《思想避难：全球化中的中国古代哲理》，北京：北京大学出版社，2007年1月，45—60页。

③ 柏拉图：《会饮》，刘小枫译疏，北京：华夏出版社，2003年8月，14页，注61译按。

不是笑,而是喝,才是人类的本能。不过,我所说的不是简单的、单纯的喝,因为任何动物都会喝,我说的是喝爽口的美酒。朋友们,请你们记好,酒能使人清醒,没有比这个更靠得住的论断了,也没有比这更真实的预言了。(5.45 章,1096 页)

"酒"与"笑"是《巨人传》的"文眼","庞大固埃主义"的基本要素。按照亚里士多德的说法,笑是人类特有的行为,属人之自然,而酒如若也被看成人类本能,那么它就一定超出物质性的酒的狭义概念,因为动物也会喝酒。在全书的开头,当巨人庞大固埃出生时,全世界都处于干渴之中(参前文 2.2 章)。巨人的诞生是为了解决这种干渴,这里的喝预示着对知识的强烈渴求,①从"爱智慧"这个角度来理解"喝",整部《巨人传》就是为了"止渴"而进行的一次旅程,拉伯雷追求智慧的动力与写作灵感来自于酒,

等我先就着这个酒瓶喝他一气再说;这是我真正的唯一的赫里空,我的马蹄仙泉,我唯一爱好的东西。对着口一喝,我就有了思想,便可以发挥、论述和总结了。想好总结,我就可以笑了,写、编、喝酒,接着都来了。(3·前言,425 页)

"喝"如若有意义,需要排除动物也能做到的无节制的滥饮,"喝"与"渴"相伴相生,酒的意义才能凸显出来。"渴"作为一种基本需要,与节制相关。"饮酒除了表示欢快之外,也意味着一种学习方式。像《法义》的作者柏拉图一样,对拉伯雷来说,饮酒意味着适度的醉(《法义》634b—674c)。正如模范的卫士要不断暴露于危险之下,以便学会克服畏惧,拉伯雷笔下达观的庞大固埃主义者也要通过直面快乐来获得快乐的知识。在文雅高尚的同伴的陪伴下,庞大固埃学会了避免过度和酗酒,学会节制地饮酒(《高康大》54—57 章)。"②

高康大与庞大固埃,父子两代巨人的出生场景都与酒相关。庞大固埃应世界的干渴而问世,高康大的出生则伴随着一场宴饮(《高康大》第 5

① 参前文 2.3.1 章。
② 纳施勒尔斯:《〈巨人传〉中的畅饮》,前揭,51 页。

章），这场看似"酒客醉话"的胡诌，实际上是一次以酒为主题的严肃讨论。

酒客们看似醉后的酒话，首先强调的是什么？"我喝酒有规定的时间，跟教皇的骡子一样。我只在念经的时候喝酒，跟会长神父一样。"（1.5章，26页）开宗明义，除了有对教会的讽刺之外，更重要的是点明了饮酒应具有一定的喜庆氛围。酒客们①进行的这场欢宴伴随着高康大的出生，具有庆祝的意义，而且饮酒的地点也让人感到愉快，"饭后大家一齐涌到柳树林那里，在茂盛的草地上，随着轻快、柔和的笛声愉快地尽兴跳舞。"（1.4章，25页，译文有改动）表面随意的宴饮，实际上有严格的时间、地点限制，精神性的饮酒需要一定的场域。

在占据《第三部书》一半篇幅的那次宴饮中，并没有过多地介绍宴席的场景，而是直接探讨严肃问题，"拉伯雷和柏拉图一样，把哲学对话与酒联系在一起……酒客们（convives）的饮酒既有本义又有比喻义。对拉伯雷和柏拉图来说，会饮都是追求真理过程中进行思想交流的平台。对两者而言，欢宴中酒的象征，都超越了哲学对话的层次，同时具有乐天性格（convives）的本义层面和吸取真理的形而上学层面。"②那么，《第一部书》中这场看似随意的"野餐"在探讨什么呢？是喝酒的原因，渴（soif）与喝（beuverye）的关系。

酒客们所争论的，表面上是"渴"与"喝"孰先孰后，实际上二者无法割裂。如果考虑到醉的状态是一种境遇，很难以理智的文字方式来表达，那么就应该在一种更加抽象的意义上来理解酒客们的"醉话"。

他们喝酒并非仅仅因为生理上的渴，因为这样的渴是一种当下的感觉，而酒客们解决的"渴"要长远的多，"我的渴不在今天，而在将来，我喜欢未雨绸缪。我今天喝是为解明天的渴，因此我要喝个万古不休。对于我，万古在长饮，长饮在万古。"（1.5章，鲍译文）庞大固埃在《第四部书》中对此做了回应，他说，"这和旅行队伍里那些双峰骆驼、单峰骆驼一样，它们喝水是为了解决过去的、现在的和未来的干渴。"（4.65章，

---

① 从谈话的内容和语气推断，酒客们似乎包括妇女、医生、教士、学者、法学家还有讼师。（参人民文学版《巨人传》，前揭，20页注①。）
② 纳施勒尔斯：《〈巨人传〉中的畅饮》，前揭，47页。

910 页)在线性的物理时间中,应该是渴在前,喝在后。但是,一种不仅能够解当下之渴,且能解过去,甚至未来饥渴的酒一定具有精神意义。拉伯雷继承了古希腊传统,赋予了"醉"以"灵感"(inspiration)的形而上意义,狄俄尼索斯所代表的酒神密仪,与阿波罗的预言、缪斯们的诗、Eros 和阿弗洛狄特的爱欲,四者相互关联,都具有超验的意义(参《斐德若》244d—245a 及 265a—c)。精神之酒能够超越时空,甚至超越生死,"我若喝它个没完没了,岂不将永远没有死期。"(1.5 章,鲍译文)人的肉体必然坏朽,但精神则不然。只有思想的酒才能够解人灵魂上的饥渴。

在推杯换盏中,有的酒客嘴里喊出了耶稣的圣言,"我口渴"。(1.5 章,30 页)这是耶稣临死前的一句话,耶稣在被钉上十字架后,没有立即升天,而是说,"我渴了(Sitio)。"在用醋解渴之后,才说"成了!",把灵魂交付与神。(《新约·约翰福音》19:28—30)耶稣的渴在临死前得以解决,而人世中渴与喝是一个相伴相生,不能穷尽的过程。基督教想要在终极意义上解决人的干渴,耶稣许诺给信徒的是,"凡喝这水的,还要再渴;人若喝我所赐的水,就永远不渴;我所赐的水,要在他里头成为泉源,直涌到永生。"(《新约·约翰福音》4:13—14)"渴与喝"对拉伯雷成为问题,意味着他并没有像耶稣那样,许诺给读者一个可以永远解渴的"圣水",人就是在"渴"与"喝"的循环中生老病死的。

饥渴在宗教上与信仰相关,而世俗世界中,与行动不可分割。如酒客所说,"我不懂理论,我只知道实践。快来酒。"(1.5 章,鲍译文)生活世界与狂醉的世界相互对立,只有这两个世界的交融才能达到澄明。柏拉图的《会饮》中说,苏格拉底从来不醉,如果承认醉的世界存在,那么也可以说,苏格拉底的所谓清醒的世界也正是醉的世界,因为他能体会到智慧的迷狂状态,他能够清醒的选择死亡,对死亡进行理性地分析。这是苏格拉底之死的一种解释,苏格拉底之醉与醒合为一体。他对另一个世界既没有向往也没有恐惧,他在一个世界里面就能体会到常人在酒的作用下体会到的东西。

将近航程最后一站盗窃岛时,如当初在海上遇到暴风雨一段一样,庞大固埃又焦虑起来,"我感到心灵紧张,仿佛远处有一个声音告诉我说我们不应该去。每次我精神上有这样感觉的时候,抛弃和离开他不许我去的地方，我总是得到好处。"（4.66 章，913—914 页）这个苏格拉底的精魂阻止了水手们上岛，仅用炮声向岛上的缪斯们致敬。这炮声吓到了巴奴日，实际上巴奴日的恐惧是巨人庞大固埃情绪的延续。他们为何恐惧？因为有太多的岛屿不能登上，太多未知的知识无法学习，太多的现实问题无法解决。虽然如此，真正的庞大固埃主义者还是能用笑声、用酒、用现实的行动来面对一切的困难，因此，恐惧中的巴奴日依然说出"咱们喝酒去吧！"（Sela，Beuvons!）结束了探险，也结束了全书。

"Beuvons"与《第五部书》中的"Trinch"具有类似的意义，拉伯雷排除了这个词的消极意义，强调了它积极的方面。"Beuvons"解决了庞大固埃和巴奴日的恐惧，开启出一个充满希望的未来，在一直伴随着他们的酒神精神的作用下，庞大固埃与巴奴日等人又重新保持了镇定和自信。重新焕发了对于人世的信任及生命的乐趣，"庞大固埃主义"再生。[①]在拉伯雷的世界里，要想解渴，关键在于如何有节制的饮酒。在适度的饮酒中，思想与行动达到了最和谐的状态，这是"庞大固埃主义"所追求的理想。

《第四部书》由正常的世界逐渐下降，在充满诡异的世界上，狂欢节的作用逐渐凸显，以酒神巴古斯为代表的狂欢精神，实为"庞大固埃主义"题中应有之义，这是一种最有力的行动，人的智慧、美德在有节制的饮酒中升华，经过海上一动一静两次遇险，最终，以 Beuvons（喝）强力收束全文。

---

① Alice Fiola Berry, *The charm of catastrophe*：*A study of Rabelais's Quart Livre*, Ibid, p. 164.

第 5 章　结语：《第五部书》的
真伪及文字的意义

"人们的行动乃是他们思想最好的解释。"（洛克：《人类理智研究》，

Ⅰ，3，sec. 3）

关于《巨人传》最后一部书是否出自拉伯雷亲笔，学界一直存在争议，《第五部书》到底是不是拉伯雷的作品？如果是的话，那么他写了整个《第五部书》还是仅写了其中的一部分？这成为了类似于"荷马问题"或"莎士比亚问题"的"拉伯雷《第五部书》问题"。

Krailsheimer，Thomas M. Greene 和 V.－L. Saulnier 等人认为目前全集中《第五部书》的遗稿基本可信，是出自拉伯雷的手笔。Clement 在《拉伯雷的折衷主义》（*The Eclecticism of Rabelais*）一文中将《第五部书》分成了三个部分：1—15 章；16—29 章；30—43 章，Clement 认为拉伯雷创作了第一和第三部分，第二部分的定稿为其他人在拉伯雷草稿的基础上整理而成。[①]

而 Edwin Duval，Screech，Alfred Glauser 和 Marcel Tetel 等人，则认为《第五部书》是伪作，在他们的研究中将这部书排除在外。Edwin Duval 明确指出，无需加上《第五部书》，前四部书即构成了一部完整的作品。他认为，拉伯雷给我们讲了一系列充满悖论的故事，目的是为了揭穿所谓的乌

---

① See Jerry C. Nash：《拉伯雷与廊下派描写》（*Rabelais and Stoic Portrayal*），See *Studies in the Renaissance*，Vol. 21（1974），p. 65.

托邦幻想，最终的"神瓶启示"跟其他形而上学幻相一样，永远无法得到。《第四部书》对于一个永远不会有终点的旅行来说，已经给出了一个合理的结局。对于乌托邦、黄金时代、终极真理等等，从积极的意义上看，是一种美好的愿望。而从负面来看，对形而上学终极真理的追求与全书的主旨相悖。《第四部书》的最后一个字 Beuvons（喝）实际上是在告诉读者，对于庞大固埃主义来说，根本就没有"最终真理"（"last word"），因为终极问题没有一劳永逸的答案，它永远存在于思想与行动的张力之中。①

目前为止，全集的编撰者 Mireille Huchon 对这个问题的解释获得了较多认可。他认为《第五部书》是编辑者和模仿者根据拉伯雷的遗稿编著而成，里面包括一些拉伯雷原想写入《第三部书》和《第四部书》的内容。"伪作派"都认为《第五部书》中没有出现前四部书中没有的思想，比如最终所要寻找的"神瓶启示"，Mireille Huchon 认为在《第四部书》的结尾已经找到了，《第四部书》的最后一句话是"Sela, Beuvons"（"咱们喝吧！"），其实这也就是《第五部书》最后"Trinch"（喝吧！）的意思，而且 Beuvons 用的是复数形式②，更能体现拉伯雷一直强调的狂欢色彩。③

本章的目的并非想对《第五部书》是否出自拉伯雷之手做一番考据与判断，而是想对"真伪"背后所隐含的思想问题作一番考察。很多故事与思想因为各种原因，随着历史而远去。一个故事能够经过几百年的流传，没有被历史的大浪淘洗掉，而以一种有形的方式流传下来，那么它的意义总会以不同的方式显现出来。至于故事的真假，故事的作者是谁，可能会给阅读提供一些背景，但重要的还是留传下来的文字，文字自身所呈现出的意义是关键，"评判古人，必然不是根据他们的名字和他们生活的时代，而是根据他们著作本身；并非三千年的时间可以令人满意，满意的是事物本身。"④各种背景会有助于我们理解（或误解）文字自身的意义，但一个故事会不会因为作者的不同，文字本身的意义就受到影响呢？

---

① Edwin Duval, *The Design of Rabelais's Quart Livre de Pantagruel*, Geneva: Droz, 1998, p. 47—48.

② 这个词是 boire（喝）的第一人称复数形式 buvons 的古法语写法。

③ See *Oeuvres complètes*, Ibid, p. 1595—1607; Alice Fiola Berry, *The charm of catastrophe: A study of Rabelais's Quart Livre*, Ibid, p. 164—165.

④ 伏尔泰：《哲学辞典》，王燕生译，北京：商务印书馆，1991 年 10 月，109 页。

读者之所以想要知道某本书的作者是谁，原因之一是他想要借助作者的个人经历来理解文本的意义。如果一本书的价值是因为它属于某个名人笔下，如果换个作者，这本书就没有意义了，那文字本身的价值就是成问题的。作者之所以流芳百世，恰恰要借助于其所立之言，而非反之。《伊利亚特》与《奥德赛》的故事塑造了古希腊的民族品格，后世的读者自然会对其作者产生某种好奇，由于好奇而来的追问也是自然之事。经过历史的洗礼，后世的读者很有可能先知道了"荷马"这个名字，并且听说了其在西方思想史中的重要地位，而去读两部《荷马史诗》，荷马成了一个"索引"，指引读者进入他（们）所营造出的文本世界，而如果真正深入到荷马的思想世界中，那么作为专名的"荷马"就可能隐去，无数"佚名"的作品同样经历住了时间的考验，广泛流传于世，一个真正有立言志向的人只有在文字中再生。所谓文以载道，要求载道之文具有深度的解释空间，能够在不同的时空中生发出不同的意义，只有这样的作品才能够经得住历史的考验。真正的经典不仅需要经受住时间的考验，也要能经受住空间的考验。

　　人类由于起源的地域不同等自然差异，不同民族与文明间会存在区别，但作为同一个物种，只要可以称之为文明民族，对某些终极问题的关怀就具有相似性。在西方内部，希伯莱与希腊两个传统间存在着各种差异，但它们共同塑造了西方文明，正是二者间的张力构成了西方思想发展的动力。在《第四部书》五十七章，水手们来到了卡斯台尔岛，这座岛初看起来是一处"险峻隘阻，山岭起伏，遍地石块，形状险恶，无法立足的不毛之地。"但经过努力攀到岛上的高峰后，发现"山上风景秀丽，土地肥沃，有益健康，环境优美。"（4.57 章，875 页）登山的过程犹如对真理的探索之旅，但对于这里到底是哪，主人公庞大固埃与"我"（Alcofribas）有不同看法，"我想这一定就是伊甸园……可是庞大固埃却说此处是赫西俄德所描述的'品德'的居处"（4.57 章，875 页）。此处是"伊甸园"还是赫西俄德的"美德之石所在地"[①]，作者并没有给出明确答案。

---

　　① 　赫西俄德如此描绘美德所在地，"永生神灵在善德和我们之间放置了汗水，通向它的道路既遥远又陡峭，出发处路面且崎岖不平；可是一旦到达其最高处，那以后的路就容易走过，尽管还会遇到困难。"（《劳作与时日》行 290－293，中译文见赫西俄德：《工作与时日 神谱》，前揭，9－10 页。）

他在这里是想指出自己作品的两个思想来源，希伯来与希腊。为自己的文字找到确切出处，这是学术规范的要求。但拉伯雷独特的作品本身显示了，《巨人传》这个有形的文本作为一个结果，在行动中自然而然形成，并且流传于世，这就是一个结果，正是因为有了这些形象，有了他们的"故事"，拉伯雷才成为了值得学习的"历史"。思想需要有来源，"问渠哪得清如许，为有源头活水来。"但源头不应成为束缚，被来源所束缚的人只能成为学者，而非思想家，"学者在根本上依赖于伟大思想家的作品，这些伟大思想家直面问题，不屈从任何权威。学者则小心谨慎：循规蹈矩，不大勇敢。他不会像伟大思想家那样，逐渐逸出我们的视线、迷失在我们难以企及的高峰与雾霭之中。"①

此处表面看来，在作者自己和作品的人物之间，出现了矛盾，但这二者并不是非此即彼的，只要是美好所在之地，到底是哪里，拉伯雷认为并不重要，也不能排除其他可能，"他并不排斥更正确的看法"（4.57 章，875页），没有将真正美好的东西定于一尊才重要。对于不同的经典，我们可能做出不同的解释，关键还在于这种解释对于自己的时代来说，作用在哪里。

每个人都不能读遍所有的书，但却不能否认各个时代都有智慧之士的出现，"五百年必有圣人出"。读书是人获取智慧的一种方式，人的不同心性又决定了所读之书不同，这也意味着每人接近智慧的道路可能不同。但人类的终极关怀并没有超出"第一轴心时代"的圣人们所划定的范围，人类走在某条不断复归的道路上，按照歌德的话说，"凡是值得思考的问题，没有不是被人思考过了的，我们所能做的不过是力图重新思考而已"。②

有学者之所以不认为《第五部书》出自拉伯雷的手笔，理由是在这部书中并没有超出前四部书中所阐述的思想。可见，作为一名严肃的思想家，如果其文字不能产生新的意义，那么他（它）的价值就是有限的。

对拉伯雷的"历史寓意学"研究方法，是要尽力还原拉伯雷故事中人物和事件的真实历史场景，此方法一方面有助于我们理解文本的历史氛

---

① 施特劳斯：《海德格尔式生存主义导言》，丁耘译，载贺照田主编，《学术思想评论第六辑：西方现代性的曲折与展开》，长春：吉林人民出版社，2002 年 1 月，116 页。
② 转引自彭刚：《历史地理解思想》，载《什么是思想史》，上海：上海人民出版社，2006年 8 月，169 页。

围，因为每个时代的文本所体现出的问题和意识总是有所区别的，另一方面，拉伯雷的文本在此意义上也具有了历史文献的价值。但如果以此为根本目的，认为拉伯雷的意义仅仅在于他以隐喻的方式还原了当时的历史，那么就否认了文字本身所具有的超越时代的思想意义。卢梭曾指出，"完全认识事实是绝对不可能的，但在真实的一般原则上重建的因果关系可以是准确的。"[①]诸如《巨人传》这样的作品，其特点就是通过对于特殊事件的描述，来引导读者思考终极问题。理论的研究之所以有意义，正是由于某种思想以文字的方式得以传承，并在不同的时代以不同的具体方式表现出来，不同的时代成为了某种触媒，使类似"历史灰烬的活火"得以复活，实际上只有有生命力的火种才能够有复活的可能。

从解释者自己的时代问题意识出发，又以经典固有的论域为基础，拓展经典的论域。同一部经典、同一句话在不同时代、不同解释者那里呈现着完全不同的思想的原因，在于解释者有不同的问题意识。……经典塑造了解释者的思想和精神，而解释者拓展了经典的思想空间。[②]

思想史研究之所以有必要，取决于人类所面临的根本问题并没有改变，"由于人类的根本处境并没有随着历史条件的变化而发生根本的变化，哲学、政治、道德、宗教等领域值得人们思考的问题也就没有发生根本性的变化。"[③]而不同时代，终极问题又表现出了不同的面相，只要真正穿透历史的迷雾，洞悉到问题的实质，这样的文本到底归属于何人名下，并不重要，关键是在经典文本中，能学到什么。

人们在经典中成长，学习的过程是一个不断向经典复归的过程。当然这种回归绝非简单的重复，而是带着自己的时代背景，当时的社会问题去解读和吸收经典。"复兴"与"创新"一体两面，任何时代的人都不能完全回到历史的情境之中去，后人总是不免要带着当下的问题意识去阅读古代经典。"推陈出新"可以做多种解释，在古汉语中，"推"既有"除去"

---

①　转引自凯利：《卢梭的榜样人生——作为政治哲学的〈忏悔录〉》，黄群等译，北京：华夏出版社，2009 年 4 月，39 页。

②　陈壁生：《"父子相隐"的历代解释》，载刘小枫、陈少明主编，《经典与解释 29：奥林匹亚的荣耀》，华夏出版社 2009 年 2 月，143 页。

③　彭刚：《历史地理解思想》，前揭，169 页。

的意思，同时也有"推究、推求"之义。①因此，"出新"有两种方式，一种是革除掉旧有的思想，开创出不同的领域；另一种是在对古人的学习、探究中领会出新的意义。而这两个过程又往往是同时进行的，以文艺复兴时期为例，如果没有对于中世纪的反动，也就不存在回复到古希腊罗马传统的要求。在拉伯雷思想中，既要看到其对于两希传统恢复的一面，同时也要看到他所创造出的新的思想、方法，甚至对于西方后世来说，也可以称之为新的传统。

西方文明中一直存在"两希"之间的张力，文艺复兴时期，二者间出现了激烈的冲突与融合，两种文明之间的碰撞是"文艺复兴"一词的题中应有之义。"被我们认为是文艺复兴的东西，其实是这样一种混合的结果：一种在基督教文化中让古典复苏的尝试，而这种基督教文化已经被移植到欧洲本土的异教文明之中。"②

虽然在文艺复兴时期，两种文明之间出现了融合，但这并不意味着二者间的张力被扬弃了，"两希张力"是西方思想史的根本问题，也是西方发展的根本动力，这种"分而不裂，嵌而不和"的关系一直都没有改变，要想考察这种关系，文艺复兴时期的思想是一个很好的切入点。康托尔（Paul A. Cantor）在《哈姆雷特：世界主义的王子》一文中指出，哈姆雷特这个形象体现了两种文明结合的复杂性，他认为，这位丹麦王子可看作文艺复兴时期的典型人物，"他看起来是一个真正的文艺复兴的孩子，需要从所有的方面来看待一个问题，然后按照他所有的古典的和基督徒的这两种道德传统来解决复仇这个问题。理性的史学家往往试图以一种大综合的方式来调和这两种传统，来展示文艺复兴思想，通常被称之为基督教人文主义。"③

"基督教人文主义"是否意味着二者间出现了完美的融合呢？答案是否定的。康托尔认为，哈姆雷特悲剧的根本成因就在于他无法化解希腊—罗马文化与基督教文化之间的排异反应，两种伟大的思想在他的灵魂中互相

---

① 《古汉语常用字字典》，商务印书馆，1979 年 9 月版，287 页。

② 康托尔（Paul A. Cantor）：《哈姆雷特：世界主义的王子》，杜佳译，载刘小枫、陈少明主编：《经典与解释 22：政治哲学中的莎士比亚》，北京：华夏出版社，2007 年，129—130 页。

③ 康托尔（Paul A. Cantor）：《哈姆雷特：世界主义的王子》，杜佳译，载刘小枫、陈少明主编：《经典与解释 22：政治哲学中的莎士比亚》，北京：华夏出版社，2007 年，126 页。

牵制，使他不能思考，并果断行动，以致呈现出一种疯狂状态。"由于在异教徒的狂热和基督徒的温和之间反复，哈姆雷特言行之间显示出一种不协调的东西，这样的不协调映射出了他心灵里一种更基本的不协调。同时被两个方向的力量牵引着，哈姆雷特从某些方面来看，对他自己来说是个伪君子。"①在哈姆雷特所面临的人生悲剧中，似乎不是一种书面的知识能够解决的，按照康托尔的观点，恰恰是这种书本上的知识造成了他思想上的"混乱"，这是对如何读书，对理论知识提出的一个很有挑战性的例子，知识是不是万能的？在面临人生的一些"不可解决"的悲剧面前，知识到底何为？

奥菲利亚对哈姆雷特曾有如下的赞美，"一颗多么高贵的新是这样陨落了！朝臣的眼睛、学者的辩舌、军人的利剑、国家所瞩望的一朵娇花；时流的明镜、人伦的雅范、举世瞩目的中心，这样无可挽回的陨落了。"②这似乎也是拉伯雷在《巨人传》中想要培养的"理想之人"。一个是喜剧的典范，一个是悲剧的经典，在文艺复兴时期所呈现出的理想的人这一点上，是如此的一致。

"理想之人"，不仅表现在思想的深刻上，还需要以一种得体的方式将思想付诸于行动。理论的探讨对于人类来说非常重要，也十分有必要，理论研究者当然会意识到它的重要性。但实践知识却不能完全以一种文字的方式表达出来。通过书籍得来的实践知识面临着一个悖论，即它以"言"的形式在教人"行"。如果想让理论探讨具有行动的意义，那么文字首先应该是活的。什么叫有生命的文字？只有以自己的环境，自己的历史为背景，所形成的文字才能在未来具有生命。活的文字要求作者的思想，直接或间接地与行动相关，否则，文字就要面临如下的质疑：

在类似的这种著书立说的事业中，由于作者总是在自由自在地阐述一些他不用去实施的方法，因此，他可以轻而易举地提出许多不能实行的美好的方案，但是由于缺少详细的内容和例子，他所说的话即使可以实行，在他没有说明怎样应用的时候，也是没有用处的。③

---

① 康托尔：《哈姆雷特：世界主义的王子》，前揭，127 页。
② 莎士比亚：《哈姆雷特》，朱生豪译，上海：上海古籍出版社，2002 年，73—74 页。
③ 卢梭：《爱弥儿》，转引自凯利：《卢梭的榜样人生——作为政治哲学的〈忏悔录〉》，前揭，40 页。

行动是对现实境遇的反应，要比思想的反应更直接。思想属于少数人，只有对于少数人，生存的焦虑会表现在思想层面，如是否结婚的问题，对多数人是个假问题，多数人的想法需要律法与习俗的指导，不需要也不应该去想类似的问题。如同"生存还是死亡"这样的问题，对哈姆雷特来说，不是一个思想问题，而是一种现实抉择，非此即彼。后世的研究者，把它当做一个理论来研究时，无论如何还原，也只能最大限度地去接近哈姆雷特所处的境遇，成为一种间接学习的过程。在现实中，人的行动时时面临紧迫性，要求人不断做出抉择，在行动中做到节制，各种行动构成了历史，对历史的记述，对历史意义的解释，统统是后叙的。行动有主动和被动之分，如巴奴日和其他水手在面对暴风雨时的表现，但无论巴奴日的怯懦还是其他人的勇敢，面对危险，他们都做出了反应，诸如这样的事件，并不允许人去思考，只能面对。

　　知识可以帮助人类解决困难，它可以从宏观的理论中、抽象的道德律令中获取，同时也可以在具体的"叙事"中来体会他人的故事，移情到自身，并内化为自己的知识。[1]那些不仅仅以理论知识为旨归的作者，往往以一种特殊的文体表达自己的教诲，文体是作者目的最表面也最深刻的表现。从《巨人传》的内容来看，的确哲学、宗教、政治、伦理等等无所不包，而他所选择的方式是叙事，而非说理。

　　拉伯雷笔下的"巨人故事"，经历住了历史的考验，按照巴尔扎克的说法，代表哲学的苏格拉底与代表诗歌的阿里斯托芬在拉伯雷身上握手言和，拉伯雷永远活在他的哲学所发扬光大的精神里面，"这一如此合用的哲学，吾人世世代代受用不尽。"[2]

---

　　① 参刘小枫先生关于"理性伦理"与"叙事伦理"的讨论，"伦理学自古有两种：理性的和叙事的。理性伦理学探究生命感觉的一般法则和人的生活应遵循的基本道德观念，进而制造出一些理则，让个人随缘而来的性情通过教育培养符合这些理则。亚里士多德和康德堪称理性伦理学的大师。有德性的生命感觉，就等于有思辨的才能。叙事伦理学不探究生命感觉的一般法则和人的生活应遵循的基本道德观念，也不制造关于生命感觉的理则，而是讲述个人经历的生命故事，通过个人经历的叙事提出关于生命感觉的问题，营构具体的道德意识和伦理诉求。"刘小枫：《沉重的肉身》，北京：华夏出版社，2007 年 7 月，4 页。
　　② 参巴尔扎克：《都兰趣话》，施康强译，北京：人民文学出版社，2004 年 1 月，224 页。

附录 1　弗朗索瓦·拉伯雷年谱[①]

1483（1494）年：弗朗索瓦·拉伯雷（François Rabelais）出生于希农（Chinon）附近的 Devinière，其父安托万·拉伯雷（Antoine Rabelais），是一名成功的律师，弗朗索瓦·拉伯雷是他的第四个儿子。有些学者认为拉伯雷出生于 1483 年，有些认为他要晚于这个年份出生，可能是 1494 年。

1510—1511 年：进入封特奈·勒·孔特（Fontenay-le-Comte）的圣方济各修道院做修士，在那里生活了十年以上。[②]

1520 年：给吉约·比代（Guillaude Budé）写了一封信，后佚失。

1521 年：给比代写了第二封信，比代给拉伯雷写了回信。

1523—1524 年：与皮埃尔·阿米（Pierre Amy）一起着手将 Herodotus 和卢奇安（Lucian）的作品翻译成拉丁文，在研究中，希腊语方面遇到了障碍。

1525 年：这期间成为一名本笃会修士（Benedictine），转到了 Saint-Pierre-de-Maillezais 这个地方。

1527—1530 年：孩子朱尼（Junie）和弗朗索瓦（François）出生。此期间，拉伯雷可能在巴黎学习医学。

1530 年：9 月 17 日在蒙彼利埃（Montpellier）大学医学院注册，并于当年 11 月 1 日获得医学学士学位。

---

① 据 *The Rabelais Encyclopedia* 等资料编译。
② 拉伯雷在《巨人传》中提到过这个地方，参 2.5 章，245 页。

1531 年：4 月 17 日到 9 月 24 日期间讲授（Lecures）希波克拉底和
盖伦，对于希波克拉底的讲授以希腊语文本进行。在蒙彼利埃期间，于本
年秋天或者次年初上演了滑稽剧（farce）《娶哑巴老婆的男人》（*The Man
who Married a Dumb Wife*）。

1532 年：出版自己注释的希波克拉底《格言集》。约 11 月份，在里
昂的集市（fair）上，《庞大固埃》初版面世。这一年的年底，或 1533 年
年初，《庞大固埃黄历 1533》（*the Pantagrueline Prognostication and Al-
manac for the Year* 1533）出版。

1533 年：10 月 23 日，索邦神学院 Nicolas le Clerc 对《庞大固埃》
提出指责。

1534 年：1 月份，拉伯雷以巴黎主教 Jean du Bellay① 私人秘书和医
生的身份离法，赴意大利。这一年年末，《1535 年黄历》（*the Almanac
for* 1535）出版。《高康大》或出版于本年末，或出版于 1535 年年初。

1535 年：其父安托万·拉伯雷逝世。拉伯雷随 Jean du Bellay 主教二
赴罗马。拉伯雷的儿子 Théodule 生于这一年或 1536 年。

1536 年：返回里昂，随后与杜·伯雷红衣主教（Cardinal du Bellay）
前往巴黎。

1537 年：为希波克拉底的《诊断者》希腊文本进行注释。解剖了一
名绞刑犯人。于蒙彼利埃获医学博士学位。

---

① Jean du Bellay（1493—1560），法国人文主义者，外交家，世袭贵族，与其兄 Guillaume
一样，是拉伯雷的朋友和赞助人（patron）。关于 Jean 与拉伯雷最早的交往记录始于 1534 年，当
年 1 月，拉伯雷以 Jean 的私人秘书和医生身份前往罗马。同年底，拉伯雷返回法国，并开始编
辑 Marliani 的《古罗马地形学》（*Topography of Ancient Rome*），献给 Jean du Bellay。Jean 既保
护了拉伯雷免受索邦神学院的攻击，也使他的作品受到了贵族们的重视。1535 年，拉伯雷陪同
Jean 再赴罗马，参加红衣主教的任职典礼。拉伯雷在 1547 年再次担任同样的指责，有学者指出，
这次的出访是在弗朗索瓦一世与亨利二世政权交接过程中，du Bellay 被派去监督法国红衣主教
的。有学者甚至指出，当广受争议的《第三部书》出版后，拉伯雷与 1546—47 年在梅斯的避难
也是受到 du Bellay 家族的指派，有一定的政治目的，还有人说这次梅斯避难仅是为了躲避拉伯
雷对头的指责。可以确定的是，du Bellay 是法国文艺复兴中非常活跃而且有实权的人物。尽管
Jean 的权力更多地体现在教会内部，但他对新教改革怀有同情，并且在 16 世纪 30 年代参与了其
兄 Guillaume 与德国新教徒的合作。虽然身为一名贵族子弟和外交官，但跟其他人文主义者一
样，他也是一名很优秀的作家，他的拉丁文著作于 1546 年出版，但多数作品并未出版。（编译自
The Rabelais Encyclopedia，前揭，60 页.）

1538 年：第三个私生子 Theodule 夭折，时年两岁。

1540 年：幸存的两个孩子 Junie 和 François 获得合法身份。拉伯雷与 Guillaume du Bellay[①]，Sieur de Langey 等前往都灵（Turin）。

1542 年：11 月份与 Langey 一起返回法国，后者于 1543 年 1 月死于归国途中。《高康大》与《庞大固埃》合集出版，后出版的《高康大》被列为第一部书，始有书名 *Gargantua et Pantagruel*。

1543 年：*Gargantua et Pantagruel* 受到索邦神学院指责（censure）。

1545 年：弗朗索瓦一世授权拉伯雷出版另一部作品。

1546 年：《第三部书》出版。拉伯雷遭到新的指责（censure）后，在梅斯（Metz）避难。

1547 年：返回巴黎，但 7 月份与 Jean du Bellay 一起赴罗马。途经里昂时，将《第四部书》前 11 章交与出版商[②]。

1549 年：9 月份，将 Sciomachie 送返法国。

1550 年：《第四部书》获得官方出版许可。

1551 年：被任命为两个教区的牧师，并拥有财政权力。得到 du Bellay 红衣主教的帮助。

1552 年：《第四部书》出版。索邦神学院继续对其进行指控。

1553 年：辞去牧师职务，并于三月或四月去世，死因不明。

1562 年：《钟鸣岛》（L'Isle Sonante）出版，一般认为属拉伯雷作品。

1564 年：《第五部书》出版。

---

① Guillaume du Bellay（1491－1543），法国外加家，拉伯雷忠实的朋友、赞助人和保护人。两人首次见面的官方记录始于 1534 年，当时拉伯雷陪同 Guillaume 的弟弟 Jean du Bellay 出访意大利。其实在此之前，作为医生和作家拉伯雷与富有并且受到良好教育的 du Bellay 兄弟就有交往，两兄弟作为贵族了弟受教育的 La Baumette 修院也是拉伯雷自 1510 年后常去之地。尽管 du Bellay 没有像拉伯雷那样成为一名教士或牧师，但他也是个人文主义学者，经常写点文章，并且是法王的忠实拥护者。他在 16 世纪二三十年代天主教与新教的争论中，采取折衷派的立场。在 Guillaume du Bellay 光辉的政治生涯中，他与 Sieur de Langey 屡次参与弗朗索瓦一世与查理五世的谈判，瓦解了后者于亨利八世的同盟，并转而支持法国，并于 1537－39 和 1539－42 年间分别任都灵（Turin）和 Piedmont 总督。在 Piedmont 任职期间，拉伯雷以秘书和私人医生的身份在 du Bellay 身边，并于 1542 年末和他一起返回法国。Guillaume du Bellay 在 1543 年的去世，对他的医生（拉伯雷）造成了很大的震撼，在《第四部书》（26－27 章）关于英雄之死的章节中，提到了 du Bellay 的死。（编译自 *The Rabelais Encyclopedia*，前揭，59－60 页.）

② 有学者指出《第四部书》前 11 章的出版并未得到拉伯雷授权。

附录 2　译文两篇

巴奴日、复杂性与拉伯雷《第三部书》的反讽修辞[①]

杜瓦尔（Edwin M. Duval）　撰

唐俊峰　译

过去三十年间，针对拉伯雷《第三部书》有很多优秀的研究，但关于这部书的一些基本问题还没有得到令人满意的解决。就巴奴日这个角色而言，［研究者］已经从各种不同角度进行了解释，每一种解释似乎都有可取之处，但又都不尽如人意。有人把巴奴日理解成一个积极的形象，他对一个根本问题的执着探求，呈现出了人类知识的限度，以及所谓学问的自以为是。[②]还有人对这个形象持完全不同的理解，认为他是一个反面形象，与具有新教智慧的庞大固埃（Pantagruel）和希波塔泰乌斯（Hippothadee）相比，他只是个自私的小人。[③]晚近有研究者认为巴奴日的形象不同

---

　　① 原文出处：Edwin M. Duval，Panurge，Perplexity，and the Ironic Design of Rabelais's "Tiers Livre"，Renaissance Quarterly，Vol. 35，No. 3（Autumn，1982）. pp. 381—400。

　　② V. —L. Saulnier 最明确地持这种观点，见氏著，*Le dessein de Rabelais*（Paris，1957）.

　　③ 这是广为流传的观点，从 *The Rabelaisian Marriage：Aspects of Rabelais's Religion，Ethics and Comic Philosophy*（London，1958）到著名的 *Rabelais*（Ithaca，1979），M. A. Screech 一直秉持这种观点。

于上述两点，指出他是拉伯雷的代言人，在以戏谑的方式探究语言的本质。①这个问题显然非常重要，因为无论是作为普罗米修斯式的人性宣言，苏格拉底式的劝谕（caveat），普林尼（Pauline）式的辩解，还是第欧根尼般地运罐如飞（tub-rolling），它都关乎是否将《第三部书》作为一个无法分割的整体进行理解。②

拉伯雷的书中充满张力，巴奴日的面相也是异常复杂，而有的读者仅凭直觉和个人好恶［对文本］进行了简单化处理。类似的方式无助于问题的解决，因为它们是在以一种模棱两可的方式在解释原作的复杂性。一些显然是反讽的段落，以及一些可能存在反讽的段落，为我们理解微妙的作品提供了线索。即使一些最郑重，最"理性"的陈述，我们也不能保证在具体的语境中，它不包含反讽的成分。③我们需要一个阿基米德点，通过这个点，［才能］对巴奴日或者《第三部书》不进行一种简单的理解，或者说不将我们引向一种巴奴日式的困惑中。我们必须寻找到一个在某种程度上独立于文本的不确定性的方面，并且通过这一面来对那些不确定性作出一种确定的解释。

搞清楚《第三部书》的结构至关重要，是进行解释的一把钥匙，作品的特殊结构既指向了它的问题（issue），也预示着它的答案。让我们来考

---

　　① 参 Floyd Gray，"*Structure and Meaning in the Prologue to the Tiers Livre*"，见 L'Esprit créateur，3（1963），57－62，Alfred Glauser，*Rabelais créateur*（Paris，1966），在此观点体系中，François Rigolot 的 *Les Langages de Rabelais*，Etudes Rabelaisiennes，10（Geneva，1972）可能是最有代表性的著作。

　　② 晚近对于巴奴日形象的研究中，Gérard Defaux 的观点是很透彻和深入的。参 "*De Pantagruel au Tiers Livre：Panurge et le pouvoir*"，Etudes Rabelaisiennes，13（1976），163－80，及 "*Rhétorique humaniste et sceptique chr-étorique humaniste et sceptique chrétienne dans la première moitié du ⅩⅥe siècle：Empédocle，Panurge，et la 'vana gloria'*,"Revue d'Histoire Littéraire de la France，82（1982），3－22。

　　③ 拉伯雷反讽的内涵没有引起一些研究者的充分重视，这些研究者试图通过划分所谓的"严肃的"段落与嬉笑怒骂的"喜剧"段落，来指出拉伯雷真正的意图。但显然没有一个重要的文艺复兴时期作品中的形象是这样处理的。从一些最简单的讽刺作品到语言绚丽的作品，都没有将讽刺和说理的内容截然分开。最近的研究越来越注意到拉伯雷文体本身的特点，指出了他语言与思想之间的紧密关系。（除了注 3 中提到的作品外，还可参 Terence Cave, The Cornucopian Text：Problems of Writing in the French Renaissance［Oxford，1979］，pp.183－222）然而，这种读法首先关注的是语言中的思想，故而作品中形式和意义的整体性就成了问题。但是拉伯雷的作品中显然包含着宗教、政治和道德哲学等方面的内容，思想与文学形式之间的关系是我们关心的首要问题。

察一下书中最有特点也是最同质的（homogeneous）部分，就是巴奴日求教于一系列神谕，先知和圣人，以解决是否应该结婚的一组段落。在 3.9 章，巴奴日说出了他想结婚的愿望，并请他的主人庞大固埃王子给他出出主意（3.7 章，456－7 页）。①对于庞大固埃模棱两可的答复不满意之后（3.10 章，466 页），他随之转向了 13 个后续的咨询，这些咨询也跟第一个一样，没有明确的答案。这一系列咨询对象包括：维吉尔作品，梦卜，女巫，哑巴，弥留的老诗人，爱比斯德蒙，占卜师特里巴，约翰修士，神学家，医生，哲学家，法官，疯子特里布莱。看似这是一个没有标准，互不相关，胡乱安排的序列，②这一系列故事似乎在有意避免让人以一种皮浪式的怀疑主义来对它们进行解释。但如果我们仔细观察会发现，他们之间有一定的顺序和逻辑关系。最初的一个系列（维吉尔占卜、梦卜、庞祖斯特的女卜者还有哑巴那兹德卡勃）像是包含传统预言方式的滑稽戏，而后面的咨询看似更加严肃，因为它包括人类知识的四个主要分支：神学（希波塔泰乌斯），医学（隆底比里斯），哲学（特鲁优刚），法学（勃里德瓦）。

在这个序列中还有更加精巧的设计。巴奴日的咨询实际上是对称的。为了更好地考察细节中的对称性，我们首先需要澄清两个要点。第一个是咨询得以推进的动力，这些咨询背后的推动者不是别人，正是庞大固埃。是他推荐了这些人，是他选择了合适的，放弃了不恰当的咨询方式，是他劝巴奴日尝试着去向斯人斯法进行咨询，是他决定了咨询的方法或对象，他也是第一个对问题进行解释的人。第二点是，所有这些咨询都是在庞大固埃的监督之下，按照一定的顺序发生的，明显可以分成三个步骤。第一步，庞大固埃提出神谕，说明神迹的权威性，并为权威性提供了大量例子

---

① 本书中凡涉及《第三部书》原文，均引自 M. A. Screech 的点评本，见 *Textes Littéraires Français*（Geneva，1964），文中夹注的章节和页码皆根据此版本。［译注］本书中《巨人传》中译文参考成玉亭先生的翻译，拉伯雷：《巨人传》，成玉亭译，上海译文出版社，1990 年 8 月版。页码及改动部分随文夹注，夹注内容依次为章节数，法文页码，中译文页码。

② 这实际上是很普遍的观点，提出者是 Dorothy Coleman，他认为《第三部书》仅仅是一些讽刺故事，参 *Rabelais：A Critical Study in Prose Fiction*（Cambridge，1971），pp. 110－40。把这一系列咨询当作一串并列故事的观点，另参 Saulnier，*Le dessein de Rabelais*，Walter Kaiser，*Praisers of Folly：Erasmus，Rabelais，Shakespeare*（Cambridge［Mass.］，1963）。

进行证明。第二步是咨询的过程，与庞大固埃颇有卖弄（pedantry）之嫌的漂亮推荐相比，每次咨询都略显滑稽。最后一步，庞大固埃首先把预言解释一番，他明知道巴奴日想要听到什么答案，而他偏偏进行一些跟巴奴日想要的结果完全相反的解释，之后是巴奴日，他按照自己想要的结果再进行一番完全不同于庞大固埃的解释。在维吉尔占卜的一段，第二和第三部分（咨询和解释）是和在一起的，三次维吉尔的诗一找出来后，就立即进行了解释。后面对于四位学者的介绍是在会饮之前一起进行的，而不是在他们的每个建议之前单独介绍的。但这些仅仅是"举荐（authorization）——咨询——解释"结构的变体，这一结构体现在一系列的咨询过程中。

　　一旦澄清了这一结构，并且确认了庞大固埃的重要位置后，24 章中巴奴日与爱比斯德蒙对话的特殊性就凸显出来了，从此段开始，出现了一系列超出庞大固埃掌控，并且偏离上述结构的咨询。进一步来看，这个出轨的段落中断了常规模式中的一个咨询——对于弥留老诗人拉米那格罗比斯的询问。这让人注意到拉米那格罗比斯的段落从 21 章开始，分成了两个部分——庞大固埃对于弥留诗人的举荐（authorization），以及巴奴日的咨询。但结构中的第三部分——庞大固埃对于拉米那格罗比斯预言的解释，延迟到了离开维洛迈尔（Villaumere），抵达庞大固埃位于渴人国（Dipsodie）的宫殿之时。（译按：参 3.29 章"他们回到皇宫，把这次出门的情形说给庞大固埃听，并取出拉米那格罗比斯的诗句。庞大固埃反复读过之后，说道……"—551 页）。换句话说，直到第 29 章，巴奴日回到家后，拉米那格罗比斯这一部分才算结束，巴奴日至此才可以进行另一序列的咨询，随后的咨询由四种人类的典型知识以及与之相应的知识限度（folly）构成。这样一来，被庞大固埃认可和操控的咨询顺序就由"那兹德卡勃—拉米那格罗比斯—爱比斯德蒙"序列，变成了"那兹德卡勃—拉米那格罗比斯—神学家希波塔泰乌斯"序列，这样就有三个部分被排除在了上面说的结构之外（爱比斯德蒙，特里巴老爷和约翰修士），而这三个部分恰恰处于拉米那格罗比斯咨询的两部分之间（译按：21—29 章）。

　　这三个插入的部分初看起来跟其他咨询无甚差别，但仔细观察就会发现，它们均有些独特之处。实际上，对于爱比斯德蒙和约翰修士的"咨询"完全不同于文中其他咨询，而更像是从维洛迈尔到渴人国的路上，老朋友间的闲聊。巴奴日对每个同行伙伴都提出了同样的问题："我是否应该结婚？"（3.24 章、3.26 章）但爱比斯德蒙既没有进行预言也没提建议，而是仅仅提到了一些古代的占卜方法，而约翰修士则劝巴奴日趁着精力充沛及时行乐。（译按："结婚吧，看在魔鬼的份上，结婚吧，让你的睾丸好好地去舞动一番。我认为，而且主张，越早越好。顶好是今天晚上，就让教堂的喜钟和你睡觉的床铺一齐发出声音。"—3.26 章，541 页）。只有特里巴老爷的段落与上面提到的结构相似，但差异也非常大。在提议进行这次访问时，爱比斯德蒙占据了庞大固埃的位置，①但在操作（function）上显然不如他的主人娴熟，因为当他提议去拜访占卜者时（第一部分），他的讨论似乎是在贬低古代占卜术，而不是在论证它的正当性，而他选择的咨询者不同于庞大固埃举荐的人，显然是一个很差劲的家伙，因为在对特里巴的解答进行解释时，他的话显得一无是处（leaves no room）（第三部分）。简言之，"爱比斯德蒙——特里巴老爷——约翰修士"这一组咨询，构成了一出独特的三联剧（triptych），与其他段落相比，均有差别，拉米那格罗比斯一段，切断了咨询的认同体系（sanctioned series）。

沿着上述思路继续分析，这一系列的咨询发生在巴奴日著名的债务颂（3.3—4 章），以及新婚男子可免兵役的讨论（3.6 章）之后，在咨询之后，是庞大固埃准备离开父亲，高康大进行了一个关于私定终身不合法的长篇演说（3.48 章），以及对庞大固埃草的颂词（3.49—52 章），综上，我们可用下表来勾勒《第三部书》的结构。

---

① 爱比斯德蒙甚至在措辞上也是模仿庞大固埃的语气："爱比斯德蒙说道：'明摆着是骗人的，全是瞎说。我不去。'……爱比斯德蒙继续说道：'不过，如果你相信我，我可以告诉你，在回到我们国王的国土之前，还可以试一个地方。'"（24—25 章，533—534）在说这些话时，爱比斯德蒙仅仅是在模仿他不在场的主人，［模仿庞大固埃］在这一系列的咨询中第一次进行咨询前所说的话："庞大固埃说道：'不好，那个算法是骗人的，不正当的，而且非常危险。你千万别信它……不过，为了不委屈你，我也同意你拿三粒骰子在桌子上掷掷看。'"（3.11 章，472 页）。

可见，除了"作者前言"和作为楔子的前两章之外，①《第三部书》的所有主体部分，尤其是所有咨询的部分，完全按照对称结构支撑起了整部书。②在双中心的框架内是两个看似荒谬的赞美诗，以及两个关于婚姻与法律的讨论，这样就可以很明确地看出巴奴日的咨询是按照一定的逻辑顺序进行的。很明显，第一轮的三个神谕与庞大固埃宴会上所邀请的四位学者相对应。③居于这两部分之间的是尊贵的诗人拉米那格罗比斯［的故事］，他实际上横跨了两个部分：在第一部分是一个预言，第二部分是作为书信中的人物［出现］。这一过渡性的咨询被另外一个段落——预言家特里巴老爷的故事所截断，他也是横跨两个部分，可他的身份却更加诡异（sinister）：作为一个未来的预言者，他的话有占卜的推测成分，而作为密释学家，他又可归入宴会上的学者行列。这个处于中心位置的咨询，没将神谕和专门知识（professional）截然二分，而将巴奴日的两个伙伴，

---

　① 《第三部书》的楔子由密不可分且具有双重功能的两部分构成：1. 由［《第二部书》］庞大固埃史诗般的战争，向《第三部书》历尽沧桑后和平时期的困惑过渡；2. 在政治与经济语境下的后续故事中，两位主人公间出现了新的戏剧冲突——第一章描述了庞大固埃对渴人国的殖民地乌托邦的良政善治，而第二章则是作为领主的巴奴日对萨尔米贡丹的糟糕治理。前两章的丰富涵义足够引出这部书的其余部分，并且它们独立于《第三部书》其他部分了提供足够支撑。

　② 1546年初版的《第三部书》的绝对对称结构甚至体现在章节的数量上。所有的47章书是以这样的方式划分的，在两章引子之后，两部分中心章节都是22章：

　章节数：1－2//3－24/25/26－47

　章节的数量：2　22　1　22

　在之后1552年的定本中，章节扩展为52章（可能是为了与出版的年份对应），尽管这样打破了数量上的平衡，但却完全没有改变内容上的平衡。

　③ 将四个神谕与四个学者相对照，仅仅是将各独立段落作为整体对应的一种大体的对称关系。甚至在两个四联剧的具体内容上也存在着特殊的对称关系，最显著的例子之一是关于骰子合法性的讨论，这种对称在讨论的开始和勃里德瓦的段落中都有体现。讨论之初，庞大固埃宣称："不好，那个算法是骗人的。不正当的，而且非常危险。你千万别相信它。害人的《骰子算卦》是很久以前被捏造是非的敌人……捏造出来的。"（3.11章，pp.87，472页）在勃里德瓦部分，爱比斯德蒙（有的版本说是庞大固埃）假定"因为勃里德瓦的单纯和诚恳，不太相信自己的学问和才干"，所以"谦虚地把自己托在公正的裁判者天主手里，请求他的恩惠赐予佑助，让神的圣意、让偶然的机缘来做最后的裁决。"……"天意和智慧的巧合就这样转动着骰子，是有理的人得到胜利，正像算卦的人所说的，他们请求天理维护他的权益，没有任何恶意，使人类没有疑惧，使神的意思得到发扬。"（3.44章，616－7页）。

179

两个最重要的配角爱比斯德蒙和约翰修士的部分赫然分开。①

　　这里不仅有结构性的对称，而且相关内容上还有更精巧的对称。与略显枯燥博学的学者爱比斯德蒙相对的，是约翰修士的刻薄与滑稽无知，与预言和神谕的神秘性相对的是学者的确定知识。这种对反关系甚至扩展到了系列咨询的最后。如很多人都注意到的，傻子特里布莱这个形象的主要作用不是为了回应勃里德瓦，他也并非如庞大固埃所说的那样"智慧"（3.37 章，583—4 页）。他实际上是与庞大固埃本人对称的一个人物：作为咨询发起者的聪明的王子，与他相对的是最后一个咨询者，恰是最傻的一个咨询者。

　　《第三部书》的结构显然经过了精心设计，这种精巧的结构贯穿整部书，与各人物和情节均有关系。对称结构作为拉伯雷作品的一个显著特征，并不难发现。问题是，《第三部书》的对称结构对于我们领会作品的妙处有何作用，如何通过此结构来解释作品中充满张力的反讽与冲突。

　　对称在古典作品中显然是最常见的重要修辞手法之一，在中世纪和文艺复兴时期的作品中均有大量体现，从史诗小说到抒情诗，甚至在悲剧中也有体现。②文学作品中的对称结构一般分两种：一种是如镜像般的简单二分法（abccba），另一种是在对称两部分的中间有一个突出的中心部分（abCba）。古典作品中，第一种类型居多，而中世纪的基督教作品和文艺复兴时期的作品，为了突出一个绝对存在者（比如［此时期］建筑物的正

---

　　①　处于中心位置的此三联剧的一些细节也加强了它的对称性。一个最明显的例子是 24 章中，古典学者爱比斯德蒙提到基督降临后的情景，"你知道自从救世主降世以来，这些神灵都跟鱼一样不会说话了，什么显圣、预言，都没有了，跟太阳的光亮消灭一切妖、魔、鬼、怪、邪门、歪道一样。"（3.24 章，533 页）跟这段相对的是基督教修士约翰在 26 章提到基督时所说的，"难道你打算到最后审判时，来审判的时候，卵壳里还装得满满的么？"（3.26 章，542 页）跟这两段相关的是 25 章中巴奴日对魔鬼和反基督徒的提及："叫三十个魔鬼捉走你！乌龟王八、长犄角的、'马拉那'、鬼魔道、反基督的魔巫。"（3.25 章，539 页）

　　②　关于古典时期和文艺复兴时期文学作品中对称问题的讨论，可参 Alastair Fowler, *Triumphal Forms: Structural Patterns in Elizabethan Poetry*（Cambridge, 1970），尤见第四章 *Numerology of the Centre* 和第五章 *Styles of Symmetry*。Fowler 列举了 Cedric Whitman 对《伊利亚特》和 Paul Maury 对维吉尔《牧歌》中对称结构的论证，并且讨论了文艺复兴时期大量英文诗歌中的对称结构，比如对斯宾塞（Edmund Spenser）的《结婚曲》（*Epithalamion*）和《仙后》（*Faerie Queen*）的分析。关于莎士比亚戏剧中的对称结构，可参 Mark Rose, *Shakespearean Design*（Cambridge［Mass.］, 1972）。

门弧顶雕刻中，若以最后审判为主题，那么往往将圣母和圣子的形象置于中间，用以平衡分别置于两侧的众圣徒和捐赠者），所以更偏爱第二种类型。在中世纪和文艺复兴时期的作品中，几乎都有一个中心，这个核心里面包含着对于整体至关重要的东西，这个部分也比作品中其他段落更加重要。①

拉伯雷［的作品］实际上是中世纪－文艺复兴时期对称结构的代表作。它有一个明确的中心段落，整部书的其他部分是围绕它展开的。按照这一规律，拉伯雷书中的结论或者真理，不会出现在"非中心"的段落中——即使是一些表面上看来重要的被咨询者，如希波塔泰乌斯（神学家）和隆底比里斯（医学家）——而会出现在中心段落中。对特里巴老爷的咨询，这一表面上看来充满矛盾，而且初看起来不像是中心的段落，是我们找到理解《第三部书》钥匙的关键所在。

如果我们仔细研究特里巴老爷一段，不简单地将它视为系列咨询中的普通一个，而是把它当做不同寻常的，居于全书中心的特殊段落来看待，那么就可见它在许多方面表现出的特殊性。这一段不仅是唯一没有经过庞大固埃举荐的咨询，而且如果他在场，这也将是 13 个咨询中他肯定会禁止的唯一一个（如巴奴日后悔不迭地承认的那样）。②特里巴老爷也是书中唯一一个（巴奴日除外）严肃宣称未来可能发生事件的所有细节的人。在一系列冗长、无关痛痒的咨询中，他是唯一一个恶语相加的人，也是巴奴日所指责的人当中，唯一一个没有以或调和或反对的方式达成和解的人。最根本的，特里巴老爷是巴奴日的 14 个咨询者中唯一给他提供了明确，而非模棱两可答案的人，是唯一一个不需要对所说的话进行解释，没有任何含糊其词的人：没有神谶的模棱两可，没有寓言的隐喻，没有审慎的保留，他的直言不讳是其他人物都没有的，巴奴日注定会成为乌龟，必定会

---

①　参 Fowler, *Triumphal Forms*，pp. 91－99 及以下。文中列举了两个突出中心的例子，但丁在《神曲》中对于爱的重要讨论，以及蒙田随笔中第一卷中间对于荣誉（honor）的讨论（参卷一28 章开头部分）。Francois Rigolot 按照［中世纪、文艺复兴时期作品］的这一特征，对《庞大固埃》中心段落在全文中的重要性进行了讨论。参 *La "conjointure" du "Pantagruel"*：*Rabelais et la tradition médiévale*，Litterature，41（1981），"Intertextualites medievales"，pp. 93－103。

②　"咱们回到国王那里去吧。要是他知道我们到这个穿裙子的鬼东西的家里来过，他一定不喜欢我们。我真后悔到这里来。"（3.25 章，539 页）

被打、被偷（robbed）。

然而，特里巴老爷对巴奴日问题直白、无情（uncharitable）的回答并非拉伯雷想要给我们的结论。我们必须沿此深究下去。借助上文对于整部书结构的分析，我们会发现这一特殊的中心段落，与构成全书的其他段落一样，也是以对称方式组织的。本章开头，爱比斯德蒙简要介绍了特里巴老爷的预言能力，说"在回到我们国王的国土之前"（3.25 章，534页），可以向他咨询一下，但当巴奴日提到特里巴当乌龟的丑事时，讽刺道："如果特里巴天上地下无所不知，过去未来无所不晓，一切的事都可以预先看到，那么为什么单单看不见他老婆被人调戏，而且自己一点也不知道呢？"（3.25 章，534 页）在此章的末尾，巴奴日想把这个顾问送进地狱，称他为"乌龟王八、长犄角的、'马拉那'、鬼妖道、反基督的魔巫！"他后悔来到这并且急于想回家，重复了爱比斯德蒙说过的话："咱们回到国王那里去吧。"（3.25 章，539 页）这一段咨询是由不断的插话及谩骂构成的告别辞。［咨询过程］明确分成了两个部分。第一部分，特里巴老爷用爱比斯德蒙在本章开头时所介绍的四种方法（手相术、相面术、土卜学和占星术），预测了巴奴日不仅会当乌龟，而且他未来的老婆还会打他、偷他。第二部分，特里巴老爷列出了 36 种其他的预测方法，[①]确认巴奴日（他在这一长串的列举中仅能用三次下流的嘲笑插话进来）如果用这些方法进行预测，都无疑会产生同样的结果。

在这两部分咨询之间，巴奴日说了一段简短的话。他的这段话具有特殊的重要性，因为在拉伯雷设计的对称结构中，这段话处于中心段落的中心。[②]巴奴日在此说了什么呢？他详细解释了刚才已经提到的讽刺：特里巴老爷这个明眼人对他自己的事情却视而不见。这个讽刺非常尖锐，因为

---

① 1546 年版是 29 种，这一版中特里巴老爷谩骂的两个部分在长度上更接近。

② M. A. Screech 指出这一段完全是由箴言构成，而且取材于伊拉斯谟在《箴言集》（*Adagia*）中关于节制与自省的主题（《箴言集》1.6，83—95 页）。在此基础上，拉伯雷加入了关于邻人的箴言的内容。（见 Screech 关于《第三部书》25 章的解释，pp. 180—181，以及他在 *The Art of Criticism*: *Essays in French Literary Analysis* (ed. Peter H. Nurse [Edinburgh, 1969]) 中关于文本非常有见地的解释），之所以强调这一段，并非仅为凸显它的出处，而是要说明拉伯雷为何选择这一段，他在自己书中的结构安排也借鉴了《箴言集》中的对称结构，他以这种方式突出了完美对称结构的正中心部分。文中所引《箴言集》的内容皆出自 volume II of *Desiderii Erasmi Opera Omnia*, ed. J. LeClerc, 10 vols. (Leyden, 1703—6; rpt. Hildesheim, 1961—1962)。

宣称能清楚看见巴奴日〔命运的〕预言者，却看不清自己的处境。当我们更仔细地考察这个核心讲辞时，会发现它本身也是对称的，也有一个中心。巴奴日由特里巴老爷与马尔西亚尔的奥鲁斯对比作为开始，奥鲁斯"只顾得观察、研究别人的灾难和痛苦，自己的老婆搭客也不管。"最后，巴奴日称奥鲁斯为"神气的叫花子"（原文为希腊语）（2.25 章，536 页）。他在这段结尾处称特里巴老爷为"Polypragmon"（专管闲事者），并且模仿普鲁塔克的拉米亚这个形象对他进行了详细的描述，他"在别人家里、在公共场合、跟大家在一起，比猫的眼睛还尖，一到自己家里，便比鼹鼠也不如，什么也看不见，因为从外面回到家里，就从头上把活动的眼睛像眼镜似的取下来，藏在门后边挂的一只木鞋里了。"（2.25 章，536 页）在巴奴日演说的开始和结尾，都提到了古典伦理作品中的典型"形象"，而且又一次完全是按照对称结构来组织的：

奥鲁斯/马尔西亚尔/神气的叫花子//专管闲事者/普鲁塔克/拉米亚

夹在对称结构中间的是两个词，先是对爱比斯德蒙的一个提醒（ex-hortation），之后是一个注解（gloss）。这两个词，处于《第三部书》中心段落的中心章节的中心演说的正中心。这一章的每个细节，以及全书的每个主要段落都是围绕这两个词进行对称安排的，可将它们视为全书问题的答案及接近真理之言。这些词甚至被印成了特殊的字体，以免读者忽略了这个全书得以运转的枢纽。此至关重要的词是："认识你自己"（CON-GNOIS TOY）。

"认识你自己"——按照巴奴日的说法，是"哲学的首要品质"（3.25 章，179 页，中译本 536 页，译文有改动），代表着古代智慧的精华。它居于德尔菲神庙三句箴言之首（*Adadia* Ⅰ. ⅵ.95），位于世界的中心（at the very center of the world）。这个箴言可能不再如往昔那般受人珍视，如爱比斯德蒙上一章所言，但德尔菲的人类智慧还在，让位给了拉伯雷所说的"我们的祖先叫作'乐观主义'的特征和个性"（《第三部书》前言，428 页）。"认识你自己"是苏格拉底的座右铭，在文艺复兴时期再现为一个哲人最高贵的德性，苏格拉底的巨大成就在于将哲学从天上带回人间，将人的注意力从对神、天界和未来的空想拉回来，从对自然的静观转移开，让哲学重新关注卑微者的现实问题：在现世中，人如何过一种好的生活。

可见，在拉伯雷这样的人文主义者笔下，居于核心位置的是阿波罗神庙的谶语，是观照人世的苏格拉底智慧，它们被作为真理对待，丝毫不令人感到惊讶。让人感到震惊的是，拉伯雷在一个虚构的文本中赋予了这些箴言以特殊涵义。《巨人传》中说这些话的既不是 Pythia，也不是苏格拉底；既不是讲第欧根尼故事的 generous "Archiriclin loyal"；也不是"乐观精神的代表"庞大固埃（3.51 章，643 页，译文有改动）；既不是作者在文中塑造的所谓代言人，也不是任何一个聪明或愚蠢的巴奴日的顾问。这个人恰恰是询问者本人，更像智术师而非苏格拉底的巴奴日。拉伯雷为何要让代表着苏格拉底智慧的谶语从一个口是心非（incongruous）的家伙口中道出？

巴奴日问题的答案，无疑就是自己在［全文］核心部分说出的这个真理。实际上这也正是庞大固埃和他的朋友们从一开始就试图让他明白的事。庞大固埃首轮"充满矛盾"（"redictes contradictoires"）的咨询即是以戏谑的方式向终极答案接近的开始："你到底有没有拿定主意？主要的问题就在这里；其余的一切都无法预料，只好听天由命。"（3.10 章，466 页）。在刚刚过去的 24 章，当巴奴日发誓不解决问题就不穿裤裆（chausses）时，爱比斯德蒙也给了他一个非常类似的答案："我真奇怪你为什么不把自己改变过来，把这些错误的看法清除出去，恢复原来的安定。"（3.24 章，530 页）当巴奴日最后回到祖国，在解释拉米那格罗比斯的信时，庞大固埃重申了自己前面的观点："在婚姻问题上，应该各人决定各人的思想，各拿各的主意。我一向就是这个看法，你第一次跟我谈这个问题时，我就是这样说的，只是你不肯听罢了。"（3.29 章，551 页）在随后的章节中，希波塔泰乌斯从认同庞大固埃的建议开始："朋友，你向我讨主意，可是，首先，应该请教你自己。"（3.30 章，554 页）甚至特鲁优刚，也以他自己的方式给出了同样的建议来回答巴奴日的问题，"承蒙信任，问我这个问题。但我应该怎么说呢？"也同样说，"这要看你的愿望。"（3.36 章，译者根据法文译出。）如果说在巴奴日所咨询的人中达成了什么共识的话，并不是巴奴日注定要当乌龟，而是他应该知道自己想要

（will）的是什么。在《第三部书》的 25 章，巴奴日不明白这个道理。直至这部书的结尾，他也没能领会自己已经得到的这个答案。在书的前半部分，巴奴日试图通过各种神迹来寻找一个外在的答案，书的后半部分继续自己的错误，试图通过［咨询］专家（learned scholars）得出答案。但毫无疑问，巴奴日不可能在其他地方找到答案，能够对巴奴日有所帮助的，是拉伯雷在本书中间位置所提供的东西。实际上，是巴奴日自己说出了这些话，虽然他没有充分领会神谕的意思，但这话自身的真理性毋庸置疑（irrefutable）。问题中蕴含着答案，在提问的中间部分，问题答案从提问者自己的口中说了出来。在《第三部书》的中间，一个毋庸置疑的神迹显示：巴奴日自己说出了问题的答案，"认识你自己"。

　　"认识你自己"从巴奴日口中说了出来，但他对自己的认识显然不够。当这种结构似乎提供了一种解释的可能时，拉伯雷是否又提出了新的问题？并非如此，因为巴奴日的不自知（blindness）是文章的主题，拉伯雷不想让人误解和误判这种不自知：他让巴奴日认识到自己的问题，与此同时，他也让巴奴日因没有领会问题的真谛而自我批评。下面我们来考察一下巴奴日说这些话时的语境。他借用苏格拉底的箴言是为了指责特里巴的傲慢、愚蠢，也就是说他在这么做时完全是在下一个断言。如撒旦附身似的特里巴在称巴奴日未来将做乌龟时，他对自己做乌龟的处境却一无所知，他根本没有"认识自己"，在他卖弄自己的学识，声称通过观星术以及其他外在手段能够预知未来时，巴奴日讽刺他只能后知后觉，却不识眼前之事。特里巴老爷实际上代表了苏格拉底所批判的各种事物。巴奴日未见，而读者一目了然的是，特里巴是巴奴日的一个影子。巴奴日也滥用他的学识；他也相信神迹可以预知未来；最重要的是，他更关心的是在别人身上找缺点，而非从自身找问题。简而言之，巴奴日和特里巴一样，都没能够"认识自己"。[①]在核心位置，面对自己的不自知和其他

---

　　① 巴奴日和特里巴之流，都是反苏格拉底（anti-Socrates）的形象。苏格拉底对问题的探讨，如他在《申辩》中所言，具有"朝圣"（"pilgrimage"）意味。苏格拉底以对方观点为讨论的起点，更重要的是他的提问会使交谈抵达一个自知的境界，而巴奴日以向他人咨询自身的问题开始（"我是否应该结婚？我不会成为乌龟吗？"），以发现别人观点的不足结束。苏格拉底的智慧体现于他在别人的愚昧中反省自身；巴奴日的愚蠢体现在他从其别人的小聪明（apparent wisdom）中找自己的优点。

人的无知，巴奴日明确地指出，并进行批判，但他却并没意识到批判的对象包括自己。

核心段落的苏格拉底箴言出场后，拉伯雷以一个典出《圣经》的故事为它做了个注解，在突出主题的同时，也加强了巴奴日批判的讽刺意味。在不自觉地说出自己的根本问题，并显示出对自身处境的无知之后，巴奴日继续进行评论——再次不自觉的——恶语相向："他连哲学的第一句话'要认识你自己'也不懂，看见别人眼里一点草渣，便以为了不起，挡着自己两只眼睛的一根粗棍子却看不见。"（3.25 章，536 页）耶稣的"草渣—木棍寓言"，类似于苏格拉底的认识你自己，对巴奴日和特里巴的不自知同样有效；跟之前一样，巴奴日依然没有意识到他是在用对别人的判断指责自己。而耶稣的启示，比苏格拉底箴言更直白，寓言的首要之点就是，人不应该像巴奴日所做的那样，[轻易]评判他人是非。巴奴日所引的这段对苏格拉底箴言的注解，在明确了对特里巴老爷的指责的同时，也指明了人不该行自己所批判之行为：

> 你们不要论断人，就不被论断；你们不要定人的罪，就不被定罪；你们要饶恕人，就必蒙饶恕……耶稣又用比喻对他们说："瞎子岂能领瞎子，两个人不是都要掉在坑里吗？学生不能高过先生；凡学成了的不过和先生一样。为什么看见你兄弟眼中有刺，却不想自己眼中有梁木，怎能对你弟兄说'容我去掉你眼中的刺'呢？你这假冒为善的人，先去掉自己眼中的梁木，然后才能看得清楚，去掉你弟兄眼中的刺。"[①]（《路加福音》6：37－42，斜体为引者所加，本书所引《圣经》汉译皆出自和合本）

巴奴日所作的评论就是一种"瞎子领着瞎子"的情况，在说这些话时，他实际上是一个十足的"伪善者"（"hypocrite"）。拉伯雷的意图很明显，他在借巴奴日之口去指责特里巴老爷的同时，也在让巴奴日批判自己，因为二者身上显然具有同样的恶行。在《第三部书》的中间，能够代表我们所说的自我指责的恶显然是 philautia。伊拉斯谟对巴奴日在这段引

---

① 在伊拉斯谟《箴言集》1.6，91 中，他在评论这句话时，让读者注意的是《马太福音》(Matthew) 7：1—5。笔者在此之所以引用《路加福音》的相关段落，因为这一段更能清晰地表达出文中所要表达的意思。

用的两句箴言做了明确地评论。对于耶稣相应的说法，他举了伊索（Ae-sop）关于两个背包的著名故事中所讽刺的恶加以说明。

以上分析显示，不能简单地说巴奴日是一个追求更高真理的正面形象，或者认为他是一个道德中立的角色，他的首要作用体现在精湛的修辞上，他对故事的贡献主要在于语言和笔法方面。我们倾向于认为，巴奴日是拉伯雷书中所指责的 philautia 的代表，他所提问题的意义在于揭示答案即在问题之中。这并非矛盾或者独断的解释，而是在对庞大固埃、爱比斯德蒙、希波塔泰乌斯等的言辞进行综合考察后得出的观点。纵观全书，〔从内容上看〕此结论是以一种让人迷惑的，非常复杂的反讽方式体现出来的，但从文章的结构来看，它顺理成章地出现于作为整体的全书核心位置。《第三部书》反讽设计的根本问题，通过巴奴日自爱（self-love）与自知（self-knowledge）的冲突体现出来。前者是巴奴日问题的根源，后者是解决方法……〔在他寻求答案的过程中〕，自爱完全被排除在了视野之外。①

拉伯雷并非流俗作家，对他作品的解读需要一个深度的解释模式。关于巴奴日的问题，在得到一些表面答案的同时，还必须进行深入挖掘。根本上，巴奴日言辞的反讽性要求读者不能简单化地处理这个角色。在《第三部书》的核心部分，拉伯雷不仅点出了作品的方向，明确了全书的主旨，而且通过他的"英雄"把问题集中凸显出来。拉伯雷将巴奴日作为一个巨大的障碍横亘在了读者面前，就如同他将特里巴老爷置于巴奴日面前一样。我们能够理解特里巴老爷受困于 philautia，巴奴日因 philautia 而对特里巴老爷进行指责的意义仅在于指出了自己身上同样的缺点。因此，如果我们对巴奴日的 Philautia 大加指责，那么我们也在重复他的愚蠢，和他犯了同样的错误：如马尔西亚尔的奥鲁斯，普鲁塔克的拉米亚，特里巴老爷和头脑简单的（heedless）巴奴日一样，我们也会失去自省能力，

---

① 笔者当然不想说这是理解《第三部书》的唯一进路，甚至必须的路径之一。在巴奴日身上显然有比自爱/自以为知更复杂的东西，咨询的过程有比巴奴日这个单一形象更丰富的东西，而整个《第三部书》又有比咨询过程更丰富的东西。如果宣称意义如此丰富、充满变化的作品的意义仅仅体现在它的中间部分，这显然是荒谬的。这简单的几句话很难概括《第三部书》中的所有问题，而问题的其他面相也可能触及到全书的主旨，我们所关注的这一点应该被看作一块基石（cornerstone），而非解决问题的唯一楔石（keystone）。

而只会大言不惭地（vaingloriously）指责兄弟眼中有草棍，视而不见自己眼中之横梁。

你们不要论断人，免的你们被论断。因为你们怎样论断人，也必怎样被论断。（《马太福音》7：1—2）

你们不要论断人，就不被论断；你们不要定人的罪，就不被定罪；你们要饶恕人，就必蒙饶恕。（《路加福音》6：37）

这是在《第三部书》的核心部分通过戏剧场景与讽刺的语境所要表达的首要意思，是任何基督教的人文主义者都能体会到的。那些自以为是的（sanctimonious）读者，不仅会像巴奴日一样无法领会这些话，而且他们对巴奴日的指责也同样适用于自身。如巴奴日者，难免于伪君子之形象。领着盲人的瞎子一样掉进水沟，不能省察自身的读者跟巴奴日共同落入拉伯雷的陷阱。

如果我们能够恰切理解巴奴日在核心部分的言辞，就不会仅仅非难他的言行，而会在他反讽的暗示中，以及在这些话的反讽语境中学习，我们应该做的不是轻易下判断，而是反求诸己，看看我们身上是否有跟巴奴日同样的问题。如所罗门和保罗所言，神眼中的人之智慧是为何物？如果借助这些零碎的、靠不住的"智慧"去评判同为受造物的其他人，必将造成双重遮蔽，评判人的大权掌握在神手中。人应自知不能僭越神的位置，只有神有权区分"基督眼中的傻子"（"fool in Christ"）与"被诅咒的傻子"（"damned fool"），任何人这样评判都会成为自己所指责者，即使面对愚者如巴奴日也是如此。巴奴日这个表面看来 philautia 的象征，在《第三部书》的中间，毕竟通过圣人苏格拉底和智者耶稣的话，道出了神的谶语。谁能因此而指责他？

拉伯雷在［《第三部书》］核心位置的反讽修辞，将读者拉入具体语境之中，使他们面临着二难选择：我们或者因巴奴日的 philautia 而指责他，或者将其视为同道，无视他的愚蠢。我们的选择使自己或被指责，或被遗忘。可见，对巴奴日的评价不仅是一个纸上谈兵的问题，它成为摆在每个读者面前的一道伦理难题。读者对这个问题的态度显示着他们的道德选择：或者自爱（self-love），或者自知（self-knowledge）——不是评价巴奴日，而是针对自身。

当然，拉伯雷并没把难题完全推给读者，而是给出了中肯的指引。在这部书的开始，拉伯雷请求读者以宽容的态度对待自己的作品，暗示读者应以宽容的态度来对待巴奴日：

我承认他们［我的读者］具有一种我们的祖先叫作"乐观主义"（Pantagruelisme）的特征和个性，根据这种精神，他们决不往事情坏的一面去想，而是从好的、诚恳的和正直的品德方面去想。我曾经见到过，有些人虽然软弱，但是因为有善意的帮助，他们经常还是可以接受我的东西并且加以欣赏的。（《第三部书》作者前言，428 页）

应该宽容（Pantagruelism）多于道貌岸然地指责，自知（self-knowl-edge）多于自爱（self-love），拉伯雷在文中为读者提供了现实的例子：如果对于巴奴日的评判者中有谁值得效法的话，应该是宽容的庞大固埃，而非妄下断言的巴奴日。实际上，可以把庞大固埃理解成一个谦虚、宽容、仁慈的道德楷模，他的任性随从巴奴日一直没有放弃追求是因为他，这个苏格拉底和耶稣的真正追随者，即使当巴奴日的行为极端丢人时，他也没有对其横加指责："对任何事都从好的一面去看，把所有的行动都解释为善意的。"（3.2 章，435 页）

拉伯雷并非在向读者布道（preach），宣扬耶稣和苏格拉底的自由（liberal）、人道（humanistic）伦理。实际上他不能这么做，因为这种伦理自身就认为布道是一种冒失的和虚伪的无用行为。如上所见，布道是巴奴日干的事，而非庞大固埃所应为。拉伯雷认为，如果想成为真正的庞大固埃主义者，那一定要自己去发现真理，并且做出选择。拉伯雷顺理成章地指出，只有庞大固埃帮助巴奴日的方法，也就是迂回、温和、苏格拉底式的反讽，能够帮助我们。作为学习者，我们与巴奴日相比如何，取决于对核心位置箴言作何理解。

2011 年 6 月 20 日初稿
2013 年 8 月 21 日再稿
2015 年 6 月 4 日定稿

拉伯雷与斯多葛式笔法[①]

纳什 (Jerry C. Nash)　撰

唐俊峰　译

斯多葛主义在拉伯雷作品中的影响越来越引起学者们的注意。有些学者认为拉伯雷基于斯多葛一元论和它的普世性设计出了一套身体理论，他们通过这一点来阐释斯多葛主义在拉伯雷思想中的重要性。[②]另外一些学者认为，斯多葛主义给法国人文主义者提供了庞大固埃主义的概念，拉伯雷对"偶然事件的轻视"（"mépris des choses fortuites"），是斯多葛理论对于永恒事物的漠视的某种再现。[③]结果，有的评论者认为，拉伯雷对斯多葛主义的研究仅是某个阶段的一种调和论（syncretism），他将斯多葛的理论同化和屈尊为新教福音派（evangelical）对于身体理论的定义：斯多葛的漠视——保罗的荒唐，[独特的]潘——基督意象，人的责任就是强制性地使自己的意愿服从于神的意志。[④]这样一来，对于前者来说，斯多葛造成了高度技术化的影响，拉伯雷甚至对其进行了科学性的应用，而如果按照后一种说法，根据拉伯雷对新教基督教的观点，在更大的关注视

---

① 原文出处：Jerry C. Nash：《Rabelais and Stoic Portrayal》，Studies in the Renaissance，Vol. 21 (1974)，pp. 65。

② 见如下研究：洛特（Georges Lote）：《弗朗索瓦·拉伯雷的生平与著作》（La Vie et l' oeuvre de François Rabelais，Paris：E. Droz，1938），尤其见 237—255 页；N. H. Clement，《拉伯雷的折衷主义》（The Eclecticism of Rabelais，PMLA，XII，1927），尤其见378—380页。

③ Emile Faguet，《十六世纪文学研究》（Seizième siècle，études littéraires，Paris，1894），尤其见100—107页；A. J. Krailsheimer，《拉伯雷与方济各会》（Rabelais and Franciscans，Oxford：Clarendon Press，1963），202页；M. A. Screech，《拉伯雷式的婚姻》（The Rabelaisian Marriage，London，1958），13页。

④ Screech，《拉伯雷第四部书中潘的死与英雄的死》（The Death of Pan and the Death of Heros in Rabelais's Fourth Book，Bibliothèque d'Humanisme et Renaissance，XVII，1955），36—55页；《拉伯雷宗教思想中的斯多葛成分》（Some Stoic Elements in Rabelais's Religious Thought，Etudes rabelaissiennes，I，1956），73—97页。尽管很多研究者都提到了拉伯雷作品中的斯多葛成分，但只有 Screech 教授比较深入地对这一问题进行了讨论。他的研究成果对本书影响很大，这一点在后文中将有明确体现。

野中，斯多葛主义就沦为了一种次要的理论。

对于以上两种解释，很难有一个定论，我想提出斯多葛主义在拉伯雷作品中的第三个维度，纯粹属于道德和文学上的影响，在不降低道德意义的前提下，我想着重谈一下［斯多葛主义］在作为整体的五部书中的重要性。此研究所关注的拉伯雷，既不是自然哲人也不是神学家，而是人文主义者阵营中的一个文学家。①他的遗产既不是 Tyard 的彭透斯（Pontus），也不是加尔文［Calvin］，而是天才式的文学作品。他所选择的是小说这种面向大众的文体，而不是体现抽象理论的哲学论文。可以肯定的是，审美性与观念性作品的巨大差别，使《巨人传》（*Gargantua et Pantagruel*）②的五部小说与 Tyard 的《哲学论文》（*Discours philosophiques*）和加尔文的《基督教要义》（*Institution chrétienne*）之间存在巨大区别。另外，拉伯雷的思想受到人文主义的重要影响，而人文主义最不感兴趣的就是抽象哲学或宗教领域。③我相信拉伯雷作为一名人文主义作家，首要关注的是人的文明行为，人的潜能，以及人的道德能力与知性完美。这是拉伯雷在其庞大固埃草（herb Pantagruelion）的诗化应用中所要明确表达

---

① 在这一点上，Zanta 的观点很有见地："在斯多葛主义的复兴者中，我们不能指望纯粹的哲学家来使这种古老的思想复活，而更多地需要依靠文学家和人文主义者。"见 Léontine Zanta，《斯多葛主义在 16 世纪的复兴》（*La renaissance du stoicisme au ⅩⅥ^e siècle*，Paris，Champion，1914），50 页。

② ［译注］《巨人传》的法文原名是 *Gargantua et Pantagruel*，汉译为意译。

③ Kristeller 对这个问题的如下澄清很有意义："我们在所有人文主义者那里，以及受到人文主义背景影响的学者那里，普遍具有的思想包括，对于哲学和历史进行批判的某种方法，以及某种理想的文学风格；此外，对于古典时代的无限向往，不公正地看待中世纪，对于学术与文艺（literature）的迫切复兴，历史的观点容易将这三者结合起来看待问题；对于人或人性的根本关注首先是一个道德问题。"见《最近 20 年对于文艺复兴人文主义的研究》（*Studies on Renaissance with Humanism during the Last Twenty Years'*），载《文艺复兴研究》（Studies in the Renaissance，ⅸ，1962），17 页。按照思想中的这些特点，我将拉伯雷作为人文主义者来看待。Krailsheimer 随后补充道："在德国和法国，西班牙和英格兰，都有一大批人文主义者，他们关注学术和文学，而对基督教的忏悔和神学不感兴趣，这里面还不包括无神论者和异教徒。"20 页。人文主义者纯粹的世俗兴趣，以及受到这种思想影响的更加广泛的讨论，可以参见 Krailsheimer 的第二章：《文艺复兴人文主义的道德思想》（*Renaissance Thought* Ⅱ，New York，1965），20—68 页。

的意思，这种植物正是他个性化的庞大固埃主义哲学的原型。①对人类发展与进步的这一直接涉及是五部小说主要情节的一个缩影：特莱美（Thélème）描绘的是人们现实世界中所向往的完美道德，而不是一个宗教机构；在高康大的著名信件中，他最希望的是看到庞大固埃成为"知识的渊薮"（"abysme de science"）；最终，对于一直期盼的神瓶启示，第五部书中来自于祭司巴布［Bacbuc］的答案是"喝"（Trinch），她解释说，那意味着人必须为了自己行动起来，"因为它有能力使人的灵魂充满真理、知识和学问。"（《第五部书》，第45章，1096页）②拉伯雷对人采取一种完全的信任态度，这种实用主义（pragmatism）精神在 Georges Lote 对拉伯雷谜诗（Rabelaisian enigma）进行解释时已经暗示了出来："他（人）不需要飞上天空，而仅仅依靠自己，依靠和自己一样的人类，依靠在地上所见之物，人只要正确使用自己的才智，就能够获得好运……他的命运一直掌握在自己手中；人就是人。"③

拉伯雷舍弃了抽象的原则，而转向了一种更宽广，更现实，更人性化的思想，人物性格的发展和日常生活行为规范的建立，对于道德哲学来说最有意义。事实上，在回归古代经典的过程中，拉伯雷最感兴趣的似乎是道德哲学或伦理学，对于斯多葛学派所坚持的人的道德价值，以及人能够

---

① 拉伯雷甚至写到对于庞大固埃草的潜力，即人的潜力，神都感到不安。［译按］本书所引拉伯雷中译文，如无特别说明，全部根据成玉亭先生译文（拉伯雷：《巨人传》，成玉亭译，上海译文出版社，1990年8月版）《第三部书》，第51章，646页。下文所引的《巨人传》页码，包括夹住中的原书页码皆指此汉译本页码。

② 在拉伯雷研究中，《第五部书》的作者问题一直存在争议。它到底是不是拉伯雷的作品？拉伯雷写了《第五部书》的一部分而不是整个《第五部书》？著名的拉伯雷"专家"Screech, Alfred Glauser 和 Marcel Tetel 在他们的研究中都将《第五部书》排除在外。其他人如 Krailsheimer, Thomas M. Greene 和 V. —L. Saulnier 则在他们的研究中将上述观点综合起来。在我看来，应该承认《第五部书》某些部分从整体上来看是可信的，本书中对于可信部分的观点予以采用。Clement 在《拉伯雷的折衷主义》（The Eclecticism of Rabelais）已经对作者问题进行了讨论，得出了如下结论，我支持他的观点，他将《第五部书》分成了三个部分：1—15章；16—29章；30—43章，克莱芒认为拉伯雷创作了第一和第三部分，第二部分的定稿是其他人在拉伯雷草稿的基础上整理的。我想在目前对《第五部书》研究的基础上补充一点。按照斯多葛主义这个独特的视角，在《第一部书》到《第四部书》与《第五部书》之间，有一种主题的深化。我稍后会指出，拉伯雷在早期作品中所介绍的某个斯多葛主题在最后一部书中又再次进行了强调。这一主题的重申保持了五部作品思想的连贯性，可能进一步支持《第五部书》也是拉伯雷作品这一观点。

③ 洛特：《拉伯雷的生平与著作》，前揭，255页。

在道德上达到完美的乐观主义，他尤其关注。这种信念一再被法国 16 世纪的作家所强调。"她（道德哲学）是为了达到至善的目标，而不是按照（柏拉图）学派的说法，树立起一座遥不可及的山峰……她是可接近，可掌握的，如同居住在平坦的地面之上。"（蒙田［Montaigne］，一、26）拉伯雷接受了人可以获得幸福的乐观主义精神，幸福可以通过美德与完美的品行实现。这一理念是高康大给庞大固埃的书信的主题：

> 我现在写信给你，并不是强迫你非照这样有道德的方式去生活不可，而是愿意你这样生活，并且如果这样生活，使你感到喜悦，将来你会更振作起精神来……为此，我的孩子，我劝你把青春好好地用在学业和品德上。（《庞大固埃》，第八章，269—271 页）

可以肯定，当拉伯雷依据斯多葛思想来进行道德教育和讨论时，没有威胁到基督教伦理，因为他不想用塞内卡［Seneca］和爱比克泰德［Epictetus］的伦理观替代基督教伦理。他的目标纯粹是为了支持和重新强调古代斯多葛主义的基本宗旨，即人有能力和义务为了道德上的完美与幸福而奋斗。拉伯雷在其小说的道德主题上仅仅是为了强调人的实践行为，而不是其他一些关于人性的深奥主题。

在一些介绍性的评论之后，笔者想提出本书的旨趣所在。我想通过所谓的角色分析，来阐明拉伯雷道德思想中的斯多葛主题。笔者想要揭示的是，拉伯雷如何通过主角庞大固埃和配角巴奴日的想法，为读者将复杂的斯多葛道德理念通过他们的具体行为体现出来。拉伯雷选择了文学的手法，以讲故事的方式来体现他对于人类行为思考的答案。事实上，拉伯雷独特的叙事方式促成了作品的思想深度与艺术性。在叙事方式上完全是文学现实主义的手法——对于人物的塑造占据着绝大部分篇幅——不同于哲学论文的说教形式，拉伯雷所采用的叙事形式使他摆脱了抽象严肃的哲学理论，而将鲜活的体验融入到具体情节之中。尽管斯多葛的文献体现了一种质朴的道德，它主要是通过拥有美德的圣人的言行来体现其思想。我相信拉伯雷通过角色的描写（与对比），进一步强化了斯多葛道德的力量，而且这种艺术的手法更容易为人所接受。

在 Screech 关于拉伯雷宗教思想的斯多葛因素的讨论中，作者认为通过角色的刻画，完成了从哲学理论到具体行为的转化。有必要在此将这种观点介绍一下：

> 我们有理由推测，《第三部书》和《第四部书》的主角，可能也包括《高康大》的主角，他们所持有的观念就来自于斯多葛学派对于智者的理想定义；在庞大固埃的时代，他身上首先体现的可能是一种更接近于哲学的理念，而非宗教观念。通过有人明确地将其塑造成一个坚定的新教徒，拉伯雷看到了［自己思想中的这种］抵抗因素；没有一种热切的基督教的博爱（caritas）不断热切地支配着他的角色，而却有一种超然的高傲，这种东西像斯多葛派，而非基督教。①

在《第二部书》的开篇，庞大固埃就通过自己的行动树立起了一个圣人般的榜样，这是对于他一直所拥护的崇高的斯多葛主义道德哲学的证成。从幼年庞大固埃到成年庞大固埃，他由一个野蛮的巨人成长为一个德才兼备者，这一惊人的转变就是为作者所要表达的主旨做一个铺垫。庞大固埃个人性格中最显著的特点，体现在他道德向善的进步过程中。庞大固埃的父亲高康大向儿子提出了这个需要一生来完成的课题，并希望他满足父亲的愿望。在高康大给庞大固埃的信中，他希望儿子能够努力成为"一个十全十美、毫无缺陷的人，不管在品行、道德、才智方面，还是在丰富的实际知识方面"（《庞大固埃》②，第八章，269—270页）。我们可以确定庞大固埃意识到了这种完美道德。如高康大告诉我们的，他的儿子已经在朝着这个方向发展；他的性格已经非常"坚强与犀利"（"infatigable et strident"）。超然于现实事物（external events）与严肃文化，这是庞大固埃早期显著的性格特征，他正是由这样的性格发展为斯多葛式的完善。他后来成为一个谦和沉稳，行为端庄的人类典范。庞大固埃最初的性格是这样的："庞大固埃对什么事都感兴趣，我敢说，在这一手仗距离之内，他真称得起是最可人意的小好人。"（《庞大固埃》，第三十一章，400页）。最后，在对《第二部书》进行总结时，拉伯雷向读者保证，在《第三部

---

① 《拉伯雷宗教思想中的斯多葛成分》，前揭，75页。

② ［译注］《庞大固埃》即指《第二部书》，《第一部书》又称《高康大》，译文用哪个书名皆根据原论文所引。

书》讲述庞大固埃的历险过程时，读者将不仅看到庞大固埃如何获得真正智慧，而且将看到他如何从其中受益[①]："本书的续篇，不久在法兰克福的集会上就可以见到，那时你们将会看到：……庞大固埃怎样找到点金石，怎样找到的，以及怎样个用法……"（《庞大固埃》，第三十四章，411页）。

庞大固埃对现实事物的超然，这无疑也是《第三部书》和《第四部书》中他的性格特征之一。这意味着，拉伯雷认为庞大固埃获得了某种持久稳定的内在品质，这种品质可以指向真正的智慧与知识。仅有超越了焦虑、不确定和恐惧，才能达到这一境界，这代表了一种道德和智力上的进步。外表上的平静，实际上是由于内在灵魂的冷静和平和，斯多葛式的气定神闲（ataraxia）为庞大固埃道德上的进步提供了滋养。她允许庞大固埃按照自己高贵的自然和理性去生活。巴奴日被委任为萨尔米贡丹（Salmiguondin）的总督，但他按照自己的喜好随意挥霍城邦的财富，庞大固埃自然流露出来的对于事物的审慎观点明显地体现在他对于巴奴日的态度上：

庞大固埃闻报后，丝毫不动气、也不恼怒和愤慨，我过去不是一再给你们说过么，他是天底下最善良的小大人，腰里从来不带武器，对任何事都从好的一面去看，把所有的行动都解释为善意的，从来不烦恼，从来不发火。如果一动气、一发脾气，那就无异离开了天赋的理性，因为所有天覆地载的，不拘是怎样的：天上的、地下的、横的，都不应该让它激动我们的情绪，扰乱我们的观感和理智。（《第三部书》，第二章，435—436页）

在《第三部书》的第 37 章，巴奴日试图改变自己的性格，要求庞大固埃给出智者应具有的美德。庞大固埃回答他说，最好的德行就是斯多葛圣人似的古典德性。另外，通过暗示，庞大固埃事实上是在揭示自己道德

---

① ［译按］《第二部书》是《巨人传》最早成书的一部，在 1532 年初版时，原为第一部，1542 年再版时，才改为第二部。因此，作者所说后面的情节应不单独指《第三部书》。或者我们可以推测，目前全集版本的《巨人传》的第一部《高康大》原不在拉伯雷最初的写作计划中，可以把其看作整体的二、三、四、五部书的一个前传，因为按照拉伯雷在《第二部书》第 34 章中所预告的情节，并没有涉及高康大的内容。

进步的独特轨迹。他克服了折磨一般人的激情与恐惧，"无知的冲动"。而最终获得了真正的智慧。正如庞大固埃向巴奴日指出的那样，真正具有美德的人："会忘掉自己，跳出个人的圈子，摆脱对尘世的贪恋，远离常人的焦虑不安，把一切看得无关紧要。"（《第三部书》，第三十七章，583页，译文略有改动）在《第三部书》的 51 章，拉伯雷将庞大固埃的这种哲学描述为"所有至高快乐的理想状态与典范"（参 643 页，译文有改动）。最终，在《第四部书》的作者前言中，拉伯雷采纳了庞大固埃的斯多葛超然态度，并把它作为自己独特的庞大固埃主义哲学的主要成分："至于我，赖天主仁慈，我还健在，托福托福。这是靠了一点庞大固埃精神（你们知道这是一种蔑视身外事物的乐观主义）……"（661 页）。

　　青年庞大固埃最初的巨人品质在《第三部书》中被描绘为"所有至高快乐的理想状态与典范"，为了取代这种神话般的品质，拉伯雷给我们提供了更多属人的标准来进行赞美和模仿。庞大固埃的品格和行为被形容为明智（wisdom）、踏实（sureness）和沉稳（tranquilite）。他代表了人类的典范，一种最理想的形式（form）。他拥有美德，并按照自己的高贵理性行事。正如我们所见，他的行为方式是斯多葛哲人所谓的"权利义务"（"right duty"）。按照西塞罗［Cicero］的解释："斯多葛哲人也称为'权利'的义务，是绝对完美的，'能够符合所有标准'，他们学派也说，这是除了智者外没人能达到的境界。"（《论义务》，第三卷，第四章）①

　　与庞大固埃的道德进步相比，拉伯雷一开始就预示了巴奴日的道德堕落（deterioration）。对庞大固埃道德上进步的积极颂扬与巴奴日日后经历的不祥预兆，拉伯雷将这二者并置起来："在随后的故事中……你们将会看到：巴奴日怎样结婚，怎样在婚后第一个月便做了乌龟……"（《庞大固埃》，第三十四章，411 页）。巴奴日从一个滑稽的（fun-loving），充满着古代爽朗精神的角色，变为一个道德低下、颓废无能的胆小鬼，只关心

----

　　① "能够符合所有标准"（"Satisfies all the numbers"）：比如说，符合绝对完美的所有要求——这是毕达哥拉斯学派的一种说法，一些特殊的数字代表着一些特定事物的完善；"权利"或者绝对义务将它们都综合在了一起。［译注］此处所引《论义务》的原文，译者根据作者所引的英译本译出，与王焕生先生的汉译有出入。参西塞罗：《论义务》，王焕生译，中国政法大学出版社，1999 年 3 月版，261 页。

"自己的情爱之事"，这是一种有意的构思，而非出于偶然。在此，拉伯雷紧紧追随斯多葛作家的传统，将不同的性格对比起来，以找到适当的行为方式。在斯多葛学派那里，道德与非道德并不是一个等级关系。圣人总是充满智慧并且独自完成道德行为；他的陪衬者（foil）总是很愚蠢，并且为自己的不道德行为付出代价。拉尔修［Laertius］这样说到："他们给出好（good）的另一种特殊定义是'理性之为理性的自然完满。'按照这种说法，德性既要求是好人（good men），也要求有好的行为；随着德性而来的是愉快、高兴等等。不幸（evils）或者是恶习（vice）、愚蠢、怯懦、不公正等等，或者是带有恶习的事物，包括恶意的行径以及不道德者的悲观失望等等。"①通过这种对比，我们能进一步理解拉伯雷对人类行为的斯多葛式观点。

从一开始我们就意识到，与庞大固埃相比，巴奴日并不是在寻找善好（good）。毋宁说他屈服于支配着他性格的恶的力量。我们得知："听过这话之后，庞大固埃半天没有响，好像在想沉重的心事，最后他向巴奴日说道：'恶鬼在迷惑着你'。"（《第三部书》，第十九章，509 页）②这一断言对

---

① 第欧根尼·拉尔修：《名哲言行录》，第 7 卷，94—95。［译注］此处所引《名哲言行录》的原文，译者根据作者所引的英译本译出。此段可参考如下译文："另外，他们还这样对善加以特殊的规定：'善是根据理性存在者的本性，或者如理性存在者的本性而来的完满。'德性就是这样的东西，而那些根据德性而来的实践和品行端正的人，因分有了德性，也都是善的；还有它们的附带物，如愉快、欢乐以及其他诸如此类的东西也是善的。同样，愚蠢、怯懦、不义以及其他诸如此类的东西，是恶的东西，那些分有了这些恶的——如由恶而来的行为和恶徒，以及恶的伴随物——如沮丧、忧郁以及其他类似的东西，也都是恶的。"参徐开来、溥林译：《名哲言行录》，桂林：广西师范大学出版社，2010 年，342—343 页。

② 导致毕克罗寿［Picrochole］倒台的那股邪恶力量与巴奴日天性中的恶相类似。参贾莱［Gallet］在《高康大》第三十一章的陈辞："……假使因为我们的缘故使你的名声和荣誉受到损害，或者，说得更明白些，假使是什么挑拨是非的魔鬼，想把你引入歧途，无中生有，滥造谣言，使你相信我们做了对不起我们深厚友谊的事……"尽管多数学者倾向于将"挑拨是非的魔鬼"（"esperit calumniateur"）理解成中古（medieval）意义上的魔鬼，但问题是拉伯雷会不会在此呈现一种很强的摩尼教（Manichean）意义上的邪恶，而反对道德的进步。可以肯定，这种说法来自于一个受到斯多葛思想影响的作家。我相信在其他地方，拉伯雷一定表达过在人类本性之中，摩尼教意义上的善与恶的现实，它们都在为控制人类的行为而努力。拉伯雷在《第四部书》中，对自然的与反自然的寓言式说法进行过直接对比，这种二元对立充斥着整部小说，比如说毕克罗寿与高朗古杰［Grandgousier］，巴奴日与庞大固埃。进一步来说，毕克罗寿与他的部下，在此我们可以加上巴奴日，他们都是非理性存在的反自然的产物，他们"受到所有愚蠢的、缺乏判断力和常识的人的赞叹"（《第四部书》，第 32 章，793 页）。

于巴奴日来说很可怕的，甚至是极具摧毁性的（devastating）。向邪恶屈服后，不可避免的结果是抛弃理性和道德，按照堕落的天性行事，这在巴奴日身上体现为他的色欲（lust）。巴奴日拒绝承认这一现实（outcome），他对于正直的道德缺少信心，认为美德不足以使圣人摆脱焦虑。如Screech 所说，"一旦我们离开他（庞大固埃）而接近巴奴日，那我们就离开了智慧而接近了愚蠢，离开了平静而接近了焦虑（agitation），离开了决断而接近的全是迟疑和不定（sporadic）。对于巴奴日来说，没有事情可解决，没有事情有结论。"①

巴奴日进退两难的悲剧，本质上来自于他没能力将婚姻问题与道德建立起关系。这可以非常明确地从他对待婚姻的犹豫态度上看出来，巴奴日不能阐明他的意愿（will）——他的能力唯一可以控制的东西——而试图将这种属于个人的责任委托给他的同伴，这必然导致一种不幸的结果。庞大固埃已经事先警告过他这样做可能导致的严重后果："你到底有没有拿定主意？主要的问题就在这里；其余的一切都无法预料，只好听天由命。"（《第三部书》，第十章，466 页）庞大固埃在他的论断中运用了斯多葛式的绝对正确（infallibility），在婚姻问题上，唯一重要的是个人"意愿"，而非违反内心意愿的环境。换句话说，对于巴奴日来说，要想在日常生活中作出正确选择，那仅能通过斯多葛意义上的"实践德性"（"active virtue"）来实现。

布里杜［Bridoux］对于实践德性，以及类似于巴奴日这样的人拒绝这种道德实践给出了很好的解释：

斯多葛学派认为有行动的权利（actions droites），正确的行动指的是：按照正确的理性而行动，完全按照理性而行动。他们非常喜欢这种公正的理念……然而，行动权利的前提是正确的行动，不包括有缺陷的、坏的行动。因此我们应该像圣人那样行事，他们按照正确的理性而行动，而其他的荒唐者则不按照正确理性行事，违背理性。前者指懂得使用自己的反对（représentations）与赞成（assentiment）的人。后者指糊涂的、失

---

① 《拉伯雷式的婚姻》（*The Rabelaisian Marriage*），前揭，57 页。

去理智的（égarés）人，他们不知道使用自己的反对与赞成。①

可见，斯多葛意义上的实践德性有两层互补性的意义：第一点，当作出一个决定时，理性是首先要考虑到的因素；第二点，个体也有重要的道德责任通过正确的行动来使理性决定付诸实践。人首先必须能够根据理性去解释（或意愿）任何情况，随之再做出道德选择，他一定不能为恐惧或怀疑所左右，而应该为了自己，尽人类所能去掌控命运。

与庞大固埃相比，巴奴日在整部小说中都没有按照事物本身所是的那样去清醒地看待事物，并且随之做出一个理性的、果断的决定。相反，特别是在《第三部书》中，他实践德性的这一部分被他内心的（psychological）犹豫与彷徨逐渐破坏。简单来说，不能清醒看待事物的首要后果是，他完全没有能力为了自己的愿望而行动。而在《第四部书》和《第五部书》中，巴奴日实践德性的另一个部分也被他的怯懦逐渐破坏了。我认为，拉伯雷运用结婚这一主题有更加宽泛的象征意义。拉伯雷特别是要说明奉行斯多葛的实践德性在一个人的行动中的重要性。巴奴日在婚姻问题上的焦虑以及无法行动这些负面的因素，在更加宽泛的意义上来说，是斯多葛哲人的兴趣所在，受到他们的极大关注。爱比克泰德关于这一问题说道：

人都会认为自己的困难来自于外在事物，问题的复杂性也来自于外界。"我应该怎么做？它是如何发生的？将来又会怎样？我害怕这样或那样的事情降临到我的身上。"那些只专注于意愿之外的事情的人，他们会像上面那样的说话。因为有谁会这么说，"我如何能够避免屈服于错误的事情？我如何能够不远离真理？"如果一个人先天的对这些事情有巨大的焦虑感，我想要提醒他，"你为何有这些焦虑？它是你能够掌控的；完全没有问题。在诉诸于天赋的规则（如理性）前，不要急于表示同意。"②

---

① Bridoux：《斯多葛主义及其影响》（*Le Stoïcisme er son influence*，Paris：Librairie philosophique J. Vrin, 1966），页 105。在讨论《第四部书》的海上风暴情节时，Screech 也使用了"实践德性"的概念，用来指"上帝保佑下自救的必要"（《若干斯多葛因素……》，94 页。）

② 《道德论说集》，第四卷，第十章，1—3。[译注] 译者根据原文所引英文译出，参考了王文华先生的汉译，见爱比克泰德：《爱比克泰德论说集》，王文华译，商务印书馆，2009 年 6 月，552 页。

斯多葛学派上述关注的问题，无论主题上还是叙述技巧上，都在拉伯雷的小说中占据着重要位置。

　　庞大固埃道德上取得的进步，完全是因为他按照实践德性的原则行事，与其相反，巴奴日道德上的堕落，是因为他没有毅力，不能去践行。在《第三部书》中，巴奴日从来不按理性或实践德性行事。他从来不为目标做任何努力；虽然人们可以找出各种资源来回答他的问题，但最终需要他自己作出决定，才能有一个确定的结果。所有的受咨询者（counselors）都认为他的探究是徒劳和荒谬的。希波塔泰乌斯（Hippothadée）告诉他："朋友，你向我讨主意，可是，首先，应该请教你自己。"（《第三部书》，第三十章，554 页）巴奴日从两条途径来寻找他问题的答案，超自然的（supernatural）与自然的（natural）。前者包括掷骰子、维吉尔占卜（Virgilian lots）、梦，以及一些假定天生具有的预言能力。第二个自然的领域，包括请教哲学家，请教医生，请教神学家，请教律师，以及求教于他的伙伴们，尤其是庞大固埃。各种答案达成共识的一点是：在结婚的问题上，巴奴日必须是他自己命运的主宰者。换句话说，他必须自己承担起许诺（undertaking），不能依靠他人的建议，其他人无权决定最终结果。但这种解决方式不能令巴奴日满意。他不能担负起生命的责任，对敦促他的任何建议都犹豫不决。在是否应该结婚的问题上，他与庞大固埃的第一次讨论就明确地体现了这一点：

　　——庞大固埃回答道："既然骰子已经掷出，[①]主意也拿了，决心也定了，那就用不着多说，只要去实行就是了。"

　　——巴奴日说："当然，不过没有你的指示和忠告，我还是不干。"

　　——庞大固埃说："那我就把我的意思告诉你。"

　　——巴奴日说："如果你以为还是像现在这个样子好，用不着出新花样儿，那我就宁愿不结婚。"

　　——庞大固埃说："你千万不要结婚。"

　　——巴奴日说："不结婚也可以，不过，你是不是要我一辈子打光棍，

───────────────

　　① ［译注］凯撒带领军队渡过路比贡河时，曾高声说："Alea jacta est（命运已掷出）！"意思是决不反悔。见《巨人传》，464 页，注①。

连个老婆也没有呢？经上记载说：Voe soli。独身的人永远也享受不到结
婚人的快乐。"

——"那你就结婚好了，我的老天！"庞大固埃叫了起来。（《第三部
书》，第九章，463 页）

　　巴奴日对于正确选择自己生命方向的这种不情愿的态度，以及由此导
致的对于道德行为的否认，贯穿着后三部书的始终。与这种道德目的缺失
相比，拉伯雷一直将庞大固埃描写成明智果敢的形象。（庞大固埃不拘泥
于传统，决定离开，将选择自己未来妻子的事交与父亲处理。[①]）事实上，
既具有喜剧色彩，也让人感觉悲哀的是巴奴日的摇摆不定，他没有能力作
出一个严肃正确的决定，庞大固埃将他的这个朋友比作一只陷入罗网中的
无助的老鼠。他嘲笑巴奴日说："我看你很像一只被套住的小老鼠，越是
挣扎，越是套得紧。你完全是这样，越是想从这个难题里摆脱出来，就越
是摆脱不出……"（《第三部书》，第三十七章，583 页）。

　　巴奴日看起来神志不太清醒——他的无能，或者更确切点说，他拒绝
如事物之所是那样地去接受它——如我已经指出的，这样的结果就是精神
上的犹豫与摇摆不定。在巴奴日的困境中，有一个更深的道德意义。巴奴
日的悲剧在于他一直在试图自我欺骗。开始，在没有其他人的建议时，巴
奴日还清楚在结婚问题上，一个人应该采取怎样合适的道德态度。这表现
在有一个场景中，庞大固埃告诉他保持单身。巴奴日拒绝了这个建议，并
且提出，在高贵和道德的意义上，他有足够的理由应该结婚。他以如下言
辞断然回绝了庞大固埃：

　　不过，我永远也不会有嫡亲的儿女了。我还希望他们为我传宗接代、
继续我的前程、继承我的遗产和财富哩；……我要和他们一起享福，遇到
我心里难过的时候，我可以像每天看到的、像你那慈爱、善良的父亲和你，
还有一切的好人那样在自己家里享享清福。（《第三部书》，第九章，465 页）

---

　　① ［译按］此处的"不拘泥于传统"，指的应是当时法国由教士决定婚姻的教会法，此项法
律规定，只要有教士证明，婚姻即是合法的，而不需要经过父母的同意。而庞大固埃认为不经过
父母的同意，而私定终身，在正常的传统看来，是不对的。参《第三部书》，第 48 章，627—631
页。

事实上，正如巴奴日指出的，对于"所有正派的人"来说，以上是为道德所接受的合法婚姻的成熟想法。（稍后，这些相同的理由会再次出现，但非常具有讽刺意义的是，这次是庞大固埃回复巴奴日。①）因此，巴奴日已经向庞大固埃陈述了他想要结婚的道德理由。

当巴奴日意识到婚姻的极度复杂性时，他仍然对婚姻能够带给他的快乐很感兴趣，这时他的自欺就表现得非常明显了。在巴奴日决定不再穿裤裆（codpiece）的那一天（他打算结婚的第一个暗示），即他告诉庞大固埃结婚的道德理由之前的一个场景中，巴奴日已经流露出他想结婚的真正理由。他问庞大固埃：

> 你没有看到我这身粗布（指裤裆）？它有未卜先知的能耐，这种能耐很少人有。我不过从今天早晨才穿上它，但是我已经感觉到跟疯了一样，我剑拔弩张，迫不及待地想结婚，来不及地想在我老婆身上大干特干，挨棍子也不怕。啊！我一定是个伟大的丈夫！我死之后，准会有人把我隆重地焚化掉，保存我的骨灰，作为理想丈夫的典范让人纪念。天主那个身体！我的管账的可别想在我身上玩花招、造假账，因为耳刮子马上就会打在他脸上。（《第三部书》，第七章，458页）

从这一段开始，巴奴日对婚姻问题的探讨明显是在寻找性——而非道德——的满足。他的未来就此非由命运或者天意（Providence）来决定，而是他自己人力所为。他将被戴绿帽子，正如同拉伯雷在《第二部书》中预测的那样，因为他不"想"（"will"）有道德地生活。他所追求的只有一件事，他自己的情欲（self-interest）。巴奴日性格中这一虚伪的特点构成了他非道德追求的主要动力。没错，巴奴日想要在婚姻中寻找一种合法的性的满足。巴奴日非常想听到别人告诉他，他可以随心所欲，而又不承担后果。尤其是，他想要主宰他的妻子，而在这个过程中又不被戴绿帽子。总而言之，巴奴日希望听任性欲（lust）的摆布，他在婚姻中想找的也就是这个东西。

---

① 参《第三部书》，第35章，576页："庞大固埃说道，我对于有女人同时又没有女人是这样理解的：所谓有女人，是根据大自然创造女人的目的而言的，那就是为了相互协助，一起享乐，共同生活……"

庞大固埃并没有被巴奴日的虚伪所欺骗。他告诉巴奴日："……而且我知道这是自尊心和情欲（philautie et amour）在迷着你的心窍。"（《第三部书》，第二十九章，551 页，译文有改动。）其他受咨询者也没有受他蒙骗。比如希波塔泰乌斯问巴奴日："你肉体上是不是感觉到性欲的困扰？"（《第三部书》，第三十章，页 554）隆底比里斯（Rondibilis）则完全放弃了巴奴日是否应该结婚这个首要的问题（topical question），而专注于巴奴日的性欲这个更加严重的问题（serious problem）："你说你感到性欲的困扰。"（《第三部书》，第三十一章，558 页）

其实对于婚姻应该采取什么样的合适态度，巴奴日是有意识的，但他没有打算用这种想法去解释自己灵魂上的摇摆不定。他不仅仅迟疑于是否应该结婚。他真正害怕的是他所企盼的行为可能导致的负面结果。如果说巴奴日按照自己所希望的，为满足性欲而建立了婚姻关系，他担心妻子会不会将他对她的不尊重反过来对付自己。归根结底，巴奴日最大的恐惧是怕被置于受操控的位置。这就是为什么庞大固埃一开始就指出，"塞内卡的箴言千真万确，毫无例外：你如何对人，人必如何对你。"（《第三部书》，第九章，464 页）从斯多葛学派的角度来看，拉伯雷对巴奴日的犹豫和恐惧的讨论属于伦理范畴，非常类似于斯多葛学派对恐惧的定义和描述，他们认为恐惧是一种会导致灾难性后果的道德困境：

恐惧（fear）是一种恶的念头。恐惧包括如下情绪：惊骇（terror）、紧张的畏缩（nervous shrinking）、羞怯（shame）、惊慌失措（consternation）、惊惧（panic）和精神的挣扎（mental agony）。惊骇是产生害怕的恐惧；紧张的畏缩是人不得不做某种事情的恐惧；羞怯是对不光彩事情的恐惧；惊慌失措是因出现某种不寻常事件而产生的恐惧；惊惧是在压力下因突然的声音而产生的恐惧；精神的挣扎是当事情仍处于悬疑状态时所产生的恐惧。①

---

① ［译注］参第欧根尼·拉尔修：《名哲言行录》，第 7 卷，112—113，马永翔等译，吉林人民出版社，2003 年，448 页，译文有改动。另可参如下译文："恐惧是对恶的预料。以下这些包含在恐惧下面：害怕、畏缩、羞怯、惊愕、呻吟、担心。害怕是产生惊慌的恐惧，羞怯是对不光彩之事的看见，畏缩是对行将进行的事情的恐惧，惊愕是因奇异之事的出现而生起的恐惧，呻吟是随着声音的压迫而生起的恐惧，担心〈是对某种未知事情的恐惧〉，"见徐开来、溥林译本，前揭，349 页。

在对待婚姻的问题上，巴奴日的非道德态度，他的犹豫以及主观地不想建立一种道德关系，这可以主要通过他的恶习进行解释。巴奴日完全承认，他婚姻的结果首先取决于自己对待这一问题的态度。而这一点就足以使他在失败之前悬崖勒马（stop and hesitate）。当有人要求巴奴日对一些处境和行动作出解释时，在他每次作答时，也都会出现一种恐慌的感觉。对巴奴日来说，《第三部书》中体现出来的糟糕的精神上的犹豫不决，在《第四部书》和《第五部书》中，变成了更加有害的（evil）东西——他的恐惧以及完全不能为了自己而行动。这种道德上的退化（deterioration），暗示了巴奴日会继续在婚姻中寻找他所希望的腐化（vice）目的。这给他带来了很可怕的后果，他给自己戴上了绿帽子。

在《第四部书》和《第五部书》中，实践德性内涵的第二个部分——个体的道德责任通过正确的行为来影响（enforce）意愿（will）的理性决断——一方面表现在庞大固埃有效的行动上，另一方面表现在巴奴日无助的恐惧上。除了巴奴日自己之外，所有人都认为恐惧支配着他。约翰修士［Frère Jean］的如下陈述只是后两部书中此问题的一个缩影："这个胆小鬼什么都怕，动不动就吓得拉出屎来！"（《第四部书》，第六十六章，913页）①

关于巴奴日的恐惧和庞大固埃与其相反的表现，拉伯雷在《第四部书》和《第五部书》中有很多细节的描写。其实，庞大固埃有时也会对未来产生恐惧，但那是一种可以控制的恐惧。比如说，在决定是否应该登上盗窃岛（island of Ganabin）向缪斯致敬这个情节中，表现了庞大固埃的理性所发挥的作用，他完全按照自己所得到的否定回答来行事：

庞大固埃说道："我感到心灵紧张，仿佛远处有一个声音告诉我说我们不应该去。每次我精神上有这样感觉的时候，抛弃和离开他不许我去的地方，我总是得到好处；另一方面，去了他叫我去的地方，也同样得到好处，从来没有后悔过。"（《第四部书》，第六十六章，913—914页）

---

① 尽管拉伯雷有意用一种"高卢精神"（"esprit gaulois"）的修辞来构造这个句子，以体现一种喜剧效果，但请注意他用来形容巴奴日状态的形容词。巴奴日的恐惧是他的怯懦和邪恶（lasche et meschant）的结果。这种行为当然是一种道德缺陷。

在这种情况之下，圣人庞大固埃一如往常地保持清醒和自制。至于巴奴日就很难这么说了。他非常害怕，以至于躲到船舱下面。我们被告知："巴奴日听了他的话，二话不说，离开了大家，躲到舱底和面包头、面包皮、面包渣挤在一起去了。"（《第四部书》，第六十六章，913 页）巴奴日除了不能为自己思考和决断之外，他也公开展示了他的怯懦，完全变成了滑稽的胆小鬼（poltron ridicule）。巴奴日的歇斯底里（hysteria）完全抛弃了理性的思考。巴奴日身上判断和沉着的缺失将在"解冻的语言"（"parolles dégelées"）一章中再现。刚一听到这些奇怪的声音，巴奴日就大喊道：

天主那个肚子！这不是开玩笑么？我们完蛋了。赶快逃命吧！四周围全是危险。约翰修士，我的朋友，你在这里么？我求你不要离开我！你带好你的短刀没有？摸摸是否在刀鞘里！你总是不把它磨快！我们完蛋了！你们听，天主在上！这是大炮响啊。赶快逃命吧！……赶快逃吧！我这样说可不是我害怕，因为除了危险，我什么都不怕。（《第四部书》，第五十五章，869—870 页）[1]

但是，庞大固埃却显然没有被同样的声音吓倒，并且对它们充满好奇。在判断声音的好坏之前，他想要知道声音的来源。

庞大固埃听见巴奴日的叫喊声，说道："这个要逃的人是谁啊？我们先要看看到底是什么人。也许是自己人呢。我现在还看不见什么，可是周围一百海里远我都看得到。大家来听听看。"

庞大固埃实践德性的外在表现是他有效的行动，是他能够应对未知领域的过程，是他能够迅速找到有效的方法，以减少命运产生的不利影响。这一斯多葛理念在今天被广泛表达为"上帝救那些自救者"（"God helps those who help themselves"）。这一说法的最初意思就是用个体的道德责任来影响意愿的决断。仅有强力的意愿能够改变命运，并且通过果断的行

---

① 《第一部书》中，毕克罗寿的人逃离高康大时，也被描写为缺少决断和不能正确运用理性，可与这一段的惶恐对观："剩下一部分残余，个个失魂落魄，急忙后退，仿佛眼睛里看到了死亡的影子……敌人惊慌失措，到处乱跑而又不知道逃跑的理由……这是心灵上一种无法摆脱的恐怖到处追逐他们的缘故。"（《第一部书》，第四十四章，167—168 页）

动取得进步。

在《第四部书》关于暴风雨这一情节中，实践德性的原则得到了最全面的表达。在海上遭遇暴风雨期间，庞大固埃的行为准则表现得淋漓尽致，展示了他在面对偶然事件时所表现出来的解释及行动能力。看到暴风雨逼近，庞大固埃注意观察并且保持冷静。他祈祷上帝将他们从这场意想不到的灾难中拯救出来。之后，他和所有船员用尽全力对抗暴风雨，直到风平浪静。我们得知，在整个暴风雨期间，庞大固埃用自己的双手紧紧掌控着船舵。也就是说，在危险之中，他责无旁贷地承担着所有责任，直到船只安然无恙。而在这期间，巴奴日又干了什么呢？首先，他晕船晕的一塌糊涂，把头挂在栏杆上呕吐不止，祈求所有圣人以及命运的帮助。之后找个地方蹲在甲板上，抓住船舷，像牛一样大吼道：

格，格，格！约翰修士，我的朋友，我的好教士，我要淹死了，我要淹死了，我的朋友，我要淹死了！我完蛋了，我的好司铎，我的朋友，完蛋了！连你的腰刀也救不了我的命了！耶稣啊，耶稣啊！（《第四部书》，第十九章，745页）

在整个暴风去期间，巴奴日跟他的同伴们不同，没有为拯救自己做过一点努力。由于巴奴日的恐慌，他更像一个累赘而不是帮手。他猜想自己可能要死了，由此推论到应该写下他的临终愿望和遗嘱。爱比斯德蒙[Epistemon]立即指出了巴奴日这个决定的愚蠢和荒谬：

现在当我们理应努力设法抢救船只、否则即有沉船危险的时候，却来立什么遗嘱，在我看来，这和凯撒的将官和亲信打到高卢时忙着立遗嘱、留遗言、悔恨不走运、哀痛妻子不在身边、思念罗马的亲友，而不去办当时急需要办的事，那就是：拿起武器全力对付敌人阿里奥维斯图斯 [Ariovistus]①，同样不应该和不合适。（《第四部书》，第二十一章，752页）

巴奴日的愚蠢与他欲望的极端不理性紧密相关。正如爱比斯德蒙随后向他指出的，在那种时刻，立遗嘱没用。他不是化险为夷（survives the

---

① ［译注］成钰亭先生译注：阿里奥维斯图斯：公元前1世纪苏威维首领，曾企图攻占高卢，为凯撒所败。

peril），就是被淹死。如果巴奴日活下来了，遗嘱没用，因为除非立遗嘱人死了，遗嘱才有效。如果他死了，那遗嘱也自然同他一起沉入海底。巴奴日惊呆了。他唯一的回应是："我除了危险什么也不怕。"（《第四部书》，第二十三章，762 页）①

靠着庞大固埃和效仿他的人的努力，众人的安全才得到了保障。庞大固埃从没有放弃他的镇定。总而言之，他能够理性地判断现实处境，并且用自己的决心来战胜困难。暴风雨终被坚定的实践德性所打败，这是对于强大的恶势力的一种否定。

对庞大固埃和巴奴日性格类似的对比，贯穿着小说的其余部分。有一处，当一条巨鲸向船冲过来时：巴奴日吓得要死；而庞大固埃意识到了形势的紧急，在鲸鱼撞到船之前杀死了它。②还有一次，当香肠人（Andouilles farouches）伏击庞大固埃及其手下时，巴奴日想要与翼姆纳斯特[Gymnaste]互换位置，以便能再次躲起来；而庞大固埃独自打败了来犯者。还有很多这样的章节。总之，庞大固埃所具有的实践德性是一种斯多葛圣人式的理想行为。爱比克泰德用如下说法概括了这种生活方式的精神：

一个人假如想要做到既善又智慧的话，他就需要在三个方面锻炼自己。第一个方面跟一个人想要得到东西的意愿和想要回避东西的意愿有关。这就是说，一个人要做到，永远能够得到自己想要得到的东西，永远能够回避自己想要回避的东西。第二个方面跟我们采取行动还是不采取行动的驱动有关。一句话，一个人永远要做应当做的事情，他的行为一定要有条理，合乎理性，而且一定要小心谨慎。第三个方面是说，我们要避免

---

①　拉伯雷将巴奴日完全不具备实践德性与庞大固埃完全拥有实践德性相对比，这也在《第一部书》中约翰修士与塞邑（Seuilly）众修士的对比中体现出来。毕克罗寿的强盗们抢劫完村镇，开始攻击修道院。众教士对此的回应是："院里一群不幸的教士不知道祷告哪一位圣人好了。他们胡乱地撞起会章规定的主要人会议的钟来。会议决定好好地做一次巡行祈祷，再加上讲经和祷文，来对抗敌人的迫害，用美丽的词句祈求和平。"（第二十七章，页 107）而约翰修士看到同伴们徒劳的行为，脱去了长袍，抓起举十字架的木棍，朝敌人打去。[译注] 这句话是维庸的诗《一个弓箭手的自白》里面弓箭手说的，"我只怕危险"，后流传为一个古老的笑话，参页 762 注③。

②　[译按] 见《第四部书》，第 34 章，页 798－800。

失误和受到蒙蔽，[不要有任何草率的判断，]总之，就是关于同意的问题。①

毋庸置疑，拉伯雷同样主张通过负责任的行动来践行斯多葛学说中的理性、意愿和道德关怀（moral application）。这些实际上是庞大固埃性格中的动力，使他成为拉伯雷的斯多葛哲学的一种具体体现。

巴奴日性格的缺陷揭示了他不具备圣人的任何基本品质。他从不理性思考，从不道德地进行决断，从不能为他自己行动。即使在《第五部书》中，他即将抵达神瓶大殿时，他还是不能抛弃始终伴随着他的恐惧，想要放弃他的初衷（undertaking）：

> 走过七十八级梯阶之后，巴奴日喊叫起来，他向我们明亮的"灯笼"说道："明亮的夫人，我抱着一颗沉痛的心恳求你，咱们回去吧。我以天主的死亡起誓，我快要吓死了！我情愿一辈子不再结婚。"（《第五部书》，第三十六章，1064 页）

当神谕出现时，巴奴日仍然惧怕听到它的话，因为他知道神谕将再次重复他已经知道的忠告，那就是，必须成为决定自己命运的人。祭司在解释"Trinch"一词时说："神瓶既然把你们领到这里，请你们自己来得出你们旅行的意义好了。"（《第五部书》，第四十五章，1096 页）自从巴奴日决定不想过一种有道德的婚姻生活开始，他就一直在支支吾吾地逃避众人都劝他承担起来的责任。如果以道德的观点接受了神谕的启发，那就要求巴奴日的态度和行动有一种根本性的转变。但巴奴日不想这么干，这可以清晰地体现在他对祭司忠告的酒色式（bachhic-sexual）解释上：

> 巴奴日说道："大家举杯，
> 巴古斯在上，大家举杯！
> 噢，噢，噢，我将比翼双飞，
> 相亲相爱，
> 夫妻交配，
> 举案齐眉，
> 神谕何为诂？

---

① 爱比克泰德：《爱比克泰德论说集》，前揭，页 319—320。

父性在我心中告诉，

转回故土，

不仅洞房花烛，

而且夫妻和睦，

卿卿我我，

鸳鸯依附。

我的天！我已预见到夫妻美好，

如胶似漆。"（《第五部书》，第四十五章，1096－1097 页）

我们在此看到的是巴奴日为其自身的命运负起了责任。他在结婚后将被戴上绿帽子，这是因为他自己不"想"有道德地生活。他拒绝对自己的许诺（undertaking）做出一种有道德的解释。这意味着，他拒绝为影响自己的命运而为自己行动。

在拉伯雷对于庞大固埃和巴奴日性格的对比性考察中，他主要研究了命运和自由意志（free will）的密切关系问题。按照斯多葛理论，他（拉伯雷）通过庞大固埃的实践德性，承认并且强调了人的能力，实际上是责任（oligation），去意愿（to will）和去实践（to act）仅是对生命自身本质问题的一种实际回应。人必须模仿庞大固埃具有的实践德性，而不是巴奴日的犹豫和恐惧。他必须为自己而行动以便找到自己命运的答案。正如蒂利［Archur Tilley］非常正确地特别强调的，祭司最终指出人类特有的本能是喝，而不是笑。①她立即指出了喝的意义完全是指行动：

所以，我们说，不是笑，而是喝，才是人类的本能。不过，我所说的不是简单的、单纯的喝，因为任何动物都会喝，我说的是喝爽口的美酒。朋友们，请你们记好，酒能使人清醒，没有比这个更靠得住的论断了，也没有比这更真实的预言了。你们自己的学者就足以证明，他们给酒这个字寻找字源的时候说，酒，希腊文叫作 olnos，和拉丁文的 vis（力量，能耐）颇多相似，因为它有能力使人的灵魂充满真理、知识和学问。（《第五部书》，第四十五章，1096 页）

---

① Archur Tilley，《弗朗索瓦·拉伯雷》（*François Rabelais*，London：J. B. Lippincott，1907），350 页。

209

在道德和文学的意义上，斯多葛实践德性的原则使拉伯雷推进了人的概念，这是对于早期文艺复兴乐观主义的某种具体化。通过庞大固埃的实践德性，拉伯雷指出了人类潜力的无限可能。同时，他也指出了人类的未来依靠于自身的意愿和理性的教育，而且这些也必须诉诸实践。在道德哲学的领域，拉伯雷既提出了行动准则，也树立了一个楷模。他请读者模仿庞大固埃的行为，因为庞大固埃已经获得了真正的智慧，为人类做出了表率。

拉伯雷的斯多葛乐观主义以另一种形式体现在他对于庞大固埃草的发明和诗意的使用上，以一种植物的典范，象征了庞大固埃主义的道德哲学以及主角庞大固埃。如同斯多葛学派喜欢举例子，以使他们道德哲学的实用性体现的更加具体一样，拉伯雷对于这种植物的象征性使用，是对人类潜力的一种集中表达，举出了人类在地球上整个的进步过程，展现了一个乐观的未来。按照拉伯雷的观点，庞大固埃草（Patagruelion）体现了人类追求卓越的能力，它必将取得显著的进步并在人类追求的所有领域中体现出来。同样，凭着这同一种力量，他可以体现为"同样的性能、同样的力量、同样的完美、同样惊人的功效"，人类在未来可能取得更多显著的成就。（《第三部书》，第五十一章，643 页）甚至神也惧怕庞大固埃草的力量、人的潜能："他的孩子（很可能）也会发现一种具有同样功能的草，使人类运用它可以窥探冰雹的泉源，雨水的源头，霹雳的制造场所；可以占领月球地区，进入天体境界，在那里落脚定居……"（《第三部书》，第五十一章，646 页）拉伯雷对于人类无限可能性的信念和乐观主义，今天已不再仅仅是一种科学构想，而成为现实。人类已经研究到属神的天国领域之中了，正如同拉伯雷在 16 世纪预测到的人之所为。

拉伯雷对于人类自然潜能的评价，体现在他对于庞大固埃的角色和庞大固埃草的创造上，这必须从斯多葛乐观主义的积极表达这个层面进行考虑。与斯多葛伦理可以掌控人类潜能的乐观观点相对比，拉伯雷给出了一个看似喜剧实则悲剧的例子，那就是巴奴日这个缺少斯多葛德性的胆小鬼的衰变（disintegration）。在庞大固埃身上体现出来的斯多葛理想需要一种行为规范来确保个体德性的持续进步，这种进步需要运用一种为理性所控制的意愿和行动的自由。拉伯雷认为缺少了这个条件，人的潜能就不能够发挥出来。

后　记

　　本书是在笔者2012年提交给同济大学的博士论文（《思想与行动——关于拉伯雷〈巨人传〉的政治哲学研究》）的基础上增补而成的。三年以来，一直想把当年没做好的部分补充起来，甚至一度想打破原来的文章结构，重新写一遍。殊不知，人生是有阶段的，有些事情过去就是过去了。写作总是一件需要激情的工作，随着思维方式的转变，在某一个时期认为重要的事情，在另一个阶段，可能不得不与其告别。此中固然有"懈怠"这一人类劣根性在作祟，也有在生命的不同阶段，人都有不同的任务，有些事情并非不重要，而是心有余而力不足。带着这种"找个理由就能活"的得过且过心态，决定把这些记录着一个时期心路历程的文字以一种有形的方式固定下来，虽然意义微不足道，只为立此存照，给自己和所有关心自己的人一个交代。

　　本书导论中部分内容曾以《〈巨人传〉中的事与理——兼论西学研究的整全视野》为题，发表于《海南大学学报》（人文社会科学版2012年4期）。附录中的译文《拉伯雷与斯多葛式笔法》曾以《拉伯雷与廊下派笔法》为题，发表于《经典与解释》辑刊第41辑。本书写作和出版得到了以下项目的支持：北京人文在线文化艺术有限公司发起的"2015人文在线出版基金资助活动"；2014年度湖北省教育厅人文社科青年项目：思想与行动——拉伯雷《巨人传》政治哲学研究（14Q056）；武汉轻工大学引进人才科研启动项目：拉伯雷巨人教育对我国当代教育的启示研究（2014RS03）；武汉轻工大学校立项目：思想与行动——拉伯雷《巨人传》伦理学研究（2013D07）。

一部以拉伯雷《巨人传》为研究对象的书能够面世，首先要感谢我的博士论文指导教师徐卫翔教授，这一研究课题是在徐老师的推荐下确立的，他也一直关心着这项研究，而且在百忙之中，为本书作序，对于目前这项不成熟的研究成果，笔者感到愧对老师的厚望。据说，人的第一声啼哭，便吹响了回家旅程的号角，人的一生是不断出离与返回的过程，可能有一天，我的思想旅程还会返回到拉伯雷那嬉笑怒骂的世界。笔者短暂的思想生活，是从 2006 年登上海南大学所在的海甸岛开始的，志扬师和海南大学社会科学研究中心的老师和师兄弟们，是这颗愚钝之心的启蒙与提携者，尤其是贾冬阳、唐文、王凌云、文贵全等师友，对于笔者的思想之路，起到了重大影响，在此一并致谢。

　　同济大学三年的博士研究生岁月，是笔者人生中一个重要阶段，本书中很多想法是在和老师、同学们的讨论和交流中产生的，也就是在无数的思想碰撞中，和胡成恩等同学结成了深厚的友谊。还有那些从海甸岛起航，共同行走到东海之滨的硕士同学，郭熙明、杨晓强、毛红玉、高琪、张守永、郝春鹏、欧阳帆，感谢朋友们，感谢一起走过的日子。

　　最后，感谢我的父亲唐殿侠，母亲曲景艳及内子孙娇。是他们在提醒我，人除了有飞升的灵魂外，还有沉重的肉身，身心不应该，也从来没有完全分开过。如果这本小书能够作为微薄的礼物题献的话，我把她送给你们！

　　西塞罗在一次致谢时这样说过："要一一列举所要感谢的人非常困难，而遗漏了哪一位都是一种失礼。"当表达谢意的时候，感觉篇幅有限，有太多的人都没有提及，太多的感情无法表达清楚。生活还在继续，言有尽而行无穷，让我们共同在言、行的张力中走向未来吧。

俊　峰

2015 年 8 月 31 日

汉口常青花园

参考文献

（一）拉伯雷原著

[1] François Rabelais. Oeuvres complètes ［M］. Ed. Mireille Huchon. Bibliothèque de la Pléiade. Paris：Gallimard，1994.

[2] François Rabelais. Gargantua ［M］. Ed. Ruth Calder，Michael A Screech，and Verdun-Louis Saulnier. Geneva：Droz，1970.

[3] François Rabelais. Pantagruel ［M］. Ed. Verdun-Louis Saulnier. Geneva：Droz，1946.

[4] François Rabelais. Le Tiers Livre ［M］. Ed. Michael A Screech，Geneva：Droz，1964.

[5] François Rabelais. Le Quart Livre ［M］. Ed. Robert Marichal. Geneva：Droz，1947.

[6] François Rabelais. Le Quart Livre ［M］. Ed. Ffançoise Joukovsky. Paris：Flammarion，1993.

[7] François Rabelais. Gargantua and Pantagruel ［M］，translated by Sir Thomas Urquhart and Peter Motteux，The University of Chicago Press，1952.

[8] 弗朗索瓦·拉伯雷.《巨人传》［M］.成钰亭，译.上海：上海译文出版社，1990.

[9] 弗朗索瓦·拉伯雷.《巨人传》［M］.陈筱卿，译.长春：吉林出版集团有限公司，2010.

［10］弗朗索瓦·拉伯雷．《巨人传》［M］．鲍文蔚，译．北京：人民文
学出版社，1998.

［11］弗朗索瓦·拉伯雷．《巨人传》［M］．杨松河，译．南京：译林出
版社，2002.

（二）研究拉伯雷的著作和论文

［1］ Alice Fiola Berry. *The charm of catastrophe*：*A study of Rabelais's Quart Livre*，University of North Carolina Press，2000.

［2］ Berry Alice Fiola. *Rabelais*：*"Homo Logos." Studies in the Romance Languages and Literatures*. Chapel Hill：University of North Carolina Press，1979．

［3］ Tilley M. A. Ed，*Fraçois Rabelais*，J. B. Lippincott Company，1907.

［4］ Febvre Lucien，*The Problem of Unbelief in the Six-teenth Century*：*The Religion of Rabelais. Trans. Beatrice Gottlieb*. Cambridge，MA：Harvard University Press，1982.

［5］ Harcourt Brown，*Science and the human comedy*，University of Toronto Press，1976.

［6］ Elizabeth Chesney Zegura Ed. *The Rabelais Encyclopedia*，Greenwood Press，2004.

［7］ Michael J. Heath，*Rabelais*，Tempe，AZ：Medieval and Renaissance Texts and Studies，1996.

［8］ Rigolot，François. *Les langages de Rabelais*. Etudes rabelaisiennes 10. Geneva：Droz，1972．

［9］ Albert Coutaud，*La Pédagogie de Rabelais*，Paris：Librairie de la France Scolaire，1899.

［10］ Marcel Tetel，*Rabelais*，New York：Twayne，1967.

［11］ Jerry C. Nash：*Rabelais and Stoic Portrayal*，Studies in the Renaissance，Vol. 21（1974）．

［12］ Francois Rigolot，*Rabelais，Misogyny，and Christian Charity*：

Biblical Intertextuality and the Renaissan of Exemplarity，PM-LA，Vol. 109，No. 2（Mar.，1994）.

[13] Donald Stone，*Ethical Patterns in Gargantua*，French Review，Vol. 57，No. 1（Oct.，1983）.

[14] R. H. Armitage，*Is Gargantua a Reworking of Pantagruel*，PM-LA，Vol. 59，No. 4（Dec.，1944）.

[15] Edwin M. Duval，*Panurge，Perplexity，and the Ironic Design of Rabelais's "Tiers Livre"*，Renaissance Quarterly，Vol. 35，No. 3（Autumn，1982）.

[16] Florence M. Weinberg，*A Mon Tonneau Je Retourne：Rabelais's Prologue to the Tiers Livre*，Sixteenth Century Journal，Vol. 23，No. 3，（Autumn，1992）.

[17] M. Jeanneret，*Parler en mangeant*，*Rabelais et la tradition symposiaque*，Edudes rabelaisiennes，ⅩⅩⅠ，1998.

[18] 吕西安·费弗尔：《16世纪的不信教问题：拉伯雷的宗教》[M]，赖国栋译，上海：三联书店，2011年12月.

[19] 巴赫金：《拉伯雷研究》[M]，李兆林、夏忠宪等译，石家庄：河北教育出版社，1998年.

[20] 科斯塔，《日常饮食："骇人听闻的神秘之物"》，孔许友译，载刘小枫选编，《古典诗文绎读》西学卷·现代编·上[C]，北京：华夏出版社，2009年8月.

[21] 纳施勒尔斯：《〈巨人传〉中的畅饮》，孔许友译，载刘小枫选编，《古典诗文绎读》西学卷·现代编·上[C]，北京：华夏出版社，2009年8月.

（三）其他参考资料

[1] 奥古斯丁：《忏悔录》[M]，周士良译，北京：商务印书馆，1963年7月.

[2] 爱弥尔·涂尔干：《教育思想的演进》[M]，李康译，渠东校，上海

人民出版社，2003 年．

[3] 艾玛纽埃尔·勒维纳斯：《上帝、死亡和时间》[M]，余中先译，北京：三联书店，1997 年．

[4] 柏拉图：《理想国》[M]，郭斌和 张竹明译，北京：商务印书馆，1986 年 8 月．

[5] 柏拉图：《苏格拉底的申辩》[M]，吴飞译疏，北京：华夏出版社，2007 年 6 月．

[6] 柏拉图：《会饮》[M]，刘小枫译疏，北京：华夏出版社，2003 年 8 月．

[7] 柏拉图：《游叙弗伦·苏格拉底的申辩·克力同》[M]，严群译，北京：商务印书馆，1983 年．

[8] 柏拉图：《蒂迈欧》[M]，谢文郁译，上海：上海人民出版社，2003 年 11 月．

[9] 柏拉图：《柏拉图全集》（第一卷）[M]，王晓朝译，北京：人民出版社，2002 年 1 月．

[10] 巴尔扎克：《都兰趣话》[M]，施康强译，北京：人民文学出版社，2004 年 1 月．

[11] 保罗·奥斯卡·克利斯特勒：《意大利文艺复兴时期八个哲学家》[M]，姚鹏、陶建平译，上海：译文出版社，1987 年．

[12] 查尔斯·泰勒：《柏拉图：生平及其著作》[M]，谢随之等译，济南：山东人民出版社，1991 年．

[13] 查尔斯·霍默·哈斯金斯（Charles Homer Hsakins）：《大学的兴起》[M]，梅义征译，上海：三联书店，2007 年 4 月 [64] 伏尔泰：《哲学辞典》，王燕生译，北京：商务印书馆，1991 年 10 月．

[14] 戴维斯：《古代悲剧与现代科学的起源》[M]，郭振华、曹聪译，华东师范大学出版社，2008 年．

[15] 弗朗西斯·培根：《学术的进展》[M]，刘运同译，上海：上海人民出版社，2007 年 8 月．

[16] 福柯：《性经验史》[M]，佘碧平译，上海：上海人民出版社，2002 年 10 月．

［17］ G·桑迪拉纳：《冒险的时代——文艺复兴时期哲学家》［M］，周建漳、陈墀成译，北京：光明日报出版社，1989 年．

［18］ 贡斯当：《古代人的自由与现代人的自由》［M］，阎克文 刘满贵译，北京：商务印书馆，1999 年．

［19］《古汉语常用字字典》［M］，商务印书馆，1979 年 9 月．

［20］ 赫西俄德：《工作与时日》［M］，张竹明、蒋平译，北京：商务印书馆，1991 年 11 月．

［21］ 黑格尔：《法哲学原理》［M］，范扬、张企泰译，北京：商务印书馆，1961 年 6 月．

［22］ 黑格尔：《哲学史讲演录》（第一卷）［M］，贺麟、王太庆译，北京：商务印书馆，1959 年．

［23］ 黑格尔：《历史哲学》［M］，王造时译，上海：上海书店出版社，2006 年 3 月．

［24］ 亨利希·海涅：《浪漫派》［M］，薛华译，上海：上海人民出版社，2003 年 1 月．

［25］ 胡鞍钢 王绍光 周建明 韩毓海：《人间正道》［M］，北京：人民大学出版社，2011 年 7 月．

［26］ 加尔文：《基督教要义》［M］，孙毅译，北京：生活·读书·新知三联书店，2010 年 3 月．

［27］ 卡尔·洛维特，《世界历史与救赎历史——历史哲学的神学前提》［M］，李秋零、田薇译，北京：三联书店，2002 年 5 月．

［28］ 梁启超：《中国四十年来大事记》［M］，长沙：岳麓书社，2010 年 12 月．

［29］ 刘康：《对话的喧声—巴赫金的文化转型理论》［M］，北京：北京大学出版社，2011 年 1 月．

［30］《罗念生全集》（第二卷）［M］，上海：上海人民出版社，2004 年 6 月．

［31］ 洛克：《政府论》下篇 ［M］，叶启芳、瞿菊农译，北京：商务印书馆，1964 年 2 月．

［32］ 洛克：《政府论》上篇 ［M］，瞿菊农、叶启芳译，北京：商务印书

馆，1982 年 11 月.

[33] 卢梭：《忏悔录》[M]，黎星、范希衡译，北京：人民文学出版社，1992 年 6 月.

[34] 卢梭：《论人与人之间不平等的起因和基础》[M]，李平沤译，北京：商务印书馆，2007 年.

[35] 列奥·施特劳斯：《自然权利与历史》[M]，彭刚译，北京：三联书店，2003 年 1 月.

[36] 列奥·施特劳斯：《苏格拉底与阿里斯托芬》[M]，李小均译，北京：华夏出版社，2011 年.

[37] 列奥·施特劳斯：《柏拉图〈法义〉的论辩与情节》[M]，程志敏、方旭译，北京：华夏出版社，2011 年 8 月.

[38] 刘小枫：《沉重的肉身》[M]，北京：华夏出版社，2007 年 7 月.

[39] 萌萌学术工作室主编：《启示与理性》第五辑《"中国人问题"与"犹太人问题"》[C]，北京生活·读书·新知三联书店，2011 年 10 月.

[40] 蒙田，《蒙田随笔全集》（上）[M]，潘丽珍、王论跃、丁步洲译，南京：译林出版社，1996.

[41] 玛格丽特·L·金：《欧洲文艺复兴》[M]，李平译，上海人民出版社，2008 年 4 月.

[42] 玛莎·纳斯鲍姆：《善的脆弱性：古希腊悲剧和哲学汇总的运气与伦理》[M]，徐向东、陆萌译，南京：译林出版社，2007 年 9 月。

[43] 马丁·路德：《路德三檄文与宗教改革》，李勇译，上海：上海人民出版社，2010 年.

[44] 帕斯卡尔：《致外省人信札》[M]，姚蓓琴译，上海：上海社会科学院出版社，2002 年 8 月.

[45] 钱穆：《中国学术通义》[M]，北京：九州出版社，2011 年.

[46]《圣经》（和合本），中国基督教三自爱国运动委员会，中国基督教协会出版.

[47] 莎士比亚：《哈姆雷特》[M]，朱生豪译，上海：上海古籍出版社，2002 年 6 月.

[48] 色诺芬：《回忆苏格拉底》［M］，吴永泉译，北京：商务印书馆，1984年9月.

[49] 施密特：《陆地与海洋——古今之"法"变》［M］，林国基、周敏译，上海：华东师范大学出版社，2006年8月.

[50] 梭罗：《瓦尔登湖》［M］，潘庆舲译，上海：三联书店，2007年6月.

[51] 托马斯·莫尔：《乌托邦》［M］，戴镏龄译，商务印书馆，1982年7月.

[52] 唐君毅：《人文精神之重建》［M］，桂林：广西师范大学出版社，2005年10月.

[53] 翁贝托·艾科：《玫瑰的名字》［M］，沈萼梅、刘锡荣译，上海：上海译文出版社，2010年3月.

[54] 魏因伯格：《科学、信仰与政治：弗兰西斯科·培根与现代世界的乌托邦起源》［M］，张新樟译，北京：生活、读书、新知三联书店，2008年6月.

[55] 《西方哲学原著选读》（上卷）［M］，北京：商务印书馆，1981年6月.

[56] 修昔底德：《伯罗奔尼撒战争史》［M］，谢德风译，北京：商务印书馆，1960年4月.

[57] 亚里士多德：《尼各马可伦理学》［M］，廖申白译，北京：商务印书馆，2003年11月.

[58] 亚里士多德：《政治学》［M］，吴寿彭译，北京：商务印书馆，1965年8月.

[59] 张志扬：《西学中的夜行——隐匿在开端中的破裂》［M］，上海：华东师范大学出版社，2010年.

[60] 张志扬：《偶在论谱系——西方哲学史的"阴影之谷"》［M］，上海：复旦大学出版社，2010年.

[61] 张志扬 陈家琪：《形而上学的巴别塔》［M］，上海：同济大学出版社，2004年12月.

[62] 张祥龙：《先秦儒家哲学九讲》［M］，桂林：广西师范大学出版社，

2010 年 1 月.

[63] 曾亦：《共和与君主——康有为晚期政治思想研究》[M]，上海人民出版社，2010 年 8 月.

[64] 凯利：《卢梭的榜样人生——作为政治哲学的〈忏悔录〉》，黄群等译，北京：华夏出版社，2009 年 4 月.

[65] 曹锦清：《中国崛起时代的学术立场问题》[J]，见《文化纵横》2011 年 8 月刊.

[66] 曹意强：《"文艺复兴"的观念》[C]，见何怀宏主编：《学术思想评论第九辑：并非自明的知识与思想》长春：吉林人民出版社，2003 年 1 月.

[67] 陈壁生：《"父子相隐"的历代解释》[C]，载刘小枫、陈少明主编，《经典与解释 29：奥林匹亚的荣耀》，华夏出版社 2009 年.

[68] 同济大学郭熙明博士论文《两种生命间的战争——尼采〈论道德的谱系〉研究》[D].

[69] 康托尔（Paul A. Cantor）：《哈姆雷特：世界主义的王子》[C]，杜佳译，载刘小枫、陈少明主编：《经典与解释 22：政治哲学中的莎士比亚》，北京：华夏出版社，2007 年.

[70] 柯小刚：《画道、易象与古今关系》[J]，见《文艺研究》，2008 年第 7 期.

[71] 林国华：《漫议"君主教育"》[C]，载贾冬阳编：《思想的临界——张志扬教授荣开七秩志》，上海：华东师范大学出版社，2009 年 1 月.

[72] Michael S. Kochin：《柏拉图的爱利亚和雅典政治科学》，See *The Teview of Politics*, Vol. 61, No. 1 (Winter, 1999).

[73] 米勒《〈乌托邦〉和文艺复兴时期的清谈》[C]，卢白羽译，载刘小枫选编：《古典诗文绎读·西学卷·现代编（上）》，北京：华夏出版社，2009 年 8 月.

[74] 彭刚：《历史地理解思想》[C]，载《什么是思想史》，上海：上海人民出版社，2006 年 8 月.

[75] 施特劳斯：《论卢梭的意图》[C]，冯克利译，载《苏格拉底问题与

现代性——施特劳斯讲演与论文集：卷二》，北京：华夏出版社，2008 年 3 月．

[76] 施特劳斯：《海德格尔式生存主义导言》[C]，丁耘译，载贺照田主编，《学术思想评论第六辑：西方现代性的曲折与展开》，长春：吉林人民出版社，2002 年 1 月．

[77] 施特劳斯（Leo Strauss）：《修昔底德：政治史学的意义》[C]，彭磊译，载刘小枫、陈少明主编：《经典与解释 17：修昔底德的春秋笔法》，北京：华夏出版社，2007 年．

[78] 吴飞：《生的根据与死的理由——〈苏格拉底的申辩〉义疏》[C]，见《苏格拉底的申辩》，北京：华夏出版社，2007 年 6 月．

[79] 吴飞：《属灵的劬劳：莫妮卡与奥古斯丁的生命交响曲》[C]，见刘小枫、陈少明主编，《经典与解释 24：雅典民主的谐剧》，北京：华夏出版社，2008 年 1 月．

[80] 张祥龙《中国的节日在哪里？——节日现象学初探》[C]，见氏著《思想避难：全球化中的中国古代哲理》，北京：北京大学出版社，2007 年 1 月．